乘慢船，去哪里

马叙 —— 著

广西师范大学出版社
·桂林·

图书在版编目（CIP）数据

乘慢船，去哪里 / 马叙著. —桂林：广西师范大学出版社，2019.12

（雅活书系）

ISBN 978-7-5598-2462-2

Ⅰ. ①乘… Ⅱ. ①马… Ⅲ. ①游记－作品集－中国－当代 Ⅳ. ①I267.4

中国版本图书馆 CIP 数据核字（2019）第 296808 号

广西师范大学出版社出版发行

（广西桂林市五里店路 9 号　邮政编码：541004）

　网址：http://www.bbtpress.com

出版人：黄轩庄

全国新华书店经销

广西广大印务有限责任公司印刷

（桂林市临桂区秧塘工业园西城大道北侧广西师范大学出版社集团有限公司创意产业园内　邮政编码：541199）

开本：787 mm ×1 092 mm　1/32

印张：11.125　　字数：210 千字

2019 年 12 月第 1 版　　2019 年 12 月第 1 次印刷

印数：0 001~5 000 册　　定价：78.00 元

如发现印装质量问题，影响阅读，请与出版社发行部门联系调换。

总 序

周华诚

"雅活书系"陆陆续续出来了,受到不少读者的欢迎,编辑约我写一篇总序,我遂想起当初策划此书系的缘由。入夜,又细细翻阅书架上"雅活书系"已出的20余种书,梳理并列出将出的近10种书的书名,不由心潮起伏,感慨系之,于是记下我的片断感受。

"雅活"这个概念,并非现在才有,中国实古已有之。举凡衣食住行、生活起居、谈琴说艺、访亲会友、花鸟虫鱼、劳作娱乐,这日常生活里的一切,古人都可以悠然有致地去完成。譬如,我们翻阅古书,可见到古人有"九雅":曰焚香,曰品茗,曰听雨,曰赏雪,曰候月,曰酌酒,曰莳花,曰寻幽,曰抚琴;又见古人有"四艺":品香、斗茶、挂画、插花。想想看,"雅活"的因子,覆盖了日常生活的方方面面;也可以说,"审美"这个东西,已渗入中国人的精神血液里头。

明人陈继儒在《幽远集》中说:

> 香令人幽，酒令人远，石令人隽，琴令人寂，茶令人爽，竹令人冷，月令人孤，棋令人闲，杖令人轻，水令人空，雪令人旷，剑令人悲，蒲团令人枯，美人令人怜，僧令人淡，花令人韵，金石鼎彝令人古。

这样一些生活的风致，似乎已离时下的我们十分遥远。随着社会节奏的加快，人们匆促前行，常常忽略了那些诗意、美好而无用的东西。

美的东西，往往是"无用"的。

然而，它真的"无用"吗？

几年前，我离开从事多年的媒体工作，回到家乡，与父亲一起耕种三亩水稻田，这一过程让我获益良多。那时我已强烈地感受到，城市里很多人每日都在奔波，少有人能把脚步慢下来，去感受一下日常生活之美，去想一想生活究竟应当是什么样子。

> 山静似太古，日长如小年。
> 余花犹可醉，好鸟不妨眠。
> 世味门常掩，时光簟已便。
> 梦中频得句，拈笔又忘筌。

当我重新回到乡村，回到稻田中间，开始一种晴耕雨读的生活时，我真切地体会到内心的许多变化。我也开始体悟到唐庚这首《醉眠》中的"缓慢"意味。我在春天里插秧,在秋天里收割,与草木昆虫在一起,这使我的生活节奏逐渐地慢了下来。城市里的朋友们带着孩子,来和我一起下田劳作,插秧或收获,我们得到了许多快乐,同时也获得了内心的宁静。

我们很多人,每天生活在喧嚣的世界里,忙碌地生活和工作,停不下奔忙的脚步。而其实,生活是应该有些许闲情逸致的。那些闲情雅致或诗意美好,正是文艺的功用。

钱穆先生说:"一个名厨,烹调了一味菜,不至于使你不能尝。一幅名画,一支名曲,却有时能使人莫名其妙地欣赏不到它的好处。它可以另有一天地,另有一境界,鼓舞你的精神,诱导你的心灵,愈走愈深入,愈升愈超卓,你的心神不能领会到这里,这是你生命之一种缺憾。"

他继而说道:"人类在谋生之上应该有一种爱美的生活,否则只算是他生命之夭折。"

这,或许可以算是"雅活书系"最初的由来吧。

"雅活书系",是一套试图将生活与文艺相融合的丛书。它有一句口号:"有生活的文艺,有文艺的生活。"在我们看来,文艺只是生活方式的一种。文艺与生活,本密不可分。若仅有文艺没有生活,那个文艺是死的;而若仅有生活,没有文艺,那个生活是枯的。

"雅活书系"便是这样,希望文艺与生活相结合,并且通过一点一滴、身体力行,来把生活的美学传达给更多人。

钱穆先生所说的"爱美的生活",即是"文艺的生活"。下雪了,张岱穿着毛皮衣,带着火炉,坐船去湖心亭看雪。一夜大雪,窗外莹白,住在绍兴的王子猷想起了远方的老友戴逵,就连夜乘船去看他;快天亮时,终于要到戴家了,王子猷却突然返程,说:"我本乘兴而行,兴尽而返,何必见戴!"同样,还是下雪天,《红楼梦》里的妙玉把梅花瓣上的白雪收集起来,储在一个坛子里,埋入地下三年,再拿出来泡茶喝。也有人把梅花的花骨朵摘下,用盐渍好,到了夏天,再拿出来泡水,梅花会在沸水作用下缓缓开放。

——这都是多么美好的事!

生活之美到底是什么?从这套"雅活书系"里,每一位读者或许能找到一点答案。当然,这并不是"雅活"的标准答案,生活本无标准可言——每个人的实践,都只是对生活本身的探寻。而当下的生活,如此丰富,如此精彩,自然也蕴含着无比深沉的美好。"雅活书系"或许是一束微弱的光,是一个提示,提示各位打开心灵感受器,去认识、发现、创造各自生活中的美好。

很荣幸,"雅活书系"能得到读者们的喜欢,也获得了业内不少奖项。我愿更多的人,能发现"雅活",喜欢"雅活";能在"雅活"的阅读里,为生活增一分诗意,让内心多一丝宁静。

写完此稿搁笔时,立夏已至,山野之间,鸟鸣渐起。

2019年5月6日

CONTENTS 目 录

第一辑　近似虚构的旅行

草原上，牧歌如风诉说　/ 2

沉香荡：湖面掀起了细碎波浪　/ 18

塘河上：时光消逝了我没有移动　/ 30

公望美术馆：苦涩的空气里仍存着谜一样的事物　/ 40

木黄三日：一次近似虚构的旅行　/ 52

去井冈山：K271 次列车与笔架山的杜鹃　/ 62

横峰记：一切优美如斯　/ 77

去青海：穿越冬日的虚构　/ 87

去慈城：那里没有收信人　/ 101

闽东、柘荣：方言在两处　/ 111

第二辑 乘慢船，去哪里

新市旧镇：诗意盎然，而心安 / 120

楠溪江：现实、诗意与山水闲章 / 125

去施家岙：听越剧，是一个漫长的过程 / 139

鄞州碎记：明月、大地、流水 / 148

缙云记：平凡而日常，安宁而深远 / 162

锡时代，以及永康师傅 / 173

路过湖墅：星星点点 / 180

淳安：老照片里的女孩、记忆及联想 / 190

松阳：黑色屋顶浮在上方，如此安宁 / 196

坡阳古街：当一个旅人驻足，手捧一握重复的流沙 / 205

奉化一日：穿过一桌牌局去南山 / 212

在遂昌：石坑口村听十番 / 218

乘慢船，去洞头 / 225

第三辑　河山海四记

钱塘江记：溯江而上，顺流而下　/ 230

雁山记：叫破江南一片秋　/ 286

对岸记：有关台湾的新旧记忆　/ 303

岛上记：一部电影一首歌，年代的记忆　/ 332

第一辑

近似虚构的旅行

草原上,牧歌如风诉说

> 在辽阔的巴尔虎草原上
> 他这样听风吹过:吹过牧场,吹过人心与湖泊
> ——题记

一

1973年前后,是我的少年时代,那时的物件——课本、书包、连环画、口琴、黑色软面抄。

在这么些物件中,我最重视与喜欢的是口琴与软面抄。在我看来,这两种物件简单,却有意味。它们已经足以填满我少年时代的那一段寂寞时光。我时常用它们来快乐地消磨我的时间。

我有许多本黑色软面抄,所抄的内容主要有诗与歌谱。

其中有三本是抄歌的:电影歌曲、外国民歌、中国民歌……其中最常翻着哼唱的有电影歌曲与草原歌曲——《草原上升起不落的太阳》《草原之夜》《牧歌》《草原晨曲》《在那遥远的地方》。

有时，放学之后的午后，我会带上软面抄，找一个没人的地方，坐在石头上吹奏口琴。我先吹苏联歌曲《莫斯科郊外的晚上》《红莓花开》《喀秋莎》，然后再吹《草原上升起不落的太阳》《草原晨曲》《在那遥远的地方》《嘎达梅林》《牧歌》。

其中我最喜欢用口琴吹奏的有两首：《嘎达梅林》《牧歌》。前者是歌唱内蒙古草原英雄嘎达梅林的，曲调高昂、明亮，略带忧伤，却阔大，充满着歌唱英雄的音乐元素。辽阔蒙古草原上嘎达梅林的英雄主义，就那样扎根在一个南方少年的心里。而后一首《牧歌》，则风格迥异，起句就拉得很开，悠扬、缓慢、辽阔。如此抒情，在那个年代我第一次听到并歌唱这样的歌曲，它一开始就让少年时代的我为之迷恋。

清楚地记得，我是从一本油印的歌谱集上抄下了这两首歌。那时，父亲的林场来了位林业大学毕业的技术员（他后来做了我的姐夫），他在大学期间吹黑管。有次深夜，他用曲笛吹了一首舒缓优美的忧伤曲子，以及另一首旋律稍快的曲子。旋律在深夜的场部上空回旋。第二天我问：昨晚曲笛吹的是什么曲子？《牧歌》与《嘎达梅林》，内蒙古草原上的两首民歌，他说。从那以后，我记住了这两首曲子——《牧歌》《嘎达梅林》。他工作分配到林场时带了很多曲谱，其中有一本油印曲谱。后来我翻到了这两首曲子，集子上印刷着蓝色的油印钢板手刻字，字上的油迹稍

稍地润开,一切都使我新奇,我赶紧用软面抄把《嘎达梅林》与《牧歌》抄了下来。《牧歌》歌词很好记:

> 蓝蓝的天空上飘着那白云
> 白云的下面盖着雪白的羊群
> 羊群好像是斑斑的白银
> 撒在草原上多么爱煞人
> ……

在那些个日子里,我一有空就哼唱《牧歌》。越是缓慢悠长,越是难唱,却越是好听。

有了口琴之后,我常常在学校的午后,或是林场的傍晚与深夜,用口琴吹奏这支曲子。

口琴的声音清凉、波动,当它吹奏《牧歌》时,因为《牧歌》的旋律比其他的歌曲都要缓慢、悠长——那时,少年的我还不真正懂得它的风格,只是吹奏口琴时的一些感觉,只是比其他歌曲多了一层感受,那是少年的我对抒情最初的懵懂体验。同时我也喜欢吹奏《嘎达梅林》。吹奏这两支曲子时,心里会铺开对一望无际的大草原的想象——蓝天、白云、牛羊,远远的牧羊人从天际走过,风从远方吹来,带来诗一般的消息。这是一个南方少年对遥远大草原的憧憬。

二

1978年，青年时代，我在部队服兵役。部队有两个内蒙古籍士兵，是汉族，来自城市——集宁。他俩虽是内蒙古籍士兵，却没能够带来我对大草原的想象，更没能够证实我对大草原的想象。我的草原想象一直源于《牧歌》与《嘎达梅林》。后来在团部卫生队遇见一个内蒙古籍女兵，她的名字叫金乌云，单眼皮、红脸庞，带有浓郁的草原意象，她的身上终于有了遥远的草原的气息。在有限的几次去团部卫生队中，有时会碰上金乌云，我会想，她从草原来。

在我所在的连队，有一个从重庆来的兵，能拉小提琴。他常常在晚饭后站在操场边上，倾斜着身姿，拉小提琴，拉《小步舞曲》《塞上舞曲》《新疆之春》《沉思》。有一次，待他拉完了这些曲子之后，我说，你拉一曲《牧歌》吧。他听到后，沉默了一会儿，拉起了《牧歌》。这时恰好有一列火车从头顶旁高高的路基上开过，轰隆隆的蒸汽火车声与轨道撞击声，完全盖过了小提琴声。这使我无比懊恼，我因此没能好好听他拉的完整的一曲《牧歌》。列车过后，他已经拉到了曲子的最后一节了。许多

天之后，又一天的傍晚，我来到操场边上叫他再拉一次《牧歌》，但他拒绝了我的要求。

　　他拉了《牧歌》，我却因火车开过没能听到完整的《牧歌》，这使我在那段时间里耿耿于怀。那个时代，是歌曲赋予了我们在枯燥的现实之外的想象。那时，除了关于爱情的想象，就是关于草原的想象。这两者都是深具诗意的想象。在这之前，我还有过许多关于城市的想象，对于上海、北京、杭州、广州、西安等城市的想象。关于城市是一种基于乡村的对乡村之外的丰富繁复空间的向往，它是生活的，更接近于机械（汽车、机器、工厂）式的一种想象，不属于情感式的。而对草原的想象是与爱情的想象并列的，对她是一种情感，而且比对爱情的憧憬更加壮美、辽阔、丰腴、遥远、深情。它就是一首极致之诗。而这一切的想象，都源自关于草原的一系列歌曲：《草原上升起不落的太阳》《敖包相会》《我们歌唱爱情》《在那遥远的地方》《嘎达梅林》《牧歌》。

其中，我对《牧歌》的喜欢与热爱，是最浓烈的。

三

那个时代，我从没看过一部关于草原的电影。最初我是从那个年代编的《大毒草电影》目录中读到有关草原电影的片名。但是那时我手头有一本更早出版的《电影歌曲集》，这本集子到我手中时封面封底都已经不在了，只剩一半目录与后面的歌谱（最后几首也已不见）。我只能从所获取的有关草原电影插曲的歌词中去反推与想象草原电影的内容。我一直把这些从没看过的有关草原的电影想象得非常完美、诗意，用想象来使得这些电影与美丽的大草原相匹配。后来，许多年之后，待我真正看到其中的几部电影时，它们并没有对应我有关草原的想象。我不喜欢有关草原的电影被拍成这样阶级斗争的形式，它不仅仅与我的想象不匹配，甚至与它本身的电影插曲也是不匹配的。那时，我想，为什么同样的时代能拍出《阿诗玛》这样的电影，就不能拍出一样好的草原电影呢？

越是这样，越是喜欢这些草原歌曲。这些歌曲歌唱爱情，歌唱草原，歌唱美。而且辽阔、悠扬。就是歌唱英雄嘎达梅林，也是那么的美妙、忧伤、辽阔、深情。

越是这样，我越不喜欢那些电影，我越是喜欢听《牧歌》：

> 蓝蓝的天空上飘着那白云
>
> 白云的下面盖着雪白的羊群
>
> 羊群好像是斑斑的白银
>
> 撒在草原上多么爱煞人
>
> ……

在同时代的歌曲中，《牧歌》的曲与词，是如此纯粹，如此深情、辽阔、优美，同时又具一种深远的忧伤。我常常反复哼唱这首曲子。哼唱它不为别的，只为它能让我把现实清空，把想象

草原上，牧歌如风诉说 -9

放逐，回溯忧伤，把心安放在一个乌托邦般的遥远的地方。

80年代，我仍没到过草原，但是，我终于写下一首关于草原的诗——《为青草而歌》：

> ……
>
> 一遍又一遍，我望着远去的飞鸟
>
> 我折回的目光跌落在蓬勃的青草上
>
> 洁白的羊群引走了牧羊人，草原剩下一片空旷
>
> 一条漫长的道路饱浸春天的悲痛
>
> 面对青草，我泪水滔滔
>
> ……
>
> 平静的天空下，太阳、月亮滚过草原
>
> 青草收回我，竖琴收回了它的歌手
>
> ……

四

在许多许多年后，我做梦一般地来到了《牧歌》诞生地，这个对我而言类似于乌托邦的辽阔草原——呼伦贝尔市新巴尔

虎右旗。

在来到新巴尔虎右旗之前，我从不知道《牧歌》的来由，只知《牧歌》是由一首内蒙古民歌改编而成，如清风流水般流传大地一个多世纪。到了新巴尔虎右旗后，我才听旗文联主席马特说起《牧歌》，说起《牧歌》的诞生地就是新巴尔虎右旗。从海拉尔去新巴尔虎右旗的那个下午，绵长的三百公里一路无尽起伏的草原，让我震惊。草原之大、之辽阔，正如呼伦贝尔文联的蒙古族姑娘乌琼说的，草原之大，能让你看得见哪块乌云在下雨。我们的车辆一路逐着雨云走，看着前方大雨滂沱，而这边的阳光则时隐时现。

在新巴尔虎右旗的数天，我们随艾平、马特、巴雅尔图、姚广他们在草原上飞驰，每到一处，都是蓝天、白云、草场。马匹、牛羊现身在地平线上。草原是如此壮阔、无际！同行的吉林作家晓雷说，这里是真正的长调的故乡。《牧歌》、长调、苍穹、广袤无垠的巴尔虎草原，在这之前一直存在于我想象中的这几个有关草原的元素，终于在这里，在这一天，在新巴尔虎右旗草原上获得了空前的统一。她完全对应了我几十年来的想象，又超越了想象。此时此刻，当我真正置身于巴尔虎草原，当我像一粒尘埃般地处于广袤无垠的草原的某一处某一棵青草旁，或某一家的勒勒车旁，当我望着苍天与草原，我在想：我来得是否太容易了?一直处于我的无限想象之中的辽阔的呼伦贝尔、新巴尔虎,离我居住地三千公里的、少年时代起就开始想象的广袤大草原,就这样如此真实地出现在我的眼前。而且她是《牧歌》与长调的故乡!我在马特提供给我的资料中找到了《牧歌》的原始歌词。它的原名是《乌赫尔图辉腾》,距今已近一个世纪,叙述了乌赫尔图山与辉腾湖之间的草原上的感人故事,是一位青年牧人歌唱他心中的姑娘。在青年外出的日子,姑娘不幸罹难于一场草原大火。待青年归来的时候,深爱的人已经离开了这个世界,青年牧人在无以言说的悲痛与思念中唱出了这首歌——《乌赫尔图辉腾》。长调。无限的忧伤。绵长的思念。忠贞的爱。想起它,我心忧伤,我心坚强。我听着《乌赫尔图辉腾》的原词:

> 每天见到的乌赫尔图山和辉腾湖在哪?
> 我活蹦欢跳的妹妹,没想到被野火吞没。
> 去年的今天我们在这里一同放马,
> 现在却只有我独自一人
> 站在这里,我无限怀念你……

草原上有伟大的开拓者、王者成吉思汗,草原上有为蒙古人民献身的伟大的英雄嘎达梅林,草原上更有这为忠贞爱情而存在而歌唱的佚名青年牧人。

一天早上,我在路上遇见一个正在放羊的牧人,四点多钟太阳刚升起他就赶着羊群出来放牧了。一千多只绵羊散开如白色珍珠撒落在早晨的草原上。他是兴安盟人,二十多岁时带着新婚的妻子从兴安盟来新巴尔虎右旗,至今三十多年了。现有1200多只羊。三个孩子,一个闺女俩儿子。子女都已成家立业,两个儿子都在呼市,当快递员。闺女在满洲里开小店。他说,现在放牧草场太旱了,冬季过冬的草料成本就得十二三万元,一年辛辛苦苦也就挣几万元,要是遇上年成不好,就基本持平。但不可能不放羊,不放羊干什么去呢?他说,就一直放羊到再也放不动为止吧,到时就靠闺女儿子了。我问他,会唱《牧歌》吗?他说,听过,我只会放羊。一个质朴的牧人。他是在成吉思汗、嘎达梅林、《牧歌》之外的另一种存在,安宁、现实、质朴。他骑着摩托转身回到羊群中去,看着他远去的身影渐渐地汇入庞大的羊群里,看他在早晨的天地之间牧着羊群,我又想起了《牧歌》,想起了长调、《牧歌》的旋律。

五

思歌腾宾馆位于新巴尔虎右旗小城的最北端。住在思歌腾宾馆的那几天，每到夜里，我都会下楼去北面的草原上漫步。黑夜笼罩着广阔的巴尔虎草原。我既喜欢蓝天白云下的草原，也喜欢黑夜降临的草原。这时的草原，牛羊马都归栏了，黑夜降临，天地安静。我无目的地在黑夜的草原上游荡，无声、缓慢，思维迟钝，万事不想。

我躺下，在草原上。面向黑色的苍穹，听歌——

《这片草原》——天鹅梳妆在达赉湖的岸边，孛儿帖出生在呼伦贝尔草原，烈马跨过科鲁伦河，成吉思汗迎亲在这片草原……

《牧歌》——蓝蓝的天空上飘着那白云，白云的下面盖着雪白的羊群……

《呼伦贝尔大草原》《鸿雁》《天边》……

我再次打开音乐网，找到了《乌兰巴托的夜》——

这首不是牧歌，而是一首深夜的歌。在地图上，乌兰巴托非常接近新巴尔虎右旗的纬度，在夜空，它们是同等的。在早年，乌兰巴托不就是与呼伦贝尔巴尔虎草原在同一个版图上吗？他们不是兄弟吗？伟大的草原之夜适合醉酒，适合思念，适合流泪。我听着首句："那一夜，父亲喝醉了，他在云端默默抽着烟。喝醉了以后，还会想些什么？那些爱过又恨过的人……"我的泪就流下来了。

"穿过旷野的风,你慢些走。我用沉默告诉你,我醉了酒。乌兰巴托的夜,那么静那么静,连风都听不到,听不到……"

这是一种怎样的诉说!如此缓慢、忧伤、低沉,却又旷远、辽阔、深情。我相信它是真正源于草原、源于长调的一种情感。如果它不是源于长调、《牧歌》的情绪,那又会是源自哪里呢?

我要在此把它全文转录下来,以供自己聆听、感动、流泪、深思:

> 那一夜,父亲喝醉了
>
> 他在云端默默抽着烟
>
> 喝醉了以后,还会想些什么
>
> 那些爱过又恨过的人
>
> 穿过旷野的风
>
> 你慢些走
>
> 我用沉默告诉你
>
> 我醉了酒
>
> 乌兰巴托的夜
>
> 那么静那么静
>
> 连风都听不到
>
> 听不到

飘向天边的云

你慢些走

我用奔跑告诉你

我不回头

乌兰巴托的夜

那么静那么静

连云都不知道

我不知道

乌兰巴托的夜

还那么静

连风都听不到

我的声音

乌兰巴托的夜

那么静

连云都不知道

我不知道

乌兰巴托的夜

那么静那么静

连风都听不到

我听不到

乌兰巴托的夜

那么静那么静

连云都不知道

我不知道

乌兰巴托的夜

那么静那么静

唱歌的人不时掉眼泪

在这个草原之夜，我是这里的一棵草，一只羊，一块土。在辽阔的巴尔虎草原上，我就这样听风吹过：吹过牧场，吹过人心与湖泊。

一支长调的叙说，把原本的虚构唱成了现实。

2017/7/3

写于离开新巴尔虎右旗12天之后

沉香荡：湖面掀起了细碎波浪

一

2月23日晨5点半，我在干窑镇的开来宾馆醒来。此时，丁栅沉香荡的水面已经晨光弥漫，我还看不到这晨光，它还在二十里之外。但是，这个时间的到达，促使我快速起床、穿衣、洗漱，然后下楼结账。

在路口，我拦了一辆出租车去沉香荡。一路向东，车内的空气在晨阳中发亮、升温。一路闪过去绿色的田畴。经过丁栅镇区，迷路两次，但很快就到了沉香荡。一个沉香荡，像大地上一对蓦然张开的巨大的扁平的复眼，望向晨光泛滥的天空，向着上苍张开。清晨的沉香荡水面辽阔安静。整个沉香荡此时空无一人。路是空的，水是空的，水面上唯一的一条小船是空的，通向水中央的长长的长堤是空的，长堤边的小屋是空的。但是，沉香荡的水面不空，水面的细节是涟漪加轻风。此时，陆上是风过无痕，站着，感觉不到风的吹拂，但风在吹拂，暮春的风在吹拂。

只有在水面，才能看到暮春的风在吹拂，水面漾起细之又细的涟漪，似在织着一匹巨大无比的丝绸。此时，光线倾进水面，芦苇显得憔悴又孤独。我望着水面，想到水深处，这么好的水，这么安静的沉香荡，它的深处应该有美丽的水妖，她们喝沉香荡的清水，吃淡而微甜的水草根茎，无人的时候，伸手到水面折些青翠的水草叶子，吃了这些叶子之后，她们雪白的细牙会染上浅浅的淡青色，她们同样雪白的手腕上带着细水草编织的草手镯——

  忍住春风的吹拂。

  忍住倒映在水中的绿妖。

  你看，芦苇假装憔悴，装得真是像。

  它是装给水看吗？还是装给天空看？

  旁边有一只小鬼，

  它斜探出半个身子，施放一层薄薄的鬼气。

  它期望，在这个暮春，只看见一丝丝若隐若现的人迹。

二

  是的，此时沉香荡的芦苇有细节。离我最近的那一丛芦苇，斜着枯干苇秆，纵有暮春的轻风吹拂（水面有涟漪），它们也没有感觉，它们的感觉在水中，在水面悬空的空间里。水动，而芦苇不动。风动，而芦苇不动。这么轻而细的芦苇为什么会不动？包括细长而尖而薄的芦苇的叶子，我都没有看到它们的动。也许它们与深处的水保持一致。这一致就是安静，不动，回忆（是的，回忆的芦苇。人有时是芦苇。17世纪的布莱兹·帕斯卡尔说，人只不过是一根芦苇，是自然界最脆弱的东西；但他是一根能思想的芦苇。用不着整个宇宙都拿起武器来才能毁灭他，一口气、一滴水就足以他死命了）。回忆肯定加重了芦苇的脆弱。此时的沉香荡的芦苇，如果有一阵稍大的风吹过，它们定会倒伏到水面上。我的目光，暂时越过了眼前的这丛芦苇，我因此看到了远处水面上飞着一只水鸟。

这时要写一只鸟。

它飞入了茂密的芦苇丛里。水鸟带来了思维的活跃。

此时：

1. 有人卧轨，他为了不看这个世界

那么，他也肯定同时不看鸟了。

二十五年前的这时，1989年3月23日，海子还住在昌平，吃泡面，喝凉水，偶尔饿着，一顿或两顿或三顿。混乱、幻听。而三天之后，1989年3月26日，海子在山海关卧轨自杀。他真的是为了不看这个世界吗？海子是一根典型的芦苇，诗意、敏

沉香荡：湖面掀起了细碎波浪　　- 21

感、脆弱，心中存有一个实现不了的理想，爱情的理想，诗的理想，典籍的理想。这些理想外人不得而知，唯有海子自知，海子的朋友不知，西川不知，骆一禾不知，海子心目中的虚拟的女友不知，德令哈的姐姐不知，我不知，我们不知，这个世界不知，世界之外的世界不知。不知论。人在此时是无知的。世界是无知的。海子若知道所有人的不知，若知道这个世界的不知，若知道将永远不知，他为什么要卧轨自杀？他不看世界，世界正在不断地看他，尤其每年这个日子，3月26日，世界上有许多人在看他。但是，没人知道卧轨时的海子。这时，水鸟停栖在沉香荡水面的一截木桩上，保持了沉香荡的诗意。

2.天色绝对的好，白云真白，蓝天真蓝

而心情为什么会灰暗？为什么？

我绕过这丛芦苇右边的橘子林，穿过一小片半枯而已经开始绿多于黄的草丛，到了伸向沉香荡的水中央的长堤上，晨阳的光芒完全照到了我的身上。这时，我突然心情灰暗。我的心情在此时为什么会灰暗？天气这么好，白云这么白，蓝天这么蓝，而我的心情为什么会灰暗？灰暗，是汉语，是一个词，灰的色泽就是没有色泽，暗，是比灰的色泽更加的消沉，身体、疾病、性、混乱、无明。晨阳照在我的身上，是那么的明亮、温暖，带着金色的甜味，但这一切于我都无济于事，我的灰暗是我个人的灰暗，与外界无关，与别人无关。长堤边有着大片的连绵不断的芦苇，几十个芦穗高高低低，这时我发现苇秆不动而芦穗上的芦絮在轻轻地动，它们感知到了暮春的轻风！

3.这个地方叫沉香荡

清风吹过，湖面掀起了细碎的波浪。

这是我必须要写的一句诗。3月22日从嘉善南站去干窑的出租车上，司机告诉我，不要去干窑，应该去沉香荡，沉香荡在丁栅，丁栅边上就是沉香荡。沉香荡这个地名，它的汉语意味吸引了我，我想到的是清风、木香、水漾、野草、细花、木船、细浪。但是我还是到了干窑住下。在干窑，从叶新路新街，到河东街老街，这里的中年人正热衷怀旧，20世纪80年代中后期与90年代初期的流行歌曲不时从两旁的店铺里飘出来，《花心》《亲亲宝贝》《美酒加咖啡》《小城故事》，越靠近河东街，这种怀旧的味道越浓厚。当我重新逆着叶新路往回走，走到中国电信、中国移动通信等现代型店铺附近时，飘出了当下《中国好声音》歌曲的声音。这于沉香荡而言，已经是二十里外的昨日的事。此时的沉香荡，水面持续着细碎的涟漪。它不对应《花心》《亲亲宝贝》《美酒加咖啡》，不对应《中国好声音》，它对应了《小城故事》。这种情感，是水一样的，漾开、渗透、流入。它正感知着暮春的轻风，暮春的时光，让诗意升起，对应长堤上的青草、芦苇、水鸟。

4. 一个少女咬着嘴唇走过

她的最后的青春就将消失在村庄深处。

当我从长堤上转身,面向村庄,整个村庄几乎看不见走过的村民。村民们都还在屋里或在更远的别处。后来走过去一个老年妇人,她步履缓慢,背影佝偻。然后过去一条小狗。许久之后,走过来一个姑娘,二十五六岁,穿着紧身花衣裳。她咬着嘴唇,在阳光下走过。我想到的是,若干年后,她的青春不再,出门走路再也不可能咬着嘴唇走,她的青春就这样消失在了村庄深处。青春逝去,而沉香荡依然。

三

回到水妖的话题。沉香荡,安静、清浅,岸边芦苇丛生,水草丰茂,偶有深水处,这深水处最适合水妖居住。有时一条看鱼的小船划过,水妖们(整个沉香荡就三至四个水妖)是喜欢的,因为这小船也划得安静,几乎无声,木桨只在水面轻轻拨动,小船过去,水面留下一条细碎闪亮、泛着波光的船痕。水妖要等小船划远之后,才会轻轻地歌唱——"沉香荡,沉香荡,沉香荡,沉香荡,沉香荡的草啊有清香,沉香荡的水啊有清香,沉香荡的鱼啊有清香,沉香荡的芦苇啊有清香。"上午水妖从不出来,更不上岸。她们若一定有事要出来(有时也不一定有事,时间长了也要出来或在沉香荡边走走,要远远地看到有人过,她们就会迅速小声地回到水底去,只有走近才会听到她们入水的很小的声音,但是人们从来没听到过这声音,因为没等人靠近,她们早已经回到了自己的水底居住处),也会到下午两三点以后。沉香荡四周确实无人走动,这时这几个水妖中的一两个就会悄悄地离开水面,到岸上。她们走亲戚却往往选择在月光之夜,从沉香荡到另一些荡。如近处的长白荡、银水庙,或是更远处的汾湖、夏墓荡、祥符荡、蒋家漾、马斜湖、北浒漾、白鱼荡、西浒荡、六百亩荡等水荡。水妖们在那些地方都有近亲或远亲,当然,有些很远的荡,亲戚的血缘关系又太远了,她们就几乎不会去,也许几辈子都不互相走动。如果月夜在沉香荡附近安宁得几乎无人的时刻,对面走来一个或两个漂亮非凡的年轻女子,身材苗条、性感十足,不说话,听不见脚步声,那么,你是遇见沉香荡出来走亲戚的水妖了。你千万不要惊动她们。回家后的今后的日子里,你的福分会因此而增加,有诗为证——

水妖在下半夜走亲戚。

银白月光,红的衣裳,绿的饼干。

26 - 乘慢船，去哪里

只是它的牙齿是透明的,

它说话像深夜的月光,冰凉轻盈。

它遇见了邻家的妹妹,它唱——

"妹妹刷牙,妹妹吃菜,妹妹吃饭。"

第二天一早,晨阳镀亮沉香荡,

妹妹顶着一头金发出来。

许多天后,湖边多了几个金色的小妖。

哦,别搞混了,她们是水妖的亲戚。

四

看见那条船了。

湖里唯一的一条船。

一个水妖坐在船上,坐乱了时间与空间,

仿佛回到了二十年前,

风暴一屁股坐在了湖中

——村里的姑娘家把门紧紧地关上!

我想,我对嘉善沉香荡的虚构,是基于汉语语感的延伸。在我所知道的嘉善地名词典里,沉香荡远在西塘之上。在汉语中，我不喜欢方位词，不喜欢东方、西方，不喜欢东京、西安，不喜欢河南、河北，不喜欢广东、广西，每一个方位词地名，它都是残缺的，它只是所表方位的这一半，却缺着另一半。我一点都不喜欢这样的汉语地名。我所喜欢的是青海、福建、辽宁、吉林、扬州、稻城、林芝、格尔木、伊犁这样的汉语或汉语音译地名。它们所保存的诗意，令人神往又心怀敬意。因此，沉香荡的水妖是再也不去西塘的。她会去丁栅，去干窑，去姚庄，但是她不去西塘，西塘若永远这样，她就永远不去西塘。

我去嘉善的这些天，在沉香荡只待了半天时光，这半天时光，于我而言，就是整个嘉善。这是真正诗意的嘉善。

回到乐清的第三天，我发了一条微博，作为这次集体采风的作业——

> 水妖从沉香荡上岸，绿衣绿裤，细腰肥臀，眼睛棕色带蓝。她从乡间公路经过，看到善文化牌子，问路人甲："这是什么？"答："善文化呀。"什么是善文化？水妖不知。遇路人乙，水妖问："什么是善文化？"路人乙说："上善若水。"什么又是上善若水呢？水妖不得其解。若干天后，沉香荡水面多了一小船，船上书着个大大的"善"字。

这条微博是表达嘉善水乡的诗意,是西塘商业之外的诗意。诗意需要丰富的感知,它包含了善,且更具宽广的内心,更是内心与世界的深度对话与言说。这一种情怀,如果消失了,则人的存在仅仅是一种平稳的活着,善是平稳相处的一种社会与道德的需求。尤其是当代一些文化人,太功利。文化人若不回到诗意上,或内心缺乏诗意,是可怕的。因此,诗意嘉善,没有比这更好的嘉善了。文人应似沉香荡里的水妖,找回汉语中的语感与诗意,找回生存中的语感与诗意。

那天我从沉香荡步行回丁栅的路上,遇见一放蜂人,他把蜂箱摆放在公路边上,后面是大片的田野与金黄的油菜花,他的面前放了一条凳子,凳子上放着几瓶新鲜蜂蜜,阳光下呈现着半透明的晶亮的琥珀色,三十元一瓶。放蜂人说,这有槐花蜜与椴树花蜜,而椴树花蜜是蜜中上好的蜜。放蜂人听着收音机,他的生活比谁都悠闲自得,是诗意与慢生活的典范。而不远处,丁栅与上海青浦的公路分岔路口,立着一个大大的公路行车警示标志——"慢!"现代人,到了放慢前行脚步的时候了,慢——,少点功利,回到诗意,回到安宁,回到洁净。

2014 年 4 月 4 日晚完稿

塘河上：时光消逝了我没有移动

> 让黑夜降临让钟声吟诵
> 时光消逝了我没有移动
> ——[法]阿波利奈尔《米拉波桥》

"我们大家都坐在船上没动。"这是在诗坛消失已久的诗人牛波的一句诗。这一句下面是副标题——古老的波涛。我想，牛波的灵感是来自19世纪末20世纪初的法国诗人阿波利奈尔的《米拉波桥》。

我们大家都坐在船上没动。——我读到这句诗是在20世纪80年代中期，1986年，内蒙古出版的《诗选刊》杂志上。当时选登了一组牛波有关河的诗，我唯一记住了这一句。三十年了，时光如水流过，每当我置身水上，我就会想起这句诗。这是一种符咒般的语言，每当我置身水上，我，包括身边同船的人，都验证着这句话。仿佛每人身上一直都携带着这句话，无论你在哪里，做过什么事，有过什么样的经历，只要有一天你置身于水上，它就会符咒般地出现。

当我十年前与十年后置身于同一条河流的塘河上时，完全被这句诗的语境所笼罩——我们大家都坐在船上没动；也同时被更深处的阿波利奈尔所笼罩——让黑夜降临让钟声吟诵，时光消逝了我没有移动。十年前，一个深冬的下午，走水路从温州去往瑞安，从南塘码头上一条船，船上已坐满了人，我跳上船的瞬间，船左右摇晃了一下，待平稳下来，看到一船脸色平静的乘船人。船离码头，船头切开平静的水面。众人坐着，开始都没说话。——我们大家都坐在船上没动。塘河，在这之前，一直是一个名词，温州人发这个词的音时，我会听成"荡无"。这条河，自温州至瑞安安阳，33公里。温州人发河的音，先重后轻，后音是绵长的，与绵绵不绝的流水相似。同船的人中，大部分是塘河两岸的村民，他们中有一部分到仙岩镇，有一部分到丽岙与塘下镇，他们坐船是为了方便运输大宗货物，这些货物若乘汽车携带则极为不便，乘船就方便得多了，同时也省心许多。这些坐船人与朱自清写梅雨潭的《绿》毫无关系，他们是生活的民众，他们也许是无意中避开了"绿"这一文人意象，他们从未想到过文学史中"绿"这个意象与篇章，也不会想到"我们大家都坐在船上没动"这么一个关于船与水与人的诗的表述句。但是，此时，一船的人，都沉默，只有机器在响，只有船在移动。船上有孩

子，时间一长，孩子坐不住了。有两个孩子站起来，先是摇摇晃晃地在船舱里走动，继而想跑而没能够跑起来，船于孩子来说太狭小！与在陆上相比，孩子在船上的走动也简直是没动。当他们长大成人，就会像他们的父辈一样，真正地坐在船上不动，耐心地等着到达目的码头。

关于白象塔的传说中，有一段民间口述记录："冬天，一高僧急速上船赶往瑞安，小船到南湖，天已黑，划船人把船泊到榕树下，打算在这过夜。高僧问：船不走吗？划船人说：夜里河道不通，若走会出事（有俩精怪常常夜里在河中打斗）。高僧听了说：我有办法，你放心走就是。划船人好半天才解下缆绳，小心地划着船又开始朝前行。"塘河的这一古老传说，与古老的波涛相呼应。传说是久远的,这是时间中的一条绵长的河流,流经民间,汲取沿途的民间生活经验,及内心的愿望,自古至今,一直流下去。那些民间叙述者,仿佛坐在船上,一动不动,任故事这条船向前行,或往回溯。这些坐着不动的民间叙述者,往往会不断杜撰出高僧、方士、术士等人物。而叙述者口齿冷静,俯视故事中每一个人物,若不喜欢其中的某一人物,在下次,下下次,再下下次,就逐渐地在叙述中用讲述改变这一人物的命运。这些民间叙述者是真正在时间的船只上坐着不动的人,他们任由时间的河流流过,不动声色地改变着故事中的某些细节、情节乃至某一故事中的人物。

在20世纪80年代中期,我曾经在白溪一带搜集过民间故事与歌谣,往往同一个故事或同一首歌谣,会有多种讲述方式,主人公在不同的叙述中会有不同的命运,同一个人物,或一直活在故事中,或是在最后被害而死,或会死而复生。因此我相信塘河白象塔的传说,也肯定会有多种讲述,而我所读到的仅仅是其中的一种。

塘河的每一段河流,都有自己的各种民间传说,在那次乘船的若干年后,我确实又读到了关于塘河沿河的多种传说。对于这些有关河流的久远传说,我仅仅是一个倾听者,更近乎一个时间的过客,但是,我仍是在船上坐着不动的人中的一个,一切盛大的事物包括河流的民间传说,组成了一条经久不息的绵长的时间的河流。当船继续向前,我又回到了"我们都坐在船上没动"这个语境中来。

塘河继续向南流经丽岙、河口塘、塘下、莘塍、九里,再向西至瑞安市城关安阳东门白岩桥。对两岸村庄的陌生,使得我这次感受到一种虚构般的旅行;因受到诗歌表述语境的影响,我像一个想象分配器,向时间分配河流、榕树、拱桥、河埠,同时也向河流分配时间、语言、诗意。而这种想象的虚构旅行,很快被船上几个即将下船的人打断,他们挑起满满的货物,站在船头等着船只靠岸。他们上岸后,船又再次向前行进。剩下的人,又进入"我们大家都坐在船上没动"这个诗句的意境之中,又进入流水如此平静、时间如此深邃的近似于虚构的水上旅行之中。河流、榕树、拱桥、河埠,塘河的特有意象再次依次进入视野,继而继续向后退去。

这年头,你乘慢船去哪里?

时隔十年,2015年11月,我再一次来到塘河上。这一次一起来的有各地的作家、诗人。仍然是从南塘码头上船。这一天几乎是小阳春。而阳光明媚的日子使得乘船更像是一次水上虚构的旅行。在这样的时刻,人一上船就显得恍惚如梦。因为这一刻,

塘河上：时光消逝了我没有移动

我想起了阿波利奈尔的《米拉波桥》。这是一首写水上时间的不朽之作。河水有着困倦的波澜，阿波利奈尔写下诗句：

> 我们就这样手拉着手脸对着脸
> 在我们胳膊的桥梁
> 底下永恒的视线
> 追随着困倦的波澜
>
> 让黑夜降临让钟声吟诵
> 时光消逝了我没有移动

有些时候，有时在午后，有时在深夜，我总是反复朗读这一首诗，以及这一首诗中的这固执的两行诗句——"让黑夜降临让钟声吟诵／时光消逝了我没有移动"。同样地，在这一次的塘河之行中，每当我们的船穿过一座河上的石桥，我的内心就会响起这两行诗句。塘河两岸的榕树没有冬天，仍然那样翠绿，仍然那样茂盛，坐在船上的人，是诗人、小说家、散文家。有来自台湾的郑愁予先生、颜艾琳女士，以及大陆的柯平、但及、赵柏田、陆春祥、江子、习习、赵瑜、郑骁锋、黑陶、庞培、陈原、池凌云、指尖、周吉敏、郑亚洪、施立松、南宪伟、诺山。在船上的时间一长，话就少了许多。这一次的船上，缺少了乘船的塘河村民。于我们而言，散落在塘河两旁的村庄与它的村民，是这条河流本身的组成部分，他们是时间、历史、土地、河流的所在。每一个河埠都通向一座或两座或更多的村庄，每棵大榕树后面，都有着一个丰富绵延的村庄史，每一座拱桥都联结着塘河两岸的人际、伦理。而船上的我们是过客。我们大家都在船上坐着没动，而在这一瞬间，时间已然流逝，河水有如爱情般消逝：

  爱情消逝了像一江流逝的春水
  爱情消逝了
  生命多么迂回
  希望又是多么雄伟

  让黑夜降临让钟声吟诵
  时光消逝了我没有移动

  船在河上缓行，切开水面，船两旁水面的水痕呈楔形，无限向前。这一天阳光是如此之好，它照耀着河流两岸的村庄、行人，照耀着我们脚下的这条静谧的河流，照耀着时间塑造出来的一切细节。越是这样的日子，越是这么明媚的阳光，越是有一种忧伤，它是关于时间，关于时间中的事物，关于时间中的人际情感，尤其关于消逝了的爱情。我看到我们中间有突然沉默的人，这是太明亮的事物深处的一道影子。这是一道忧伤的影子，有关爱情或亲人，或有关更遥远的时间里的那些已然消失的事物。沉默的人，他与她，一切往事都早已被阿波利奈尔以及更早的诗人吟诵过。塘河流经数千年，当我们到来时，它已被现代文明所改造，在南塘街一带，上古往事早已无迹可寻，现代旅游与消费成了南塘河的当下事实。这些明亮的事实，缺少阴影与深度，它们多像塘河上的漂浮物，永远浮在时间的表层上，使得原有的忧伤变成了沮丧。

> 过去一天又过去一周
> 不论是时间是爱情
> 过去了就不再回头
> 塞纳河在米拉波桥下奔流

一个世纪前的诗句，读来如昨日才写下，关于时间，关于爱情，如此切题与新鲜，时间这条河流在永恒地流逝，这是阿波利奈尔，这才是不朽的写作。塘河居民也是塘河文化人的八爪说，塘河沿岸至今还有民间戏班，偶尔会在河边村庄搭台唱戏，他曾数度跟随戏班做田野调查。这是至今与河边大榕树同在的存于塘河时间深处的旧痕迹，但是，随着现代化的进程，这旧痕迹也将荡然无存。如今，我们都坐在船上没动，古老的波涛永远如新，而人口迁徙、村庄变迁，沿途居民一代代更替。离第一次塘河之行已整整十年，而下一个十年也将很快地过去，我们坐着的船正渐渐在时间中风化、朽坏。如果不抓紧回忆远逝的爱情，不抓紧回忆那风中的唱戏声，即使我们仍然坐着不动，很快地也将连回忆的能力都消失殆尽……

2016/3/10

公望美术馆：苦涩的空气里仍存着谜一样的事物

蒋金乐近年来一直研究富阳地方文化。他站在公望美术馆前面，背对浩荡的富春江，向我们叙述王澍设计公望美术馆时的文化理念。此前，我到过中国美院象山校区，那是王澍的另一个建筑设计群组。站在公望美术馆前，所有人都背对着富春江。我一直对富春江有一种想象，因为我一直未真正进入富春江水域。我曾三次到富阳——1986年，2005年，2016年，三次都未进入富春江水域实景，这使我得以保留着一个想象，一个对于富春江的自由想象。富春江上游的新安江与兰江、衢江，以及下游的钱塘江，我都进入过水域实景。虽然在此之前也进入过桐庐境内的一小段富春江水域，但是，我一直觉得自己没有真正进入富春江水域之中，我觉得自己一直处于富春江之外。三次到富阳，三次都只看到车窗外一闪而过的富春江。若是回到元代的富春江，江面一定比如今更空旷。元代之后，《富春山居图》之后，富春江成为黄公望一个人的江。舒缓的江流，两岸山际线低伏的山景，黄公望的小舟永远漂移于这条大江之上。六百多年之后，站在公望美术馆前的蒋金乐说，王澍试图以建筑描述黄公望，以建筑描述黄公望的《富春山居图》。此时我想到了一首未完成的诗：

> 清晨的黄公望，睡眼惺忪。
> 看不出江面流水，
> 中餐也似乎遥不可及。
> 一袭青山等着午后的一壶清酒。

于黄公望而言，面前的富春江每天都是序章，清新、诗意、宁静，舟楫轻划，偶尔一阵江风吹来，一刻能销一生的烦恼事；但这个烦恼刚销去，新的烦恼却随即到来，这是一个永恒的烦恼——时间流逝，生命老去。黄公望江上遇打鱼人，不说话，只沉默地看着。黄公望着宽大的袍子，风一来，风是媒介，风从山边来，风从江面来，风从天上来，北风中有王希孟的气息，南风中有董源的气息，西风中有巨然的气息，东风中有赵孟𫖯的气息。当然，风吹过，依稀江山，一切依然，袍子还是宽大的，小舟依然漂荡。【一袭青山等着午后的一壶清酒。】只有站在公望美术馆前的我，被这个时代裹挟着，前后无着。也许我这一生一直等不到一壶清酒。而这个时代的俗世情景是（一首仍未完成的诗的片段）：

雾霾来了。

一个红肚兜藏得更加深远。

苦涩的空气里仍存着谜一样的事物。

大地有自己的指甲,在时间中一一刻划。

雾霾消隐着固有的诗意,想象也已经勉为其难。12月下旬,雾霾到达南方后连日不散,加之南方的湿度,强调着雾霾中的异味。它导致心境幽暗,情绪低落。寻找红肚兜,成为雾霾时代俗世中的诗意部分,成为俗世中有限的诗意存在部分。而山水尚存的诗意,在各地正被一个个地打包出售。午后的清酒,摆午后清酒的小舟,泊午后小舟的空旷之江,江岸的岩石疏林,唯存于《富春山居图》中。当公望美术馆迎面而立,我看到了一壶清酒,它的一小部分,它其中斟出的一杯或两杯,在当今之溢出的文明中如何成为水泥,而水泥又如何成为一部现代诗篇。【雾霾来了。一个红肚兜藏得更加深远。】这现代文明中的一个红肚兜,一如我正在想着居于别处的一个不存在的女人,她一直隐藏着,几乎找不到,文字中没有叙述,书信中没有影踪,图像里没有出现,也因此成为这个时代的一个诗性隐喻。红肚兜、隐喻、诗性——它们都在深藏在这个时代的雾霾深处。而水泥也是这个时代的雾霾之一——它的属性弥漫在整个时代之

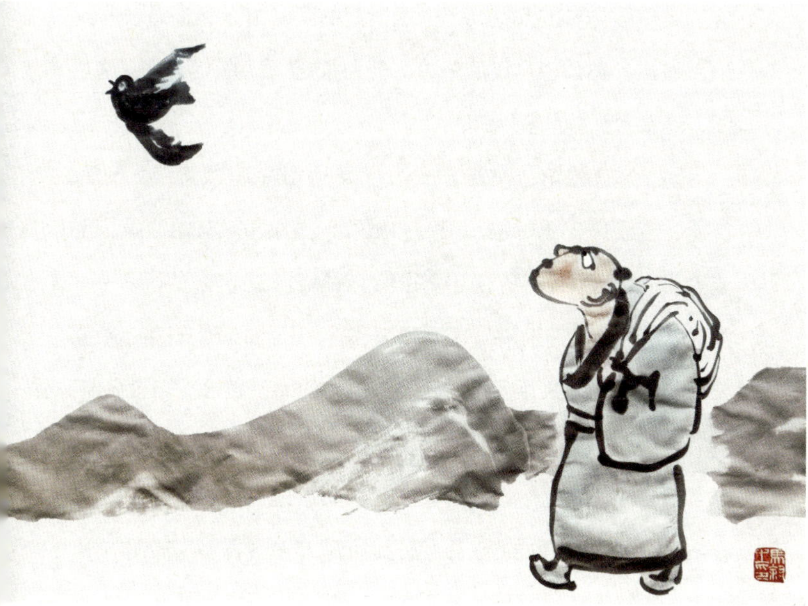

中，弥漫在我们的生活之中。——时而灰色、笨重、坚硬、粗暴；时而与钢铁为伍，耸入云天，左右时代与金融。——强大的物质正通过人自身的举措与累积，压抑着人自身。但是，在富阳，这种坚硬的材料被改造成了一座巨大的美术馆。它通过乡村元素，做出向黄公望过渡的努力，努力抵达一壶舟上清酒。这之间，隔着六百六十多年的时间。

进公望美术馆，左转第一个展厅，展出故宫藏画二十八幅。沈周、查士标、王时敏、王鉴、王翚、王原祁。其中沈周、王鉴等明清大画家仿《富春山居图》有六幅之多。这么多画家——沈周、查士标、王时敏、王鉴、王翚、王原祁，他们存在于黄公望与王澍之间六百多年的时间之中。沈周，黄公望离世63年之后出生。董其昌，沈周离世128年后出生。王鉴，董其昌离世43年后出生。查士标，王鉴离世17年后出生。他们都或仿过《富春山居图》，或被别的无名画家冒他们名仿过《富春山居图》（其中有一幅冒董其昌名）。他们之中，唯沈周离黄公望最近，在时间与技艺及内心深处的诗意上，在所有的画家中，沈周离黄公望最近。而沈周居于苏州吴门，苏州河汊密布，临太湖，太湖浩渺，而苏州的河汊温润流布，因此，我在观其所仿的《富春山居图》时，一眼就看出了既有山树的水墨润泽，又有江面的开阔浩渺气象。我的感觉随之流动、起伏，沈周的笔墨是那么的优美、舒适，仿若雨后不久，令我为之迷恋。从元入明，世相迅速世俗化。沈周的长卷多了几分温润之味是有时代迹象的，就是这几分温润使得这幅长卷离人间生活近了许多。黄公望居于元末，一个末世，不管一个人与那个时代那个现实离得多远，内心一定是萧索的，这不是现实情状带来的，而是时间带来的，时间带来了风，带来了流逝之痛，之悲怆，之悲凉。【清晨的黄公望，睡眼惺忪。】黄公望的《富春山居图》远比沈周的仿长卷萧索，同时也宁静许多。墨枯敛、悲凉、苍茫。诗意更为深远。我没在黄公望的笔墨中去试着感受其舒适度，我在其笔墨中获得的是另一个方向的感受，我感受到了其中的时间与人生。我必须安静，在离开富阳许多天后，再观黄公望的《富春山居图》长卷，在《剩山图》里，在《无用师卷》里，我的再一次的图上行旅，带着我

进入它的悲凉、宁静、空阔。在《无用师卷》里，有一木桥，伸向空茫处，而在沈周长卷里被改造成了石桥，坚实，架向岸边另一岩石，桥上加入一行人。沈周是不忍黄公望的苍凉、悲怆，而特意加了这笔墨。黄公望广阔的人生诗意、时间诗意被沈周用切近的可靠削弱了。因此当我身处公望美术馆时，我感受到水泥材料的悲怆，这悲怆与黄公望的悲怆是相对应的。《富春山居图》的山水长卷，其形是外在的，但是其笔墨的内里感受，它的时间性，它的人生境况的悲凉诗意，也正是道家的重要内核之一。痴，瘦，荒寂，苍茫，浅绛又增进了散淡与温度。

在王澍与黄公望之间隔着这么多的大画家。还有一个人不得不提——朱耷。朱耷的山水更加悲凉、萧索、绝望。朱耷是从明入清的文人。在表达一个时代的逝去，时间流逝的痛感，被弃于世上的孤绝感受上，他是顶峰。而我在看朱耷的山水时，我的感受是那样深切。我不知自己为什么这么喜欢萧索孤绝的山水。而朱耷的山水，毫无疑问受到了《富春山居图》的影响。我几乎毫不费劲就从朱耷的山水里找到了黄公望晚年笔墨中的萧索元素与空旷诗意。他们都是那么的深远，把笔墨如此推进时间深处，如此推进到生命荒凉的背面！只是朱耷把其发挥到了极致，此后再也没人超越朱耷，也不敢重复朱耷。而当朱耷画鸟时，他把这种情绪，把深远的冷诗意，发挥到另一个极致！

六百六十多年以后，我们来到了富春江畔，来到了公望美术馆。

在公望美术馆，我从水泥材料里领略到了其中的一小部分，是的，仅仅是一小部分。在灯光的追踪下，水泥具有了一种冷诗意。有时，水泥太物质化，太漠视生命的温度。但是，现在这个空间被高品质绘画所进驻之后，绘画所携带的时间过程，所携带的古人气息，使得这个空间具有了一种生命与时间的诗意。这是《富春山居图》上的一条孤舟上的一杯清酒的诗意。同时，也是现代世俗生活现实里深藏着的红肚兜的一角。【苦涩的空气里仍存着谜一样的事物。】在公望美术馆，我最愿意留在这么一个厅里，长久地感受古人的将近凝滞的、不动的诗意气息。

我想象着，此时美术馆外部，有一群鸟在飞翔。它们不规则地、自由地飞翔着。这是一群有着水泥一样中性颜色的灰色鸟群，时而分散，时而聚拢，时近时远。一年四季，都有鸟群在飞翔着。飞翔，于人类，是一个艺术大于描述的词语、梦想大于行为的词语。有时，它几乎不存在，仅仅是被感知、被想象。一如从元末到现今六百余年间，由无数个画家、文人来连接时间与艺术史。一幅画，一个人；许多幅画，许多个人。为数不多，却气象庞大。现在，飞鸟连接起了公望美术馆与富春江之间的时间与空间。天空因鸟群而敏感。自由与自在，是居于富春江畔的黄公望的人生状态。

在公望美术馆的更上一层空间,正在举办着一个叫作《山水宣言》的当代大型水墨展。主办方意欲在两个空间中布置这么两个一古一今的展览,来宣示公望美术馆在当代的一个存在。这一个空间里有王冬龄、闵学林的现代派书法以及同样来自中国美院的大型水墨。这个空间展示出了现代人的时代病,焦虑、虚无、混乱。我对蒋金乐说,我不喜欢这个空间的作品,它们削弱了公望美术馆整体的形式诗意。王冬龄破了中国当代书法窘境,但是立的方法仍用着破的形式。而这破却遭遇了公望美术馆强大的水泥构造出的空间,在这时,艺术的粗暴遭遇了水泥材料的本质的粗暴。包括四幅巨型立轴水墨,这种艺术形式正遭遇着来自更加强大的水泥结构空间的打击。

> 雾霾来了。
>
> 一个红肚兜藏得更加深远。
>
> 苦涩的空气里仍存着谜一样的事物。
>
> 大地有自己的指甲,在时间中一一刻划。

公望美术馆的谜底的揭开是最后上升到屋顶的时刻。我们一个一个地沿着阶梯向上走,走到光亮处,走到公望美术馆的屋顶上。屋顶充分展示了设计者王澍的艺术与想象才华。背后的青山，低伏的山际线对应着眼前不规则的屋顶折线，同样地起伏、舒展，似《剩山图》的一角，《无用师卷》上的远山轮廓线。还有云霞，冷色调里有温暖的色泽。我们还在内部空间观画时，它就在这里等待着观展的人上升，然后散开、回望。观山，观屋脊，观山水。观山水时想黄公望，观山水时想黄公望《富春山居图》。屋顶的一方，正飞着灰色的飞鸟，忽高忽低，忽聚忽散。它印证了我先前在美术馆内部的想象与感知。正前方是看不出流速的富春江，宽阔、宁静。【大地有自己的指甲，在时间中一一刻划。】唯近处快速疾驶的大卡车轰隆隆开过，提示我这是一个快速发展的当下时代。我们离这个时代三十米高，自屋顶下到地面，五分钟，便重新汇入火热的当代生活之潮流。在这过程中，蒋金乐向我叙述富阳元书纸古老的手工生产流程，叙述他带领王澍到他老家体味村庄里的细节与质感，叙述王澍如何把公望美术馆的设计理念与《富春山居图》进行融合。

　　走出许久，再回望公望美术馆，它已隐没在一座青山背后了。

　　　　清晨的黄公望，睡眼惺忪。
　　　　看不出江面流水，

中餐也似乎遥不可及。

富春江是属于黄公望的，这几乎是他一个人的江。一个人的苍凉与悲怆。一个人的超然绘画艺术。一个人生命里的旷远诗意。

离开富阳回到乐清已经许多天了。许多年来，我一直在寻找一个女人，她不在现实之中，不在纸上，不在大地上，不在时间之中。她存在于我的苍凉的诗意之中。【苦涩的空气里仍存着谜一样的事物。】她有着一个红肚兜，你们永远看不见，她是一条江，宁静、旷远，连我也几乎看不见。如果找到她，我要对她说黄公望，对她说富春江，对她说《富春山居图》，说旷远的生命诗意，说一个时代的逝去……此时，天色暗下来，公望美术馆沉入夜色之中，与周边青山合为一体。包括它的内部，包括那些古人的水墨，在黑暗中，水墨与空间结构无法再分彼此。美术馆与背后的山体，美术馆与富春江流水，无法再分彼此。古人与今人，时间与历史，无法再分彼此。而每天的黎明到清晨，是它醒来呼吸的时刻，轮廓逐渐清晰，内部空间也从混沌一团回复到各居其所，显现出明晰的艺术面孔。【清晨的黄公望，睡眼惺忪。】关于富春山水，除了那些被黄公望说出的之外，也部分被沈周说出,部分被查士标说出,部分被王鉴说出。到了这个时代,我们的部分关于山水的言说,几乎消隐于雾霾中不知所踪。但是我们仍固执地寻找着《富春山居图》里的诗意真相。在公望美术馆里寻找,在当代的富春江里寻找,在杂乱的大地上寻找。

在当下,在富春江畔,我来了,我走了;更多的人来了,又走了。在以后更为漫长的时间里,从黄公望,从《富春山居图》,到公望美术馆,一个隐喻,一个象征,黄公望在元末,《富春山居图》中的《剩山图》在浙江博物馆,《无用师卷》在台北故宫博物院。一个时代的隐者,一幅说不尽的长卷,在富春江畔的一个美术馆里被想象着、感知着……

2016/12/2

写于乐清

木黄三日：一次近似虚构的旅行

有个初夏的梦是在木黄镇石板寨映山红客栈做的。这一夜，黑夜不断地在映山红客栈加深，四周阒然，人被自己的呼吸声干扰。溪流在二十米之外减缓了流速。静夜中睡眠的身体巨大无边——山峦、森林、悬崖、野兽、山妖、巫术、傩戏、神仙。它们调整着在黑暗中的身体与呼吸。我想起了黑暗中我的旅行包内的物件：米色T恤、灰色条纹衬衣、黑色外套、《相遇》(米兰·昆德拉著)、《印江文学》(杂志)、《梵净山》(杂志)、《村庄旁边的补白》(陈丹玲著)、《黔东名镇木黄文学采风接待指南》、《梵净山木黄服务指南》、梵净山翠峰茶。文字、物质，一切都在梵净山以西。看过梵净山的人，睡眠是沉静的。旅行包内的物质已经有部分与梵净山及印江有关。与梵净山相比乃至与武陵山脉相比，石板寨之夜只能凭一个梦来对应它的一个很小的角落。回忆旅行包内的文字与物质是单调枯燥的。米兰·昆德拉《相遇》——《论弗朗西斯·培根》："所以，只要有机会，培根就会把线索弄乱，让那些想要将他的作品意义化约为刻板悲观主义的专家们摸不着头绪——他厌恶以'恐惧'这个字眼谈论他的艺术;他强调'偶然'在他画作中扮演的角色(画画时出现的偶然:一滴颜料意外地落在画布上,一下改变了这幅画的主题);所有人都赞叹他画作的严肃性时,他坚持了'游戏'这个字眼。想谈论他的绝望?也可以,但是,他立刻告诉你,他的绝望是一种'欢乐的绝望'。"《论弗朗西斯·培根》同样也适用于一种梦境的描述。一滴意外的颜料,足可改变一个梦境的走向。直至决定一个山脉的生态,一条河流的缓急,一次时间的回溯,直至"欢乐的绝望"——我不止一次,而是无数次处于这种梦境之中——"欢乐的绝望"。

与《相遇》对应的,是白封皮的《黔东名镇木黄文学采风接待指南》,巴掌大小,16页。其中有文字:"古有巨树,是树中之王,原名木王,王与黄谐音,后呼为木黄,何时更名,无从考证,沿用至今。木黄镇地处联合国人与生物圈保护网成员单位——梵净山自然保护区西麓,位于两省(市)三县(印江、松桃、秀山)交界处,面积252.75平方公里,辖44个村,307个村民组,1.3万户,4.8万人。"米兰·昆德拉的抽象的深渊,与木黄镇的简介文字,这两者同存于旅行包内,对立的文风足以构成一个盛大的梦境。我在漆黑的暗夜,被米兰·昆德拉拉向抽象的深渊,被他的"欢乐的绝望"所同构,被他的语词所左右,我甚至无法确定此刻身居何处——是他预构了我的木黄之夜的梦的深渊。而木黄镇简介文字，客观、坦诚、真实，干净的物质主义，这些关于木黄镇的简介文字为前者（米兰·昆德拉）的抽象深渊构筑了物质的事实边界，而使之更内在。大约于凌晨2点，我开始进入梦境。这个梦境盛大，在梦中，我置身于不知在什么地方的地方。第二天，同住在映山红客栈三楼我房间隔壁的甫跃辉说，我听到你夜里说梦话了，很清晰，但是我想不起你说的是什么。而我自己也一样，至天亮，望着窗帘上白日的光线，已经完全想不起具体的梦境了。而在此前与此后日子里的几个梦境，我都是能清晰地记起来的。

前一天晚上从梵净山下来到达木黄镇石板寨时，土家族长桌宴已在等待——米酒、烟熏腊肉、社饭、蕨菜、糍粑、叶儿粑粑……桌长三十余米，土家族、苗族、汉族，本地人、外地人杂陈。食欲。味觉。幻觉。饕餮。放肆。迷醉。喧嚣。人影晃动。吃客浩荡。夜晚灼热。酒在口中，在胃里。内心激荡，印堂在暗夜中发亮。坐在我对面的两个土家族女孩、一个苗族女孩——长桌宴局部的三个重要符号，文化的，性别的，族群的。她们言语不多，质朴无华。她们的胃口与食欲良好。吃菜。喝酒。敬酒。吃饭。大口。协调。坦诚。真实。在我们还没结束的时候，她们已起身告辞离开。她们无声地消隐在夜幕之中。她们反衬的是城市的浮华与虚伪。她们与食物构成的事实一次又一次地超出地方

木黄三日：一次近似虚构的旅行 - 55

志的描述。食物超出了食物本身的边框。事实超出了事实本身的边框。她们的消隐，构成了我的石板寨梦境的开端。她们成为米兰·昆德拉的"偶然"与"一滴意外的颜料"。当天夜里，我再次来到晚上长桌宴的广场，人去桌空，一溜长桌空荡而寂静，整个广场空荡而寂静，整个石板寨沉在暗夜的最深处。长桌宴似乎是一次幻觉，它又仿佛回到了地方志的描述中去。过后一些日子，我想起木黄的一夜梦境，它与我们团队傍晚到达石板寨有关，与浩荡的土家族长桌宴有关，与长桌宴上灼热的近乎迷幻的饕餮有关，与高度精纯的米酒有关。

当米兰·昆德拉抛开培根之后进入描述布贺勒："奇怪的是，我和几个马提尼克人聊过这件事，我发现这些人都不知道月亮在天空中的具体样貌。……月亮沉入布贺勒的画作上。可是，在天空中不再看见月亮的那些人，在画作上也看不见月亮。你是孤独的，埃内斯特。孤独宛如汪洋中的马提尼克。孤独宛如德佩斯特的淫欲在修道院里。孤独宛如凡·高的画作在观光客低能的目光中。孤独宛如月亮，无人望见。"过了一夜，一如文字中的马提尼克人与月亮那样，我也已经不知昨晚土家族长桌宴的具体模样与细节。它只是我在木黄的梦境的一部分，而我却又忆不起梦境的具体细节。石板寨之夜是庞大的、安宁的，而沉睡者则不然，少数几个人的梦境、呓语、呼噜声，打破了这个昏睡集体的平衡,也改变着昆德拉所说的月亮的具体样貌。我是把夜晚的长桌宴当作了昆德拉写的之于马提尼克人的月亮。但是我同样不知道昨晚许多事物的具体样貌。我想,这是因了事物与人都是孤独的。事物原本孤独,在我感受了入夜的长桌宴的欢欣与迷幻之后,当桌凳本身重新回到洁净沉默状态,重回到深夜的露水之中,它们,事物,就这样在那里,就这样的状态,如此静默,藏着事物本来的哑语。而我一个个体,在其间又算得了什么呢?时间一过,一晚的饕餮与狂欢,如幻觉深处的烟云,了无踪影。

第二天一早,我因这个梦境而恍惚。

第二天的晚上,广场上有一台土家族傩堂戏。傩堂戏的正戏时间安排在上刀山(也属傩堂戏)之后。天全黑。简单的道具。方桌两张。祭祀祈福食物。艺人三个。偶人两个(傩公傩母)。场边说唱妇女两个。我蹲在边上,视点很低,看着他们在场地上来去——吹牛角号、生火、洒水、钉活鸡、跳跃、腾挪、起舞。地面是那么真实。舞着的人也是那么真实。这个夜晚是那么真实。而恰恰在这么真实的时刻,在他们的舞动之中,在火光的晃动之中,真实渐渐地被消除,各路神仙渐渐地来到了现场。渐渐地,一切有如梦幻,仿佛正在离开地面,正在离开我刚刚真实观察到的事物与人物。它正在渐渐地把我带离地面,使我又融入了前一晚的梦境,梦境之外及梦境之中——山峦、森林、悬崖、野兽、山妖、巫术、神仙、傩戏。此时，我也是看不见月亮的人中的一员。我站起来，走出紧紧围绕着广场的密集的人群。我孤独地站他们的背后，站在梦境之中。我成了我自己梦境之中的某一个部分。有着傩堂戏的巨大的广场，广场上的密集的人群，人群中央正在演着的傩堂戏，它们与他们都不在我的现实之中，不在我的真实的土地上。它们与他们，组成了一个巨大的梦境，复杂、斑斓、气息神秘。在这一个夜晚，这也是木黄的一个超现实之梦。这个空间，石板寨，被傩戏浸染着，回到非真状态，使部分人恍惚。我是这部分人中最恍惚的那个。在梵净山之西，印江土家族苗族自治县的大山深处，海拔1000米的石板寨，我以自己的恍惚完善着这一个梦境。

第三天白天，我回到了雷平阳、傅菲、苍耳、刘照进、龙险峰、晏武芳、陈洪金、史小溪、陈原、冉正万、冉仲景、龙宁英、陈丹玲、庄鸿文、万修琴、李晶、戴劲华他们的团队之中。这一天，一切都回到了真实之中。我听着介绍，跟着团队，观看合水镇兴旺村古法造纸作坊。回到前一天白天的参观现场——会师广场、文昌阁、芙蓉兴隆桥、田氏宗祠、天庆寺。此时，是如此脚踏实地。团队中的每一个人，都有着生动真实的表情、言语、步态、身姿，以及衣着、神态。其间，木黄镇杨再友先生给我提供了关于移民组建新石板寨的资料：在2011年前，石板

他劝我单述意境，他在梦中也不要劝我赞美意境。他说，这是一种颇为从容的，颇为独特的身姿。我赞美生活，也赞美那种你拔转不动的面孔。我用力拔转不动那个我现在已经的面孔。

寨的这些居民，还分别住在滕家（原住房16栋木屋，人口130余人）、张家营盘（原住房8栋木屋，人口47人）、刘家湾（原住房18栋木屋，人口120余人）、对门（原住房4栋木屋，人口30人）。六年时间，建一个村庄，一个去寨化的村庄。好在整齐中有不整齐的部分，村庄与村民一样需要固执的差异，需要反整齐。但差异中又埋藏着新的对立——贫与富，弱与强。强势的家庭会自然扩张，弱势的家庭会渐渐缩小。好在现在更强势的村民外出了，在城里买房定居了。因此也把部分矛盾带走了，带进了城里，而在城里，原本强势的村民又成了弱势的家庭或群体。在石板寨的两个白天，我分别看到其中的一些村民在做事，来去，聊天，搬物件，出入家门，骑摩托或开车去县城或更远的地方。石板寨都是新建的木屋，因此整个村庄整洁、明丽。统一清漆刷出的木结构房，使得一切都呈现着巨大的真实——经济的真实，行政的真实，结构的真实，事件的真实，人物的真实。看着白天的村庄，我不会想到夜晚的傩堂戏，不会想到前一晚的梦境。它们设定着观看者的现实边界。

在回程高铁的漫长时间中，我渐渐地由假寐沉入熟睡。一个个陌生的站台，怀化、新化、娄底、湘潭、长沙、醴陵、萍乡、新余、高安……渐渐地，我想起在木黄石板寨的两个夜晚，一次近似虚构的木黄石板寨之旅。长桌宴、米酒、如梦如幻的浩荡的吃客、傩堂戏，带着人飞离真实的广场。前一夜的梦境，与梦境相邻的旅行包内的事物与文字——在现代化情境中，梦境是困难的，稍纵即逝的。此刻，时间处于刻意的叙述之外，身在列车中，仿佛单身一人，一如米兰·昆德拉所说："孤独宛如月亮，无人望见。"

2017/6/13

去井冈山：K271次列车与笔架山的杜鹃

K271次列车很快地进入黑夜。老式列车与高铁的最大区别是，高铁异常平稳，让人几乎感受不到列车的高速运行。而乘坐老式列车则能够清晰地感受到车轮与铁轨接头处的撞击。入夜，这种感受来得强烈而清晰。咔嗒、咔嗒、咔嗒、咔嗒、咔嗒、咔嗒、咔嗒、咔嗒、咔嗒……无限地行进（除了沿途进站停靠的几分钟时间）。有时，列车车身也会随着进岔道而发生剧烈摇晃。这是一列开往井冈山的火车。始发于上海南站，终点是井冈山站。我在第十一车厢。K271次是一个巨大的未知，所有旅客都是一个巨大的未知。他们是谁，他们从哪里来，他们将去哪里，这与所有的旅行运输工具中的人群无别。列车从杭州东站驶出，沿钱塘江驶入郊外。巨大的黑夜笼罩着山野、铁路、列车、人群。郑骁锋从义乌站上车，去的也是井冈山。郑骁锋侠肝义胆，真实率性，才华横溢。他是这个黑夜中与电力车头并列的发动机，他有着无限的各种各样的关于历史的写作想法。他在这之前与在这之后已去与将去许多地方，一切都为了写作与看见。他克服着各种困难,一直处于"行动"之中。我们简单地聊了几句,他回到他的车厢,回到黑暗时间的未知之中去。

深夜的K271次列车,除了车厢中偶尔走过巡视的列车员与乘警之外,一切都深入沉默之中,假寐的,思忖的,焦虑的,熟睡的,漫无边际的,杂乱的,以及异常清醒的,各种人处于各个车厢中。一切仿佛大革命的前夜。把时间推回到1927年。这一年,国际上,C.J.戴维孙和L.H.革末提出的电子具有波动性的设想,构成了量子力学的实验基础,开启了现代物理学的划时代时期。

中国在这一年的大事记中,仅有一条与科学(其实是仅止于技术层面的)有关的记录:6月29日,永利碱厂首次生产出碳酸钠含量在99%以上的"纯碱",遂定以红三角牌商标,在同年8月于美国召开的万国博览会上获金质奖章;也仅有一条与艺术相关:5月1日,林风眠兴办北京艺术大会。(一如在这深夜的整列K271次列车上只有一人在写着一首致远方的诗歌《列车上》。)

这一年,在中国,其余的全是与政治、军事、人事密切相关的事件:

2月——

  6日,龙云在云南发动政变。

  8日,奉军南下入豫。

18日，上海工人第二次武装起义失败。

本月，中国正式收回汉口、九江英租界。

3月——

5日，毛泽东发表了《湖南农民运动考察报告》。

19日，国民党发表对农民宣言。

21日，上海工人第三次武装起义取得胜利。

21日，郭沫若发表《请看今日之蒋介石》一文。

24日，南京事件。占领南京的国民革命军攻击外国机构，打死金陵大学美籍副校长文怀恩等人，英美军舰炮击南京城。镇江英领事将镇江英租界管理权交还中国。

31日，康有为在青岛去世。

4月——

中国大地上开始出现激烈对峙的迹象：

5日，汪精卫、陈独秀联合发表《告两党同志书》。

6日，张作霖派兵搜查苏联大使馆，逮捕藏身其中的李大钊等数十名国共两党人士。

12日，蒋介石在上海发动"四一二"政变。

15日，李济深在广州捕杀共产党人。

17日，武汉国民政府罢免蒋介石一切职权。

18日，蒋介石另立南京国民政府。

19日，武汉国民政府举行第二次北伐誓师大会。

27日，中共第五次全国代表大会在武汉举行。

28日，李大钊被奉系军阀张作霖处以绞刑。

5月——

5日，冯玉祥出师潼关，直系军阀覆没。

13日，夏斗寅叛变进军武汉。

此时中国的土地上，正发生着一系列与民族密切相关的事件。事件的密度相当高。农民在田地里的劳动效率并不高。贫富大多时候是对立的。在这前一年，1926年，7月，为消灭各地军阀割据势力、统一全中国而进行的北伐战争爆发。7月4日，国民党发表为国民革命军出师北伐宣言。9日，国民革命军誓师北伐。到了1927年，北伐继续。在这一年的7月份，朱自清在北平清华园写下："沿着荷塘，是一条曲折的小煤屑路。这是一条幽僻的路；白天也少人走，夜晚更加寂寞。荷塘四面，长着许多树，蓊蓊郁郁的。路的一旁，是些杨柳，和一些不知道名字的树。没有月光的晚上，这路上阴森森的，有些怕人。今晚却很好，虽然月光也还是淡淡的。"而汪精卫则在武汉政府"排共"。同年，在北平发生的还有两件事：4月28日，38岁的李大钊，中国革命家，在北平被处决。6月2日，50岁的王国维，自沉于北平颐和园昆明湖。这是风起云涌的大革命时代的前夜。激情、迷惘、痛苦杂糅。一批年轻的革命者正深度介入各种历史大事件中。

夜行的K271次列车。远方朋友发送的信息，穿越夜空中的半个中国，穿过绿皮火车铁皮屏蔽的车厢，落在手机中。我的激情差点被点燃。但列车的无尽的撞击声消除了来不及激活的那部分。

早年，革命已经是一个热词。它持续一年、两年、三年，乃至数十年。

1926、1927，在那个年代，青年人激情澎湃，工农困难重重，知识分子思考自身、命运与土地。任何一个时代的知识分子，在青春涌动的生命中，都保持着对现实的紧张，充满着向未来求索的热情、争论、求异、创新。最后是行动。暗处冰冷的武器互相触碰，亚光的紫铜弹壳包裹着黑色火药，于克制中从一处运送到另一处再运送到另一处。革命的诱惑力是巨大的，从未有过的，压抑的青春，灰暗的生活，涌动的欲望，对新的可能性的追寻，理想的光芒，这一切，都为革命带来了新生能量。有时

去井冈山：K271次列车与笔架山的杜鹃　　- 67

也无须理由,当激情被即兴点燃与激活,就会毫不犹豫地跟着众人走。演讲也是一门革命的艺术。革命肯定还带有那么一些狂欢的成分。不然,一些十四五岁、十六七岁的孩子不会跟着走。我见过另一个"革命"年代,1968年,村庄里的战斗队,常常星夜开会,村(大队)干部都很年轻,激情澎湃,狂热,扛着被风吹得猎猎作响的红旗,在村庄(大队)与公社间的大路上走来走去,一路寻找革命对象。在1968年那个"文化大革命"的年代,年轻人的青春过剩,激情过剩。但是在1927年,革命需要这种狂热,需要狂热产生持续的青春与激情的力量去抗衡一个绝对强大的"现政权",唯有持续的革命激情,才有可能把革命的事情做大。而1968年,这种狂热是可怕的。在K271次夜行列车上,持续的钢铁与钢铁的撞击,力量强大,摧枯拉朽,无可阻挡,传达出了类似强大革命的青春、狂热、激情的动力品质。这种情景,使我想起1927年的人们。当然,也同样会想起1968年。K271次列车有时会整列剧烈震动起来。有的睡梦中的人差点就要在熟睡中跳起来,他会不断地被唤醒。即使没入睡的,也许正在冥思之中,因此被阻断,或被激活。在沉闷的年代,沉闷的生活、沉闷的青春一旦被激活,革命的召唤轻而易举。青年人对激情的表达,对革命的介入,对破坏一个旧世界的热情,从来不会吝啬。他们记住的是这样一句话:无产者在这个革命中失去的只是锁链,他们获得的将是整个世界。

1927年,在中国的中部,8月1日,南昌起义。9月9日,秋收起义。三湾改编之后,军队真正上了井冈山。

在夜行的K271次列车上。此时的我,离那个年代的革命的距离是巨大的。我的内心太平静了。夜行列车的颠簸以及钢铁与钢铁的无限撞击,没能够唤醒几乎沉睡的内心与肌体。咔嗒、咔嗒、咔嗒、咔嗒、咔嗒、咔嗒、咔嗒、咔嗒、咔嗒……列车行进中。我写下《列车上》:

……

火车停不下来。肉体在颠簸。

我在睡梦中起跳。害怕自己的庸俗撞上天花板。

你在注视什么呢?

唯有灯火很远。

一个星辰,挂在了与人世有点距离的地方。

……

夜行的K271次列车。平庸的我,K271次列车上的同样的平庸的大部分人,构成了一个远离1927那个革命年代的这个深夜里的现时代空间结构。超稳定。沉闷。沉睡。呼噜。磨牙。起夜。深睡。洗漱。在夜行的K271次列车上，我写下了上述诗句，用它见证我的平静与平庸，见证我的单一，见证我与那个既激情澎湃又残酷无比的大革命时代的遥远距离。当天色渐渐放亮，K271次列车驶入了拿山。车窗外渐渐地显出井冈山的翠绿。这是九十年后的井冈山，平静、翠绿、安宁。当郑骁锋再一次在车厢上与我会合，列车已经抵达井冈山站。

K271次夜行列车过于坚硬，更接近过往年代的大革命叙事。而井冈山杜鹃，则是它的柔软部分，是它的镜子深处的一抹彩色水印。

到达井冈山的第三天，大雨倾盆，在汗漫的建议下，我们两个人一早赶赴笔架山。十五分钟车程，单程四十分钟的缆车，把我们送上了海拔1300米的笔架山。大雨中的笔架山上风起云涌，乱云飞渡。来笔架山的原目的是看映山红。关于映山红（杜鹃花），与对映山红的壮美的想象，来自一首早年的电影《闪闪的红星》的插曲：

夜半三更哟盼天明

寒冬腊月哟盼春风

若要盼得哟红军来

岭上开遍哟映山红

若要盼得哟红军来

岭上开遍哟映山红

岭上开遍哟映山红

岭上开遍哟映山红

这部电影是那个十年"文化革命"时代的产物,是一部塑造儿童革命形象的影片。20世纪六七十年代,在所有的文艺中,"革命"成为覆盖一切的符号,所有生命与行为都转化成为过度革命美学。在众多过于坚硬的红色叙事中,留下的是许多电影插曲中的旋律,这些旋律有着明显的瓦格纳式的片段风格,进行曲式,向上无限复式递增,雄壮、粗暴、励志。它对从那个年代过来的人,其影响是巨大的。20世纪六七十年代,已经不再是20世纪的二三十年代,已经不再需要暴力革命形式所产生的这种过度革命叙事。它所唤起的是和平年代里的摧毁意识与激情,当所有人都在接受这种过度革命叙事时,它所催生出的激情是可怕的。在现时代,它有时作为红色波普出现,以解构现实生活中的压力。

我们来时,5月8日,映山红已过了花季。上坡的山谷里还尚存最后的几片映山红。这几片映山红开得平静,花株也不多,三三两两，零零星星地绽放着最后的花瓣。而上山时的倾盆大雨，无疑又催落了最后一批漫山遍野的映山红的花瓣。我们来山上看花时，一如革命遇到了低潮，花朵也近落完。但是革命总是风起云涌，一如云雾的出没、漫涌，于不经意间突然奔来一山急速的云雾。就在几天前，同行陈蔚文的山东朋友苏抱琴对我们说，她刚去了杜鹃山（笔架山），那漫山遍野的杜鹃花的壮观令她惊叹。就晚了几天，花季已去，仅剩数丛花株还开着最后的花。还坚强地开着的杜鹃花，既黯淡又悲壮。在高山上，在游人如织的时候，最后的杜鹃花显得倍加孤独。雨落在伞上身上，雨落在山路上山林里，雨落在还在开着的杜鹃花上。已没有多少人注意杜鹃花的开落，多数人都在观赏笔架山的层层叠叠的峰峦，着迷于起自峡谷深处的云雾。飘忽不定。无常。遮盖。时而露出的一座座山冈。杜鹃花在中国式的话语中，是革命叙事语境里兼具坚强与柔美同时也凄美的一种叙事。红色，壮美，强烈的工农群众意象，同时又具野性，不失阳光下的妖娆与诱惑。一种复杂之美。这使我想起"文革"年代唯一一部令人激动的芭蕾舞剧电影《红色娘子军》。这是粗线条的大革命叙事中最令人想看的一部电影。那时的青春枯燥无味，《红色娘子军》恰好迎合了青春期的幻想，红色、武器、大刀、暴力、女性身体、性。虽然在现在看来舞姿仍然是僵硬的，但在那个时代，是所有坚硬的革命叙事中最柔软的部分,因为服装的合体,因为形体的迷人,因为没有说话。这是复杂的革命元素。她在伟大的自然界的对应元素,无疑是生长于海拔1300多米的高山上漫山遍野的盛开于4月的井冈山杜鹃花。笔架山上的杜鹃,乔木,高大。它们在悬崖边,斜坡上,路边,人前。所以当苏抱琴描述看到杜鹃花时的情形,在场的所有人都表示无论如何也要去笔架山看一眼。而当我与汗漫来时,没看到漫山遍野的壮美杜鹃花,只看到山坡上最后的鲜艳不再的几处杜鹃花株。

这时,一阵风雨再来。笔架山上大风大雨使人发追溯之思。1929年井冈山大事记:

> 10月30日,永新、莲花、宁冈三县地方武装攻克永新县城。
>
> 11月11日,袁文才率宁冈赤卫大队在睦村打垮宁冈县反动"靖卫团"。
>
> 11月,红五军一、三、四纵队先后回边界开展游击活动。

1929年,红军用游击方式与敌人周旋,山高路远,在山路上、密林中、陋屋里(有时是被征用的财主屋中),哪怕少量的青春女性的存在，她们的青春的脸庞，与宽大肮脏的粗军服内的美妙形体，乃至紧张军事生活中偶尔一次慵懒的姿态，都足以使同道中的男性增加征服的巨大力量，以及抗击敌方的更多智慧。但是，一旦形势残酷，女性也会被劝说离开队伍。此时，同为女性的曾志利用自己的影响力，站了出来，为队伍中的女性争取到了留在队伍中的权利。同一年，井冈山革命女性中，贺子珍生下了一个女孩，伍若兰被敌军残酷杀害，伍道清与丈夫从此分离。第二年，谢梅香和兰喜莲突然成了凄惨的寡妇。革命年代的女性，其悲壮、凄苦、隐忍、屈辱、痛苦、牺牲，比同道的男性更甚。在风雨如晦的年代，女性参加革命的数量远比男性少，但其付出的代价比男性大得多，也凄惨得多。她们的痛苦是持续的，漫长的，不为人知的，也是大革命时代个体的必然命运。个体的命运令人唏嘘、内省、落泪，以至我想起另一首歌：法国欧仁·鲍狄埃作词、皮埃尔·狄盖特作曲的《国际歌》，它的悲情与召唤的力量是如此深远。

5月8日夜，回程的K272次列车上。列车离开井冈山新城。列车离开拿山。在K272次列车上，我反复听着一首井冈山地区的民歌——《十送红军》。曲调忧伤、悲情，其旋律是所有革命歌曲中最美的。

一送(里格)红军(介支个)下了山

秋雨(里格)绵绵(介支个)秋风寒

索索(里格)梧桐叶落尽

红军(里格)团结挂在心间

问一声亲人红军呀

几时(里格)人马(介支个)再回山

……

大革命时代除了壮烈、残酷、曲折，更多的是连绵不绝的忧伤。

5月8日的K272次列车是对5月4日K271次的补充。1929年前后的革命女性是对波澜壮阔的大革命时代的补充。笔架山杜鹃与歌曲《十送红军》是对过往年代里大革命壮美的补充，是对坚硬的大革命叙事的补充，也是对现代夜行列车的一种柔软感动的补充。有时，忧伤、落泪，是一种更强大的力量。它来得更加持久、漫长，而令人感动与动容。在钢铁与钢铁的无止境的碰撞中，在黑夜的K272次列车上，我想起了风雨中的杜鹃花。反复听各种歌手版本的《十送红军》——刀郎、童丽、方琼、黑鸭子组合、宋祖英、冯乔、王爽、哈布日其其格、苏云、龚玥、黄莉媛……

五送（里格）红军（介支个）过了坡

鸿雁（里格）阵阵（介支个）空中过

鸿雁（里格）能够捎来书信

鸿雁（里格）飞到天涯与海角

千言万语嘱咐红军啊

捎书（里格）多把（介支个）革命说

……

在柔美忧伤的旋律中慢慢地进入了深睡眠状态。

2017/5/15

于乐清

横峰记:一切优美如斯

一、县城之夜

傍晚,横峰县城上空的光线很快地黯淡下去。从岑山大酒店出来,人落在马路上——这条路叫岑阳大道,很快地与正在到来的黑暗融为一体。同时,街灯开始亮了起来。一拨人走在岑阳大道上,影子投在深夜有些凉意的水泥地面上,移动于这个县城的一角。我们一个一个地穿过红绿灯,走进了另一条县城大道——兴安大道。老县城在远远的另一角。那里的街道沉浸在另一种黑暗之中,房屋有着黑暗的密度。黄道街、古窑路、立新路……人行走在其中,左右的暗,压过来。一些过早坐在家中的横峰居民,坐在家用电器的夹层里,电视剧,对话的声音,悬疑情节,戏曲,弋阳腔的赣剧,"壁上画马马难骑,铁打耕牛怎拖犁","我夫带兵征西凉,不知生死与存亡"。不知剧名,只听唱腔。方言在老街的旮旯里交互飞翔。深处的灯火并不那么通明,老人坐在电视机前,方言的唱腔在房间、客厅的幽暗角落里回旋。

第一晚，兴安大道的一个僻静处，老乡镇饮食店，大碗啤酒，当地小吃——灯盏果、油炸果、兴安酥、麻糍粿。一拨外乡人，游离于横峰方言之外，不知弋阳腔，不知老街道，身在岑阳不知岑阳。第二晚，横峰火车站铁路桥边，一列绿皮火车以缓慢的速度通过横峰县城。夜间的车厢用方块连接成一条灯火带，从眼前拉过闪过。横峰站在这一处的西边，深夜的旅客三三两两地下车之后，早已等待在月台上的同样少量的旅客登上了这个车次的车厢。上车的旅客落座在火车座位上，空出一个座位的相对而设的六人座又重新填进了一个横峰人，他去往的前方也许是浙江，也许是福建、广东，或再转向海南。深夜上绿皮火车的旅客，都将去向一个很远的地方。还有一列橙皮火车通过这座深夜的桥梁。这是K字头的快车，乘这列火车的旅客，心情比绿皮火车稍稍焦急了些许。在不很快的"快"字里，焦急被提升了许多。而此时坐绿皮火车的旅客，身体在座位上歪向一边，在无尽的轮子与铁轨的撞击声里进入了完全的梦乡。此时更易惊醒的是橙皮火车上的旅客，他们时不时睁开瞌睡沉重的眼皮，打量一下行李架上自己的旅行箱，再瞄一眼同座的其他旅客，然后再合上双眼伴装入睡，也许真睡。这一切，似与横峰无关，但是，这一切，有部分发生在横峰境内。我们的边上，有着许多大排档，人们吃着烧烤，喝着啤酒。县城的生活激情，有许多时刻，总是发生在深夜的类似于大排档的这种场所中。青年们大碗喝酒，大口吃肉，吃烧烤，高声笑谈，以及发泄内心的不满，以及骂娘，也有的乃至打架、动刀。每过去许久时间，在无所事事中，总会看到一列绿皮火车或橙皮火车从桥上轰隆隆地通过。每当这时，大部分人无动于衷，仍然喝酒谈笑，只有极少数的人，不言语，停下筷子，转过头去注视着通过的火车。而此时，在岑阳老街，时间的更深处，仍然有少数几个老人醒着，弋阳腔的赣剧，在此时此刻，被调低了声音，咿咿呀呀，若隐若现，隐隐约约地飘出窗外。

二、山与瀑布

石桥的山，起伏，有气象。车从葛源上行，山势渐渐变高，却不陡，满眼绿色。天空蓝得晃眼，看一眼天，内心都空了，霎时干净了。这时，你不要与我说其他事，你说了，我也不回应。我只看石桥的山与天空。有时一两棵高树突出地立于公路边上，仿佛整个天空就这两棵树，所以它们的枝叶乱生一气，向横向上向下向内向外。即使在这样一个看似与世隔绝的高山上，电子网络也很通畅，信息随时到达。晴空中布满电缆，时刻提醒在此处的人，是现时代，是被信息纠缠着的人，逃不开的人，时刻想着回到城市的人。但是，这一刻，天是空的、蓝的，山势起伏、

此兩者同出而異名同
謂之玄玄之又玄眾妙之
門天下皆知美之為美斯惡已
皆知善之為善斯不善已故
有無相生難易相成長短相
形高下相盈音聲相和前
後相隨恆也是以聖人處
無爲之事行不言之教萬
物作而弗始生而弗有爲而

常無欲以觀其妙
無名天地之始有
名萬物之母故常

突兀。即使掌握着现代通信技术，人在此时，完全可以暂时放下一切，暂时清空心里的不快，暂时拥有质朴的视觉。此时，人会有点傻，因为山野也是傻傻的——只是绿，起伏，沉默无语。山顶平地上，有石桥村，村口有数棵高树，其中一棵如书法枯笔，转折遒劲，有异美。下坡一百米，靠左，一棵千年香榧树，正结子。香榧树与人类太亲近，不好。

山上有数瀑。有一瀑（石桥瀑布）从山顶跌下，分成三折，三段式，它两边的山干净、高傲，不与人类为伍。上行的路上，我看到几只松鼠，自由跳跃，瞬息即逝，它们与大山与瀑布保持了高度的和谐。站在瀑布左边的山坡上，瀑布声不大，不激越，流水优雅，顺势流下。这是水与光滑的岩体结合的典范。水与岩体的互爱、相依，不为别的所干扰。自上而下，安静流畅。自然的绸缎、白练，此时，让人类看了去。在手机微信朋友圈里，我发布了一组瀑布图。人生浮世，自古有妻妾儿女财富金钱，江山也与女人同等被包括了进去，而山水也因此疏远着人类。越是僻远处的山水越是高傲，同时也越是静美。发微信朋友圈，是多么小的伎俩，人在山水面前也因此显得可笑。这条瀑布，千万年流淌，属大山，属自然，这真正的山水，是无诗，无语，无信息，诗是人对它的误读。它是它自己的，在那里，僻远处，在远离人居的地方。

在此之前，有个铺垫。在葛溪流水边上，有一片巨树林，樟树、水杉树。这片树林，被流水所映照，像一个自然的序幕。而最后，从新篁乡返回再经葛源，这一片巨树林，则是这一天横峰行的尾章。

三、莲荷

莲荷乡，在横峰县城东南十公里处。莲荷，于横峰，仿佛一个农业深处的秘密。去时，荷苗才刚插下几天，水田上的荷叶苗子稀疏分布，水面平和、安宁。我们是过客，只看不说，不惊动。除了田埂上人的倒影，还有山的倒影，房屋的倒影，电线与电线杆的倒影。更深的倒影是天空与云朵。谁也想不到，在这广阔的插满荷苗的水田中，有着不为人知的时间的倒影。信江水从赭亭山南麓流过，它沿赭亭山南麓形成了一片宽阔江水，缓缓地向着赭亭山弯曲的弧度。信江多美！此次横峰当地的同行者，对我讲述了20世纪30年代这一带激烈枪战的过程。乡人的坚硬个性，土地所有权的交替夺取，乡县辖区的拉锯战，使得莲荷乡的苦难远多于其他地域。灼热的枪炮，横劈的大刀，迅飞的子弹，战死，阵亡，历史上的战争总是有着惊天的惨烈。这一段历史，在当下的叙述中，仍然惊心动魄。当讲述到胶着的战斗，讲述到红了眼睛的亡命拼杀，讲述到死亡时，时间是凝固的，生命突然间消逝了。尽管讲述者描述这一情景时悲痛无比，还是无法呈现当时惨烈的那一刻。这一切，都在莲荷的时间深处的倒影之中。如今的信江仍然那样平静，如果没有听到同行者的讲述，仿佛一切都不曾发生，一切都优美如斯。面前的大片水田里，一片片小小的荷叶，稀疏而平静，去时是4月底，再过两三个月，荷会很快旺盛起来，荷叶会整片整片地覆盖水面。而粉色的荷花也会于这之间悄然升起，再悄然开放，由此形成典型的荷乡景观——一阵清风吹过，满水田的荷叶摇曳，荷花渐红起来，而荷叶的绿也更加地深下去。多美的情景啊！而革命的记忆，如此酷烈、决绝。同行者抬手指着赭亭山，那里，曾经的惨烈阵亡，之后的更加酷烈的行动，江山大地，在信江一侧，被染红了。如今荷花的红，荷花的白，平和、安宁、静美，它淡化着曾经的惨烈与酷烈，让今人看到平静之美：平静的水田，平静的荷叶，平静的清风与白云。有时，会有雷电暴雨，过后又迅即恢复宁静。莲荷，水田的倒影里，有着时间深处的战栗。

莲荷乡、丁家村、赭亭山、信江、荷叶、记忆，在我离开之时，它们交结成了一个整体。有时，不说话，不言语，不回忆。有时，不言语，却沉入时间深处，沉浸在回忆的海洋——那里有沉船、瓷器、珠宝、鲸鱼、海马、牡蛎。丁尼生在《横越大海》中如此描述：

> 夕阳西下，金星高照，
> 好一声清脆的召唤！
> 但愿海浪不呜呜咽咽，
> 我将越大海而远行；
> 流动的海水仿佛睡了，
> 再没有涛声和浪花，
> 海水从无底的深渊涌来，
> 却又转回了老家。

老家是挥之不去的记忆——在赭亭山，在丁家村，在莲荷，在横峰，在中国。

四、分水关

从横峰到分水关一百余公里。分水关已不属横峰。我们从横峰出发经铅山县城，经永平，经武夷山镇，到达分水关。傍晚时分，福建，江西，两省省界。向前望福建地，向后望江西地；反之，转过身来，向前望江西地，向后望福建地。界地上有一孤魂碑，早年关隘行路之难，有商人亡命于此，临去前托当地山民在其死后为其代立一孤魂碑。如今这一段车水马龙，而于荒草深处看到这一石碑，仍顿生孤凉之感。无常的不仅仅是命运，天地亦无常。

废弃的分水关隧道，矗立于深山中。我们到达时黄昏已过，黑夜降临。四周阒无人迹，一片大山，唯有隧道前的几张条凳、椅子。我们沿着一架木梯攀缘而上，进入荒诞之境。所有的摆设突然出现于鼻子底下，猝不及防、恍惚、时空凝滞。人行其中，虚幻，若入达利或米罗画中，或埃舍尔画。五维空间。一个怪异的地方，有趣，有味，荒诞。黑陶久久凝视某一处，那一刻，他进入了荒谬时刻。一切都被神秘的时间带入其中，又突遭停滞，不知身在何处。这是铅山朋友丁智找到的地方。吃饭时，傅菲讲述了一个故事——寒冷的冬天，他从上饶到永平铜矿找到住单身宿舍的诗人汪峰，汪峰于那一夜写下了情诗《梅》。讲述完毕，傅菲站起身朗诵汪峰的《梅》一诗，耿立继而朗诵写给父母的一首诗——《两堆骨头》。对这一地，文字无法记述。文字是其中的荒诞部分。人是其中的荒诞部分。在深夜回铅山的高速公路上，坐在副驾驶座上的傅菲讲到他的一位好友带着儿子于若干年前去往福建的途中经分水关时突遭车祸，双双遇难，傅菲才一说起，就号啕恸哭，全身止不住地颤抖。我、黑陶、耿立，随之沉默,无语。此时,对于傅菲内心所唤起的巨大的悲恸,任何话语都是无力的、矫情的,唯有沉默。而此时的沉默,与车外黑暗中的大山浑然一体。我想起了八百里之外的大海,想起了丁尼生。

丁尼生《横越大海》最后两节:

> 黄昏的光芒,晚祷的钟声,
> 随后是一片漆黑!
> 但愿没有道别的悲哀,
> 在我上船的时刻;
>
> 虽说洪水会把我带走,
> 远离时空的范围,
> 我盼望见到我的舵手,
> 当我横越了大海。

伟大的诗篇,无意中阐释了时空与人生。

那一晚,我记住——分水关,时间,物件,达利画境,诗,空隧道,八百里外的大海,以及返回时一车的沉默……

2016/5/29

去青海：穿越冬日的虚构

一、纸上青海

1997年，写下短篇小说《观察王资》。九千字。这个短篇写在四百格的大稿纸上，用圆珠笔，蓝色的字。在这篇小说中，主人翁王资曾在青海待过一年，后回到了南京，最后又去了青海格尔木。这是"青海"这个地名第一次在我的文字中出现。它是跟着小说中的王资一起出现的。青海在那时还是一个地名，一个词语，一个我没到过的遥远的地方。这个地方在中国地图的西北部，它庞大臃肿，寒冷无比，苍凉广袤。王资在那儿基本上都是在炉子旁度过整个冬天。作为南京人的王资为什么要去青海，这个问题在这篇小说中一直是个悬而未决的问题。此后我曾写下另一个小说标题——《冬天去青海》。这是一篇只有标题没有正文的小说。它一直只有标题。《冬天去青海》——这个标题写于1999年，20世纪的最后一年。这一年我没有写小说，只有《冬天去青海》这个标题。在这之前，青海是遥远的，几近虚

无地存在于地图之中；在这之后，从1999年到2008年，在这漫长的十年中，青海仍然是遥远的，它仍然只是我的纸上的一行小说标题。这之间，同时出现的还有另一个地名——拉萨。这两个地名代表着两处我不曾去过且一时也去不了的遥远的极地。我经常在自己的肉体及内心深处遥望着这两处遥远的地方，只是自己不知、不觉，潜意识的潜流强大而不为自己所知。《冬天去青海》——这是一个我自己认可度非常高的小说标题。除此之外，我的所有小说的标题都庸俗不堪。后来，小说消失了，它转化成了一首诗："玉树、西宁、格尔木、青海湖／保存着想象的冰雪。／保存着青、蓝、白。／一束阳光是它柔软的骨头。／炉火升腾，增加了红。／颧骨。烈酒。／门外一只狗，把连绵的高山吠矮。"我是不满意这首诗的，因为它的诗质远没到达青海的任何一处，它是游离于青海之外的。它与青海还是有那么远的距离，数千公里。这是一首想当然的诗。它与青海仍然距离遥远。许多年前，一次在虹桥镇的一家幽暗的茶馆里，在一起的有瘦船夫、任飞。瘦船夫说自己最大的愿望是去敦煌一次，去看看莫高窟、鸣沙山。我说，我想去青海一次，去玉树，去格尔木。至此，青海对于我，一是在纸上存在，一是在交谈中存在。

《观察王资》的第九节，这个小说的结尾，王资再次去了青海玉树，于虚无之中在玉树的寒冬的屋内烤着火，被在遥远的南京的几个朋友所谈论。

二、飞机，飞机

去青海的飞机须中转咸阳。

飞机从温州龙湾起飞。飞机拉升。龙湾大地，继而是温州大地——农田、房舍、山峦、瓯江、浩渺东海。机身倾斜、转弯，继而又是农田、房舍、山峦、明亮的瓯江，及大片的群山、黛青色的起伏的大地。二十分钟后，慢慢地，江南的感觉空茫了，更多的人拉下了遮光板。飘浮在半空中的机舱被各种各样的人充塞得满满的，挤压着机舱，金属机身因此更加发胖，庞大而臃肿，人在机舱里，胖妇人似内脏，瘦男人似咸鱼干，还有瓜果蔬菜。温州人大多像丝瓜与茄子。整个机舱是南货市场，温州话喧嚣，女人尤其提高了说话的声调与音量。升高了的飞机，在蓝天中浮动，浮在白云的上方。强烈的阳光有时从机体的侧面射入，金属翅膀的明亮使得我有一种它随时要燃烧并熔化的错觉。远方遥远而蓝色的空气反衬出机身的巨大。发动机的涡轮金属罩壳是金色的。舷窗的有机玻璃隔开了乘坐者与天空。一束明亮得耀眼的光束打在前排一个男人身上，这男人在睡觉，伏在写字板上。光线在他起伏的背部切出一块明亮的地带。飞机上的大部分人去西安，少部分人去青海。从咸阳往西宁曹家堡的飞机上乘客少了一些，机舱内不规则地空着几个座位。再没有人说温州话，西安话与少量的青海话交杂着出现。天空仍然是那么的透明，蓝、广袤。下面，灰色的大地起伏着、延伸着，几乎都是连绵的群山。咸阳至曹家堡五十分钟。机舱里的航空小姐派发的食物是小个面包、榨菜、三种自选饮料。每在飞机上获得分餐，带来的却是更加饥饿的感觉。飞机的飘浮与简陋的高空饮食让人处于更加强烈的饥饿状态之中。若干年前,我写过一首《飞机,飞机》,其中两节——"飞机飞机。飞机飞机飞机。/各人的脸色不很好。钱多的人期待下下一杯的水。/上飞机时我的钱已猛然减少,它把我的期待也减少。/航空小姐的脸庞有点侧。但是,我期待。//谁歌唱谁就胆小。谁歌唱谁就远离航空小姐。//哦,笑脸!哦,小姐的笑脸!/歌唱贴着白云飞翔,他甚至歌唱一条白净的腿。/啊,飞机。飞机飞机飞机。飞机飞机。"每当人在机舱里,除了饥饿,还有一种过于闲适的感觉,要么睡觉,要么盯着航空小姐看,要么把想象彻底打开,让想象与飞机一同飘浮在空中。慢慢地,巨大的饥饿感也会随之消失。这时最适合歌唱白云,歌唱航空小姐的笑脸,歌唱无所事事的闲情,歌唱乌托邦,歌唱想象的自由。但是善于想象与歌唱的人都是飞机上的胆小鬼。在飞机上,丰富的想象与速度无关。飞机很快就到了青海上空,云层更加稀薄,向下俯视的山川更加明晰。有雪。从高空往下看时,山冈上的雪散得很开,透过蓝天往远处看,10月底的青海的雪山,光芒收敛,白色低调,有时与山冈上方浮动的薄云有着同样的色调。飞机临近曹家堡,开始下降,沉睡的人、静默的人、低声交谈的人,这时都清醒了过来,开始提高说话的音量。说话的音量随着飞机高度的下降而逐渐提高。其中陕西口音的声音大而含混,带着关中大地的尘土味。温州话在这时已退居其次,少数几个人温州话的世俗表达在七千米的高空带有商业诡异的味道。西宁人与上海人一样沉默。直到飞机落地，几乎所有人都及时地开启手机，放松地用声音表达瞬间的踏实与回归。过后，所有人的声音都降回到了正常音量。

曹家堡机场阳光明亮，金黄色的山坡斜面平缓、干净、舒展。

三、啊，乌鸦！

入夜，长江路、五四大街、胜利路，西宁的许多条街道的行道树、电线，以及建筑物的背顶上，停有数不清的乌鸦。

在天暗下来的时候，乌鸦就逐渐地出现了。它们一只只站在电线上，站在行道树的枝杈上，它们这样地并列站着。冷风刮来，这些乌鸦不为所动，站着，间隔很长时间，才从这处飞向附近的另一处。冷风中的行人，保持着有限的热量，来去匆匆，从一条街道到另一条街道，从一处往另一处，做着各种各样的事，就是不去注意它们。在长江路"咖啡地带"咖啡馆门口，电线上的乌鸦的排法如下：一组二十多只，一组十只，一组六只，一组五只，它们把电缆线压得有些下坠，四组乌黑的意象并列在空中，它们的轮廓在暗夜里显得模糊不清。其中一只孤独地站立在另一端的乌鸦，在站了许久之后，开始往外飞，一会儿，又回到了它原来所站的位置上。它飞走了，回来了，它仍然是单只站立。后来它开始慢慢地摇动着身子向另一组靠拢，但是，还没等它靠近，这一组乌鸦突然飞到另一根电线上去了。以前我所见到的乌鸦，大多是一只两只，大多会发出沙哑的叫声，但是西宁的这些乌鸦大多沉默不响，配合着夜色的深下去。有时，外地到西宁的行人偶然仰头看到西宁上空如此多的乌鸦，会发出惊异的声音："啊，乌鸦！——啊，乌鸦！"这种叫法，有时惊惧，有时惊叹，有时近乎赞美。在2011年10月底的这一天，在9点钟的长江路上，我也叫了一声——啊，乌鸦！我的声音迅速消失在长江路嘈杂的街道上，连我自己都听不真切。事实也证明了我的这句话没有引起旁人的任何反响。西宁人早已习惯了大量乌鸦的存在。从资料上看，西宁街道上乌鸦大量出现是从2006年开始，至今已经持续六年了。每到初冬来临，一入夜，五四大街、青海师大四周、长江路等街道上空的电线上就会出现数不清的乌鸦。在我来时，它们仍然是那么多，从总量上来说，没有减少，也没有增多。有时，它们之中的一组，从这根电线上突然起飞，飞越一小段距离，飞到另一根电线上去站立。而另一组又会飞过来及时地落在刚才空出的这根电线上。它们乐于这样反复交换站立的空间。乌鸦的这种小空间的变化，对于人类是毫无意义的。没有人会在意它们的这种微小的时空变化。人有着太多的自己的事，这些事，烦，乱，多，纠缠。人无尽地陷入这些事中不能自拔。这些事与街头乌鸦的距离太远了，远得人们根本不会去注意乌鸦的存在。我进入咖啡馆里，叫了一杯咖啡，坐在大厅靠窗的一面，透过大玻璃上隐约的各种事物的影子看出去，仍然看得到电线上成排站立着的乌鸦。此时，我已经习惯了这些乌鸦的存在。我平静地问起西宁的乌鸦，得知西宁人是讨厌乌鸦的，因为乌鸦太多了。西宁的城管队曾经用炮轰的方式来驱赶街头的乌鸦，但是仍然无济于事，乌鸦太多了就没有办法了。时间一长，人们也就习惯了，熟视无睹了。但是，还会有人说起乌鸦粪。西宁的乌鸦经常把温热的粪便排到行人身上，车上，各种物体上。乌鸦粪便温热，带着乌鸦本身的黑色热度和独特诡异，带着腐蚀度，似一束燃烧的小火苗。这暗夜里突然而至的物质，在事物的表层，留下它的温热的黑色痕迹。这之后，西宁人行走会很自然地避开它们。慢慢地，人们不再去管它们了。这样一来，乌鸦于西宁人又好像不存在了。哪怕乌鸦把五四大街上的所有电线都压得大幅度下坠，人们也不再在乎它们了。但是，乌鸦总是存在着，它们从这根电线飞向另一根电线，从这条街道飞向另一条街道，暗夜西宁的上空，是乌鸦自由迁徙的天空。我从咖啡馆出来，重新进入冷风中的街道。这时，我再次注意起西宁上空的乌鸦。它们的数量更多了，排列得也更加密集了。它们一组组地突然起飞、停栖，停栖、起飞。更多的时候是站着不动，任夜色模糊着它们的轮廓。这时，突然从远处飞来一群乌鸦，它们在低空盘旋，足足有千余只。

啊，乌鸦！——在2011年10月28日这一天夜里，在西宁的长江路上，我再次叫出了声。

四、蓝冷，青海湖

地图上的青海湖是一头蓝色的冬熊，尾向着西宁，头朝向海西州。这头蓝色冬熊薄薄地紧贴在地图上，有着无边的寒冷安静的力量。它曾经一直是我与朋友在遥远的东海之滨的茶馆里谈论的去处。这去处在相当长的年月里，与敦煌莫高窟，以及西藏纳木措并列在我们的虚无谈论之中。像纳木措，青海湖也一直是个象征。这次，它从众多虚无的谈论中单列出来，成为一处所到实地呈现在我的面前。2008年10月，我的第一次青海之行。10月22日，一行人到达青海湖。风突然刮得猛烈起来。气温骤然下降到零下十摄氏度。寒冷之中，极目望去，是青海湖广袤湛蓝的湖水与湖边长满金黄色牧草的辽阔草场。青海湖，它的迎面而来的冷与蓝，令我们措手不及。海拔三千两百米，从西宁往这儿上升了一千多米。这个高度不算高,还没到生理关,但是吸进的是冰冷的空气,从鼻子冷起,鼻腔、气管、肺部,都瞬间冷了起来。高度纯净透明新鲜的空气,带着冰冷的蓝色意象,及至皮肤肌肉与骨子里的寒冷,几乎把人变成了一只知觉迟钝的冬熊,但又远没有冬熊抗寒。在青海湖的一刻,正因为寒冷,蓝色透明的寒冷,使人觉得它在这一刻重塑了到达这里的每一个看湖的人,那就是把一个专注于看湖的人在这一刻变成了一个青海湖畔蓝色调的旅人。它的基调是冷而透明的蓝。直至乘坐船只进入湖面,侧过头去看被船只分开的浪涛,这时的蓝色才瞬时生动而层次丰富起来。湖面的蓝色也更加深,冷风也更加凛冽。我对面坐着的那位姑娘,她咧开嘴,露出的两排细牙,白中带蓝,这蓝放射开来,小范围笼罩了她所坐的一小块空间。她并没有像其他游客那样大喊大叫。她只安静地坐着,侧头看着船一侧的深蓝水浪。她加深了青海湖的蓝色基调,也加深了青海湖深冷的安静基调。上岸后,在一片平缓广阔的草场上,我遇见了一群大绵羊与两个放牧的少女。她俩用围巾把头部裹上,只露出一双眼睛,其中一个右手举着一个收音机,收音机中播放着歌曲,收音机中的歌声时断时续。——她俩坐在草场上,下午的阳光斜照在她俩的棉袄棉裤上。

金色草场、阳光、白云、牧羊少女。

近处的远处的绵羊、远处连绵的雪山、湛蓝的青海湖水。

这一切,在即将离开青海湖的时刻出现在我的视野中。这时的青海湖,已经从单纯的蓝色变成了蓝色与金色交融的时刻。辽阔的蓝,辽阔的金色,辽阔的青海湖与草场。蓝天、白云、雪山。

再往前走,远方一片金色的牧草间建有一座浅蓝色的小屋子,屋子后面就是辽阔的青海湖。身边的109国道,伸向无尽的远方。国道公路旁,旷野中,矗立着两棵孤立的树。

冬日下午,一个旅人,在青海湖畔,暖色调回到了眼前与身上。

五、塔尔寺,万分之一的幽暗内部

塔尔寺是我所到的第一座藏传佛教寺院。体系庞大的棕红色的建筑群,遮盖了湟中县莲花山一条长沟两边连绵的山坡。这里是六百多年前创立格鲁教派的宗喀巴大师罗桑扎巴的诞生地。那时的莲花山宗喀能有多少人口?但就是在这不多的人口中,诞生了宗喀巴。大金瓦殿的四周是众多的佛殿:小金瓦殿(护法神殿)、大经堂、弥勒殿、释迦殿、依怙殿、文殊菩萨殿、大拉让宫(吉祥宫)、四大经院(显宗经院、密宗经院、医明经院、十轮经院)和酥油花院、跳神舞院、活佛府邸、如来八塔、菩提塔、过门塔、时轮塔,以及众多的僧舍。这个由众多建筑组成的建筑群在藏传佛教系列建筑群中并不算大,但是它已经足以震撼我。站在停车场处,望着这些有着深红佛墙的建筑,它们内里的丰富与神秘,让我费于猜测。偶尔从大门走出一个着深红佛袍的僧侣,他步履缓慢,神情专注,阳光把他的影子横切在地面上,显得安静、落寞。这里出现的每一个僧侣,都是庞大幽暗的寺院内部释放出来的一个神秘符号。大金瓦殿是莲花山塔尔寺的中心殿。我来时,看到从其他建筑体中走出的活佛与僧众向着大金瓦殿而来。据说,如今宗喀巴的灵魂仍然存在于大金瓦殿内的大银塔中。绕过众多的转经轮、佛像,到达大银塔跟前。在这暗黑的空间里，飘着浓郁的酥油味，酥油灯的摇曳的微光照耀着这里的空间，照耀着大金瓦殿里的大银塔。大银塔所在之处就是宗喀巴出生的地方。如今它深藏与守护的是宗喀巴大师的六百余年的精神空间。一千三百余两黄金，一万余两白银，无数的格鲁派传人，无数的藏族信众，长明的酥油灯，长转的经筒，飘扬的旌幡，远道而来的俯身长叩——是他们构成了这座神性的建筑与宗教空间。我在大金瓦殿的大殿前，看到了一排八个的叩长头的藏族男女。他们之中，有老年，有中年，有青年。他们没有任何言语，甚至没有表情，他们的表情几乎是凝固的，凝固于非凡专注的无法言说的虔诚中。老年人脸上有着深色的皱纹，年轻人脸上有着深色粗糙的红晕。这一行人中，中年人坚定，老年人超然，青年人把心收起。大金殿里的外族的旅人对他们是不存在的，他们的心里只存在宗喀巴大师，只存在至高无上的佛的精神。他们就是一千三百余两黄金中的一两，一万余两白银中的一两。他们就是长明的酥油灯中的一束微光，是长转的刻在经筒佛经中的一笔笔画，是飘扬的旌幡中的一丝清风。是他们构成了藏传佛教的巨大信仰空间的存在。在另一处，大金瓦殿正前方的塔尔寺大经堂，数百卷藏传佛经深藏于此。108根柱子金碧辉煌。存放经卷的龛盒对外来者始终紧闭着。对于外人，它们从不打开，不露真容。这种做法是为了深藏，为了更高地保持神性。经堂内108根巨大的方形原木柱子，冲击着进入者的视觉，强大、坚定，呈示着结构深处的巨大宗教质感。它们与深藏在龛盒内的柔软经卷构成了深度呼应，一是有形的建筑品格（108根巨大木柱），另一是无形的精神品质（经文）。经卷的幽暗、柔软，高密度的经文，发暗的丝绸布面，这一切，通过诵经者低沉含混的嗓音诵出，布散于这密布着108根原木柱子的幽暗空间。这诵出的经文，到达已经进入大经堂里的听者耳中，再返回到诵经者内心。在我将离开大经堂的时候，我听到了突然响起的诵经声！诵经声隐约飘忽。我回头，想努力听清这突然而来的诵经声，但我是不可能听得真切的。我的俗世品格，注定了我听不到超然的诵经声。这突然而来的诵经声，回荡在大经堂里，只有更多的藏族信众才会听得入心，因为，只有他们，才是它的真正的聆听者与朝觐者。

2008年，10月，23日，我从大金瓦殿内部出来，从大经堂内部出来，从塔尔寺内部出来。我只看到了、感受到了塔尔寺万分之一的幽暗内部，或者更少。

2012/1/10

去慈城:那里没有收信人

一

去慈城。慈城在宁波的江北区,西北角。

这一天,我在文学活动的人潮中退场。所有熟人的脸孔,熟悉的话语,熟悉的场景,都退去了,隐去了。持续十多天的雨,突然收住,放晴,犹如一封未写完的长信遭到粗暴中止,投递。这么长的雨天,周作人可以陆陆续续地写一部书,普鲁斯特可以写满几章布满绵密细节的文字。也足以使一个原本粗心的人有了新的耐心去谈情说爱,取悦情人。而天气的骤变,刺眼的阳光猛烈倾泻,一如被突然中止的长信的书写。如果有写信人,而写信人的忧伤也会因此被转为愁绪与苦恼。在这一天,我像是一个蓝衣邮差,邮包里塞着这封被强行中止的才写到三分之二的长信,独自启程去往慈城。这一天,仿佛被这样用于跑腿,及寻找投递的邮址。如果不是因这次到宁波,我可能永远不会去慈城,过去没有去,今后也不会去。尽管我到过宁波许多次,到过东钱湖、月湖、开明街、老外滩,但是那么多次我从没去过慈城。在这之前,慈城于我,像一位陌生又陌生的远处的人,在某处,而从不知,亦从不遇。

一天之前,在大雨中,想到慈城这个名字,我竟然会想到狂风暴雨,狂风暴雨中的倾倒的行道树,之后是一座干净得像明镜一样的城。我知道,我的想象不着边际,它与慈城毫不相关。它事实上是一座安静的古城,与俗世距离很近,应该在某一巷弄里吃着牛肉面时去想象它,在某一茶座的下午时光里去想象它。这样它会在想象中更接近现实的城镇。比如,那些对落叶的想象过于浪漫,对狂风的想象也似乎不着边际,而想象中的行走于古城中的邮差也太过于像旧时代的人物。

去慈城,几乎没有什么过程。宁波口音的司机开的出租车,有着邮差一样的墨绿的颜色——50元,慈城。

二

"马上就到慈城了。"

"慈城很小。"

"直接到县衙,还是这里下车?"

"不,就这里下车。"

去慈城：那里没有收信人 — *103*

晴朗天气里的声音是响亮而短促的。南城沿路，解放路，十字路口。选择热闹杂乱的解放路进入。解放路，搜狗五笔输入法中的一个词组，在"解放"这个词的后缀组合中，它的使用频率高到排名第三。这个路名，极大地消解了慈城的地域性。十一月初的慈城，在解放路上呈现着它的有关一座城的最基本的生活与商业元素：手机店、中国移动、中国电信、中国联通、小米专卖、苹果专卖、手机大卖场。一条二百米的街道，有着十多家手机店。即使是一座小城，它也极快速地与这个时代同步。全民智能手机、全城智能手机、随手拍、微信、公众号、点赞、评论、转发、拉黑、屏蔽，这一系列名词组成了这个时代的重要即时互动方式。也许在下一刻这些又会成为过去。这一切，同样把生活方式迅速地改变着，变得当下而即时，变得只有现在没有过去。这条街道上的店铺，其次是家用橱柜、卫浴设施、建材电器，还有数家宾馆、几家家庭旅舍。此时，解放路的慈城，是一个即时的、现场的慈城。现实主义，俗世生活，家庭冷暖与烦恼，匆匆而行的生意人，无所事事的中年人，许多人都面目模糊。老年人蹒跚行走，走很久，背影才慢慢地消失；少年从巷口冲出，跑三十来米，旋即跑进另一个巷口，迅即消失。我在许多城镇中看到，少年人越来越少，也越来越干净，同样地，慈城的少年也不多，闪过的少数少年，是这条街道里最干净也最明亮的所在。此时，又一个少年从我身后跑来，跑向我的正前方，他背着红色书包，这红比其他的红要鲜艳明亮，这鲜艳明亮都是因背在这少年身上的缘故。杂乱的街道，慵懒的中年人，旁边的一家又一家的店铺，因这团燃烧的红色的划过，而现出了一时的动静。我侧过身看到一个中年女人看少年远去的眼神，这一时她的眼睛动人明亮，这年纪的中年女人即使看情人时也没有看少年时的眼睛明亮。

三

太阳殿路是从解放路上横接出去的一条支路。它是慈城古城区前面的第一条路，与孔庙比邻。孔庙，一座文庙，它掌控着慈城文脉与慈城的大部分历史。在慈城，凡家有文房四宝或族中有出文人名人者，都会说起这座庙。建炎四年（1130）金兵南下，孔庙遭焚毁，淳熙四年（1177）重建修复。孔庙边上的中城小学的老师教着学生，少年们说着标准的普通话，诵读课文，把尾音拉长，学着深奥的奥林匹克数学。这里的近千名学生，他们出入于孔庙旁边，成群的学生身影快速从孔庙高高的紫红色围墙下跑过。有时，他们会在晴空下停留（低年级的学生一放学就被他们的父母接走，然后做着无限的复杂的作业；高年级的学生则有着相对的自由），大胆地评论老师，互相说着对家长的怨气。而孔庙的存在，使得慈城中城小学学生们的家教更加严格，家长们对儿女的学业与成长寄予更大的希望。在行政或事业单位上班的学生家长，会经常地想到孔庙，在孔庙数个匾额中想到最多的是光绪帝爱新觉罗·载湉御书的"斯文在兹"匾额。这一切都因他们与孔庙靠得太近了。而此时的太阳殿路，出奇地安静，也许学生们正在上课，还未到放学时间。这条路是自东向西的单行线，但几乎没有一辆车开过。电动自行车修理铺，靠近路口，门楣上挂满大锁与轮胎。店面纵深处幽暗宁静，没有待修的车辆，也没有买配件的人。店主在门口百无聊赖，胖、慵懒、迷离，他的内心存放有店铺纵深处的每一种配件数与规格型号，以及一些已经开始生锈的铁件。他只要转身，弯腰，伸手，就能摸到大尺寸的铁扳手、螺丝刀，以及电动工具。孔庙与他毫无关系，他的中城小学毕业的孩子已经上中学了，但他几乎没有想到过爱新觉罗·载湉题的那块"斯文在兹"匾。整整一下午，他没有一个上门修理电动车或买配件的顾客，我来时他这样站着，几小时后，我再次经过这里时，他还是这样站着。曾经在这里修理过或买过配件的人，星散在慈城的各个角落，做着日复一日的单调的活计（许多人远没有配件店主这么自在悠闲）。距这间配件店不远处，是一个中医诊所，大大的玻璃推拉门上贴着大大的红色字——中医、针灸。毫无疑问,这是一个以针灸为特色的中医诊所。太阳殿路不宽,就一条巷子的规模,中医诊所位于这段路的中间位置。大门紧闭的诊所内弥漫着艾草被点燃的味道,它似乎是慈城的另一种诡异的味道,穿白大褂的中医师穿行其间,声音低沉,与艾味浑然一体。此时,诊所宁静、幽暗,中医师声音低沉,手腕柔软,长针闪亮细长,艾烟缭绕。我想象着一个中年病体,在其间,因了诊所的空间而安静,病体在洁白的床上,松弛的肉体的边际下坠,它的某一些穴位接受着细长银针的插入、旋转,酸麻的感觉弥漫开来,再辅以艾灸。在这狭小的诊所内,它的中医古老的气息与慈城的旧时光的古老慢慢地融成一体。

慈城的其他地方还有小学(慈城中心小学),还有电动自行车修理铺,还有医院、诊所(离这儿不远的孔庙边的慈城镇医院,以及距离相对远了一些的宁波市第二医院保黎院区、慈中牙医、吴华祥内科诊所、唐杏娟妇科、国庆村卫生室、上岙村社区卫生站……)。但是,太阳殿路是整个慈城的最核心处,它把握着慈城作为古城的这一角的最根本的气息。

四

再往纵深处走,太湖路在转弯处对接太阳殿路。太湖路空前的干净。民权路、尚志路、太阳殿路、太湖路,四条路构成古城的四方横"十"字格局。我走在太湖路上,没遇见一个慈城的居民。我走在尚志路上,没遇见一个慈城的居民。在太阳殿路东段,我也没遇见一个慈城居民。一小时之后,在太阳殿路与太湖路的十字路口,我遇见一位六十多岁的戴眼镜的慈城人。

我问:"为什么整条太阳殿路的北边,每一堵墙上都写着一个'拆'字?"

"拆了是为了建新墙。"

"为什么?"

"建新墙是为了建新的古城。"

"居民呢?"

"迁走了。"

回答完,他慢慢地远去,背影落寞、孤单。

居民迁走了。这座呈横"中"字的城池剩下一个空壳。这事在微信上得到了证实:朋友赵柏田在留言中说,原居民都迁走了。柏田后来又加了一句:去年与郑亚洪来慈城时好像还没有这么空荡。此时,一条路,尚志路,仅我一人在走着。我坐在位于金家井巷的布政房前的石头台阶上。背后及面前是一座完全空了的城池。原居民全迁走了,他们被分布到慈城的各个角落或集中在某一小区的商品房里。他们几十年的生活痕迹不再。我想象着今后重新开放的古城成为新的旅游景区，摆着满目的旅游纪念品，把空城打造成博物馆式的处所。当那些迁走的原居民重新从这条路上走过时，他们再也找不到自己曾经生活过、恋爱过、吵闹过的地方了。这地方还在，但已经不是他们曾经生活过的地方了，他们的过往的痕迹彻底不存在了。他们的可触的记忆与生活只存在于如今的小区里，高层建筑，电梯，直上直下，一幢矗立的楼房同住着几十户人家。也许有一部分人会回迁，回迁的原居民将成为这里经营旅游纪念品的小商贩，而不是一个在散漫的冬日放松晒太阳的生活者。这是他们现在的生活状况。他们原先所生活的区域将成为博物馆，被附上说明书，接受一批又一批的无关的陌生人的观看。

五

太湖路。在"润"咖啡馆，我一人坐下，无所事事。我置身于这座空城之中，犹如一个投递完了所有邮件的邮差。其中那封未写完的雨天长信，被投进了这座空城。阳光倾泻下来，而这里没有收信人。这座空城的所有地址、门牌号，似乎都不真切，都是虚幻的，真实的号牌后面，没有向外看的目光，没有人来打开眼前的门或窗户，整座城都没有收信人。咖啡馆前的几个人，都不是本城人，也不是慈城人。我起身，逆向行走。太湖路，空无一人。东城沿路，空无一人。竺巷东路，空无一人。叶家弄，空无一人。袁家巷，空无一人。一直行走到东镇桥街最西头，才看到几家店铺。它们接续了慈城人的世俗生活，也呈现了收信人的真实状况。如果一个真实的邮差到来，他应该很容易就能找到温和的收信人，而不是一个空邮址，并且还会捎走一封短短的回信。（这个时代也正如一座没有收信人的空城，再也没有人写信，再也没有人收信，文字的体温正在迅速地流失，没有墨水，没有歪斜的、颤抖的笔迹，没有信封，没有方格稿纸，没有画着清淡红线的信笺。）在保黎北路，一家特色牛味面馆，一大碗牛骨面终止了我的这次慈城之行。双手抓着牛筒骨，加进一勺辣椒，吃得满头大汗，十八元，付清，走人。才想起，那封雨天的未完成的虚拟长信，根本就不可能有收信人，它可能再次被我带了回来……

2015/11/21

于乐清

闽东、柘荣：方言在两处

一、溪水向西流

柘荣是什么地方？远在福建，却又近在很近处。远是出了浙江省，近是与浙江省的泰顺县交着县界。

十岁到十八岁，十年时间，我一直生活在泰顺县一座高山上，住地海拔八百多米，一年中半年时间浓雾弥漫。泰顺，地缘上更靠近福建闽北，与闽北山水相连，它的一条干流就发源于我所生活的这座高山上。至于水流向何处，当时作为孩子的我们一直是迷糊的。我们问大人：这溪水流向什么地方？他们的回答同样是含混不清的：有的说，这溪水啊，流向平阳；有的说，溪水么，流向文成县啊。他们就是没有说要流向福建的。这座高山上的大人们的心理是：泰顺是浙江的，它的水又怎么会流向福建呢？这支溪流的源头，在上佛洋林场高山群峰的南边山涧中。我见过它最初的泉眼，清澈的、发亮的泉水从山间汨汨泛出，缓缓向山下流去。那么，它的下游都经过什么地方呢？我最初所知道它经过的地方是：玉西、泗溪、下洋、枫树岗、雪溪、南坑、仕阳。再远就不知道了。而在此之前，我一直以为它汇入的是文成的删溪，最终会流向飞云江出东海。但是，错了。其实它是流向福建的。从谷歌地图上搜索跟踪这条溪流，从仕阳（仕阳，一条百余步的石碇步，壮观地穿越宽阔的溪面，牛过去，人过来，人过去，牛过来，或牛与人同一方向一同从壮观的石碇步上过溪。数百年来反复如此，如此反复！）开始，分别流经的是静安渡、交溪（绕过狮子岗）、园潭村、周厝（这里开始叫白石溪，再下段叫富春溪，最后是叫赛江），最后入东海。在这个过程中，流水有时急促，有时舒缓；有浅滩，有深潭。在泗溪上游是急促的、清浅的；在泗溪下游，则不断地有深潭阻滞，不断地减缓着流速。它这样夹带着这一流域的方言、习俗，夹带着山间消息，一路奔流而去。

那么，泰顺向西南方向流去的这支流水与柘荣的交集在哪里呢？柘荣县境内有两条溪，一条叫龙溪，一条叫管溪。龙溪自龙溪水库上游很远处发源，经龙溪水库，往下再流经杉柴岚、橄榄坑、杨家盛，经上城村入县城、溪坪村，围着前山村绕一圈（此时，龙溪已经为县城留下了数支流量充沛的洁净用水），然后，再流出县城往西流经店头村，转向正北方向流淌，再宛转奔流一段路，在一个叫东坪的地方，与柘荣县境内的另一支流水——管溪汇集，然后再向西在青葱与坭墙厝附近汇入交溪。在这里，柘荣的流水与泰顺的流水汇成一江流水，两个群山林木紧相连的县份以流水的完全交集，形成了一种地缘上的紧密关系。然后就是支流水共同的流向——绕过狮子岗，经园潭村、周厝、白石溪、富春溪、赛江，最后入东海。

柘荣县城就依溪而建，这一支龙溪流水，在这段流域显然把流速放缓到最低。这使得县城的居民看水的心情很放松，也很放心，安居乐业并不要很多的额外因素，只要温饱足够，只要龙溪的水缓缓地流，只要男人健壮，女人妩媚，就足够了。

泰顺县与柘荣县，两个县境内的流水，在群山之间回环后，向西流淌，出县境后才折向南方。

绵长的流水具有回环往复的叙事感。在泰顺境内的叙事，是轻盈的、歌唱般的，带着村落、放牛孩子、劳作者与林间的消息：牛饿了，牛饱了；树叶黄了，树叶落了；雨来了，雨停了。在柘荣境内的叙事也有着同样的品质：深秋了，晒番薯米了；冬到了，太敌了（杀猪了）；某个住么侬（妇女）看上了某一个朵么侬（男人）了……

到了柘荣县的最西边，到了白石溪后，是这两支水流的汇合之时，这时的溪流放缓了速度，因此多了叙事上的深沉感：一个族群的兴衰，一个村庄的缓慢扩展，山民们的生活习俗的缓慢相见亦无事，别来忽忆君。

变迁……越往下游越是如此。

站在柘荣县城河滨东路，龙溪水流速缓慢，它将要绕过山前村、广福寺向西流去。河滨东路上的行人气定神闲，看得出他们眼前要做的事情并不多，即使有要做的事，也不急。也似这一河段的流水，安宁、缓慢。三年前在泰顺泗溪镇，看到溪畔的山民，也是如此安宁、放松。是否相近的山水风格孕育出的子民个性也相似呢？

在地域上，还有比山水交缠相连更加紧密的吗？没有了。

二、方言在两处

还没到柘荣时，就想到了闽北的方言。以前到福鼎时，我没有仔细听当地的方言。也许福鼎方言与柘荣方言接近。但因我在福鼎时多是应酬的时间，因此就如走在一个铁皮桶的外围，根本不知内里装的是什么。这次到柘荣，一来就有种地缘上的亲近的感觉。因此，哪怕在柘荣停留的时间是极短暂的，柘荣于我，仍有一种进入状态。

我少年时代生活中的泰顺蛮讲，会与柘荣方言有重合之处吗？方言的试探是到柘荣的第二天上午。旅游中巴上的导游女孩正坐在我的边上，车子开往一百公里之外大山深处的宅中乡。车窗外两边是急剧起伏的翠绿山林，山势、房屋与泰顺几乎一样。那么，这里的方言呢？它们的重合度到底有多高？我问女孩，吃饭，柘荣的方言怎么说？女孩说，吃午饭就叫掐到，吃晚饭就叫掐瞒。这与泰顺蛮讲完全一致。还有杀猪说太敌，男人叫朵么侬，女人叫住么侬。还是重合。在《柘荣县志方言卷》里，我找到寒、厨灰（灶灰）、骸桶（脚桶）、索（绳子）、厝（房子）、番薯米（干薯丝）、菜吉（咸萝卜片）、钹（跌）、哪赛（拉屎）、头三（畜生）、生意侬（商人）。

这些重合的方言，是两地交往的咬啮的齿轮，是它们把两地山民紧密地联结在一起。

在边界，山民们常常会使用无线移动电话的同一个基站。古老方言，现代通讯，在当代被纠缠到了一起。想象着两地用方言通话，古老的语音，经过电流的过滤，它的语意核心部分，仍然直达对方。这种方式快捷而短促，改变了大山深处几千年来延续下来的缓慢的生活节奏。还有一个词，叫"山西麦"，就是长得丑的意思。当着人家的面说出这句话时，这真实的表达是那么的直接而令人难堪。这是山里人，语言直接，也因此让对方学会了承受真话的表达。

如今我离开泰顺已经三十五年，那里的蛮讲早已经与我疏离了。一次在动车上，邻座的一对小青年用蛮讲相互调情，我却只听懂三分之一。对少年时代方言的疏离,意味着语言家园的某种缺失。对于柘荣方言,我听得懂的则更少,只听得懂二十分之一。但是,这二十分之一,已经足够我理解部分的柘荣。即这部分的柘荣县是清新的,质朴的,真实的,安宁的。我想象,在县城山前村,某一四合院,冬天阳光斜照,老人们三五一群,坐在廊檐下,回忆漫长岁月里被风干的往事。当谈及年轻时追某一漂亮的妇人时,顿时印堂明亮,黯淡的瞳仁里有一点星光闪耀。然后谈太敌(杀猪)、饮食、旧梦。在他们还年轻的时光里,杀猪是多么盛大的一件事!它的声势(猪的震天嚎叫,整个村庄都听得到)、它的仪式(刀光与喷血,灼热的,紊乱的,兴奋的,残忍的)、它的过程(巨大木桶,滚烫高温水去毛,从黑色内脏到雪白的身体,闪亮快刀快速开膛)、它的期待(猪肉、猪腿、猪肚、猪肝、猪心、猪头),这一切,对一个五六十年前的村庄,是多么的惊心动魄!当老人们发出"太敌"(杀猪)这个柘荣方言的音节时,他们是激动的,迷乱的,仿佛回到了年轻时代。在柘荣,方言的节律,在老人处是缓慢的,带着一个已经逝去的旧时代的印记;在中年人,是绵密的,包容了最大的人世生活情景;在青年人,则是相对快速的,他们有着远近不同的目标,需要以最快的方式抵达,也使得他们天生享有一种速度感。而方言的演变,也往往是在快速的反复的交谈中不知不觉地发生着,这发生,连他们自己也毫无所知!

在广福寺,一边是清澈的龙溪流水,另一边是香鼎上悬挂着的几只锈蚀的小钟(风铃)。在这个安静午后的广福寺内,只几个僧人在闲散地走着。我的相机捕捉着小钟上的时间与泛绿的锈迹,它们在清晰的定焦镜头里,以深刻而丰富的锈蚀,把时间与安宁的品质以独特的方式呈现出来。而柘荣的方言,也如这铁铸小钟(风铃),几千年的岁月流变,使得柘荣话有着一种既质朴又丰富的品质。比如,当他们再次说起如下的方言——寒、厨灰(灶灰)、骸桶(脚桶)、索(绳子)、厝(房子)、番薯米(干薯丝)、菜吉(咸萝卜片)、铍(跌)、哪赛(拉屎)、头三(畜生)、生意侬(商人)——这浙闽边界的回音,不仅仅有着山水的交集,也因此具有了更深层次的血肉的交融。它是文化的、生活的、世俗的,有着山野之清新,更有着人间烟火之味。甚至粗俗、生动的骂娘和调侃的语言,也因发音独特而具有了语言发声学的深刻意义。

第二辑

乘慢船，去哪里

新市旧镇：诗意盎然，而心安

"在新市"，一个词组，一如水乡入门。"在"，重音，入声，有些强行闯入的意味，尤其对一个不是新市本地人的外来者而言。我想，在此时，应该改变一下传统的语言发声学，发"在"字的轻声，与此同时，也放轻并放慢脚步，去掉词语中的粗暴成分，尽量地安静一些，要这样地进入新市旧镇，这样地去贴近它。后俩字，"新市"，轻起轻收，按惯常读法收得有点快。那么，与"在"字改变相对应，把这名词的速度同时地放慢，一如微风中的一棵树，轻轻地不知不觉地摇动，却仍然那么安静。与"古镇"一词相比，我更喜欢"旧镇"这个词，平实、诗意，亦若家人。

新市，这是一个处于时间深处的地名，虽有"新"字，实为旧景，可想而知，一些江南往事遍布其中。当河汊水面倒映着沿河两岸的旧屋，其中有数个游人也在倒影中晃动着不明确的身影。这些是寻找往事的人。江南旧镇、旧屋、旧屋中的人与事，这些远去的新市的事物，在新市镇政府的退休职员韦秀程的心里一直存放着。只要来新市的外地人提起与新市有关的旧时的任何一人或一事，他都能够准确地把它们从记忆深处打捞出来。而他更多地叙述的是外人所不知的那些人与事及一些旧居老屋的细节部分。他的叙述，缓慢而条理清晰，这些前人旧事，一如老屋墙上的旧砖石，如此沉稳，在数百年的风风雨雨中，依然保持着其岁月深处相对清晰的面目，虽然有些前朝细节早已语焉不详。

在韦秀程先生整理的一份关于新市当地文物的目录里，新市文物现尚存的大约如下：古河道三千余米（沉淀着多少新市细节），河埠百余个，石砌驳岸一千余米（在另一些河道，水泥所

筑的河岸，是如此的千篇一律，表情呆板)，古桥十四座(石砌的，每块老石头都有着无数的记忆)，寺庙祠堂五处，名人故居、商贸建筑、古民居厅堂九十五处，非厅堂民居三百余座(至今仍是鲜活的民间生活场所)。在一个地方尤其是新市这样的江南旧镇的文化记忆中，需要有这么一份清单，以此来存放远去的诗意，存放那多数人不知的江南往事。我所亲眼看到的有沈铨故居、钟兆琳故居、南圣堂、会仙桥、西河口44号民居、南汇街23号民居、古运河码头遗址。这些旧处所，若保存完好，其往事的气息也得以完整地保存下来，尤其在河汊纵横的旧镇，其几乎不动的河水，应该是它的另一种叙述。它相对于韦秀程先生，更加平静、无言、沉默，但是这种水系书写出的江南往事，泅入每座旧屋的深处，泅入其中的每一个细节。工匠、东家、前朝旧闻，以及星散的后人，它们在一代代的新市人以新市方言的叙述里，既新又旧，细节饱满，一如韦秀程先生对我们的讲述。而韦秀程先生的讲述经过了书面语的改造。若新市另一些老人以江南新市方言地道地讲述，则又会有另一种风格。这风格则是原生的旧事，会有关于家族，关于官府，关于男人女人，关于民间另一些典型人物，等等系列的真正民间方式的讲述。

与民间深处的那些讲述相比，我所看到的仅是皮毛之皮毛，我所听我所知的仅是皮毛之皮毛。但是，我仍然是那么喜欢我所看到所听到的关于新市的皮毛部分，所谓退而求其次。我所见的这部分，是新市的极少的部分，于规模，于历史，于文化，它都是整个新市的极少部分。但它的诗意是那么的充沛，那么的舒缓与安宁。有时，在某一个晴朗或细雨的午后，哪怕仅是这皮毛部分的感受，也已经足够，它的诗意已经足够你感受，足够你日后回味。

在新市河岸上小街的一侧，我还看到了一家出售书法作品的店铺与另一家出售国画作品的店铺。陪我们来的杨宇力先生是著名的书法家，他认识其中的一位。在行人寥落的午后，在新市的旧街临河蘸墨书写，会若醒若梦、介于现实与梦幻之间吗？若是，则是此处书画者之不可言说之心境。我以为它通往事，具诗意，又深深浸润了民间情愫，理应画出、写出具有新市民间灵性的作品来。而清代的画家、新市人沈铨（1682—1760），其画作有着大影响，他工写兼具的花鸟画中，我尤其喜欢他所画的鹤，那么的灵性独具、清高孤傲。沈铨画鹤喜着白色，他把这白色运用得风轻云淡，显然是江南品性使然。日本人之所以喜欢沈铨，应与沈铨的画风在出世中又有着入世的味道有关。我以为他既是色淡若清风，而又色浓不避艳，所谓禅风俗味，更具生存的智慧，与岛国的审美因此也更加切近。

在新市的古运河码头，河面宽五十余米，整个新市镇街道终止于此。在这处码头,我能想象新市未有公路的年代这码头的一派繁忙景象:船只穿梭往来,人们忙碌地上船下船,上船的人等待着艄公开船起航,这一刻是旧时新市人的——它把船上的新市人带向远处的另一个码头,其中的一些新市人则会换乘更大的船只,或在更下一个码头改乘其他交通工具,走得更远……

与此同时,无论他们走得多远,如朱泗、吴渊、吴潜、游汶、陈霆、房寰、胡尔慥、沈戬谷、徐倬、徐元正、徐以升、沈铨、邱采、胡旭、赵紫宸、赵萝蕤、钟兆琳,他们的身上都有着新市的印记。此后,他们又把新的事物或新的文化带回到新市来……

旧镇、新市,既存在于当代的叙述者之中,这些叙述者如韦秀程,如不知名的民间口述者;更存在于河流两岸及它的倒影之中,存在于旧街、民居、巷弄、古庙、宗祠……之中。正因为有永在的旧,才会历久弥新,这一有着无数江南往事的旧镇,于我的感觉却是如此之新。相对于满眼的高楼大厦,相对于嘈杂得令人生厌的现代文明,旧的、松散的、缓慢的,才是新的。这新,即久居而不厌,久思而每有所得,而诗意盎然,而心安……

2015/6/21

楠溪江：现实、诗意与山水闲章

一、苍坡村，老人们的一席谈

苍坡村格局是"笔墨纸砚"。下午，3点。进村口，有一池塘。池塘边，有一亭子。亭子里，坐着若干老人。

洁白的云朵在高空极缓慢地飘。午后的太阳把亭子的投影拉到了石头路上。亭子隔路对面是一小型超市，因是午后，生意清淡，店主干脆端一凳子坐在门前阴影中，既避阳又能吹到沿路而来的凉风。亭子里有两个老人，正在互相交谈，交谈声时高时低，声音高的是耳朵不好使的那个，声音低的是年岁相对轻一点的这个。另外的几个老人基本是听众，只听不说，当听到一些自认为重要的话语时，则发出惊叹的声音，有时，也偶尔插上一两句话。

亭子里的老人们没注意到我的出现，就是注意到了我的出现，但对他们而言，一个外人的出现，是几乎等于没有，等于空，等于看不见。因为一个外人（不是许多个）的出现，是外在的，是听不懂他们所谈论的村事的，是过客，坐一会儿就走的。

但是，我还是听懂了他们所谈论的事。声音低的那个老人问声音高的那个耳背老人，你儿女赚了那么多钱，也不把你接出去，只你独自一个人在家，也太冷清了。耳背老人说，他们太忙了啊，一直都是那么忙，我也不想去给他们凭空添麻烦。声音低的老人说，有钱有什么用，一点用都没有，让老爸独自一个人过，又冷清，又可怜。说话的声音比原先更低，这句话耳背老人没听到。我想，要是他听到的话，肯定会引起一场大吵。

亭子西南面是苍坡村的水塘，水面倒映着老人们的身影，一阵清风吹来，身影晃动，碎成重重叠叠的条状。这水塘是传说中的"墨砚"，象征诗书传家。这时，他们的话题涉及村里一个人的名字，"永美"（音），一个村里最有钱的人，是苍坡村财富的象征。这话题有关钱与村子的事。村里盖礼堂（宗祠？）、修路，永美拿出三百万元。他有一个多亿，其中一个人说。耳背老人说，不止不止，起码有好几个亿啊。讨论永美到底有多少资产成了一时的对话中心。这永美，对村里的贡献，可谓是大手笔，这一次捐出三百万，我想，应与苍坡村的村容村貌有关，也与苍坡村诗书传家的风尚有关。好的村风村容村貌，好的村民品质，让捐赠者捐得舒畅，捐得心甘情愿。其中另一位老人说，永美啊，还捐了隔壁村两百万呢。

这一句话在亭子中的所有老人中引起了震动。其实永美捐款的事（也包括捐邻村两百万，当然，这数字是民间的说法，真实的数字不得而知），村里人早就知道了，这么大的事，又是善事，全村人都会知道。但是，永美为邻村捐款的事还是在老人中间引起了很强烈的反响。这就是说，永美做好事，已经不局限于自己所在的苍坡村，而扩大到了更广泛的本地范畴。财富在民一直是神话，在苍坡村照样是神话。有了相当财富的人，会一直成为村里公共场所人们的谈资。

老人们除了谈论"永美"，还谈论国家形势，再由国家形势转到本村的当官人。耳背老人一直把握着亭子间的话语权，每次谈论的主题都是他大声地引导出来。村里近代最大的官是一个1949年前在解放军中当政委的，据说是师政委（或许是团政委）。他有一次带警卫回苍坡村，又出苍坡村，留给如今村里老人们的谈资并不多。最后老人们又把话题再次聚到了耳背老人身上。老人说他的大儿子与小儿子，说他大儿子与小儿子的生意，这几年的生意都不错，就是太辛苦，离家太远太远（在最西北处），一年只回家一次，过了年又匆匆出远门。

苍坡村的青年男人，基本都外出经商、做事了。守着村子的基本都是老人妇女，民间的说法是"3879部队"，意思是留在村里的都是妇女及七十岁至九十多岁的老人。

说到苍坡村本身,老人们还是兴奋的,骄傲的,因为时不时有前来游览的游客。他们虽然打扰了老人们平静的生活,打扰了村里的安宁,但是,村里也因此有活力起来,政府给村里拨的款也多了起来。但其中有一位老人说,听说某某的画画得并不很好,怎么就在这里建展览室了呢?

我在亭子里坐了一个多小时后,起身离开。回头望,太阳把亭子的影子斜投在石头路面上,比原先的又拉长了许多。老人们还在继续谈论着。他们的谈兴正浓。

二、水墨长卷上的几枚闲章

雁荡山多是枯笔山水,山峰刚健峭立,奇异向天。与雁荡山咫尺比邻的楠溪江,则是水墨写意,轻柔湿润,意蕴绵长。它的流水,速度适中,快慢有序,整条楠溪江缓慢处几不见流动,湍激处,水声哗哗哗哗,却又有惊无险。撑竹筏的艄公,弯腰斜身,双手撑篙,质朴却固执,如狼毫笔书写于丝绸一样的江面。一组组茂林修竹,可坐狐仙水妖,偶一探面,妖娆迷人。近岸处,溪石铺展,渐渐没入江中,为水与岸作谦卑的过渡。有句话说,我就是溪中的一颗卵石。说这话的人,向人隐藏自己的个性,是个隐忍的人,向溪石称兄道弟。他的意思是,唉,我就是千千万万颗溪石中不起眼的一颗,你们不要注意我,不要注意我。这样,别人就掉转枪口去打别的出头鸟去了。

楠溪江是一卷山水长卷,主干流全长145公里,两岸青山连绵,江边及江中有突兀而起的石桅岩、狮子岩。我要说的是盖在此长卷上的几枚极有意味的闲章。因是长卷,因此闲章颇多。

1. 三耕而静读。春来翻新土,种子入泥,栏肥填沟,谓春播春耕;继而收割早稻,犁田耙田,拔秧插秧,谓夏收夏种;继而晚稻金黄,割稻,打稻,晒谷,入仓,完成一年农耕大计,谓秋收冬藏。这贯穿全年的三个农业阶段,我谓之三耕。阅读诗书,则不分季节,灯下廊前田头,小儿青年中年老年,身影安静,低首捧书,此情境,有点散乱又有点让人神往。从春到夏,从夏到秋,到冬日油灯下斜靠被窝里读诗书,这是一年又一年的坚持。这是民间一人读出(功成名就),千人跟进,渐渐地,好的传统也因此而形成。因此,此方闲章非芙蓉村莫属。这一方闲章,囊括了永嘉传统绵长的优秀的民间耕读家传。此情境,我谓之静读。因勤耕而自足,因读书而悟世悟道,也因此而财富渐积,人丁兴旺,人才辈出,家事、村事和谐。一如古人言:忠孝传家远,诗书处世长。长居楠溪江畔的画楠溪山水长卷的画家、梅墨生的爱徒刘志,若再添闲章的话,我建议她刻一方"芙蓉洗衣妇"——芙蓉村中有一村路,路两边是清清的水渠,做一名挽

起长裙,蹲在清水渠边洗衣的女人,感受芙蓉村的水之清明,从指掌间感受清水流速的抵达,看在水中漂着、散开的扑扑有声的衣衫,还有什么家务事能比此时的感觉更好?也许有时洗着洗着,一发呆,会有一小件衣物随流水漂走,那直接是漂到天上去了。那天我坐在芙蓉亭的对面,看空架在水面上的通向芙蓉亭的小石桥,水面水波荡漾,踏过小石桥的人的动态倒影在水波上,影子细碎,被水波描出,并渲染,这是芙蓉池上有意味的一刻。一个又一个的女子,从石桥上过去,又过来,她们的倒影不时出现在荡漾的水波上。芙蓉村,到底能刻几枚闲章呢?

2. 岭上人家。闲章的字"岭上人家",地名即闲章。这一方盖在楠溪江上游偏下处。岭上人家,村庄原名是岭上村,现一律

都叫岭上人家了。岭上人家位于公路的对面,中间隔一条楠溪江支流,不下雨时,流水三分之二从溪石底下潜流而过,三分之一在溪面上薄薄地流过。公路与村子之间由一条摇晃得厉害的铁索桥连接。站在公路上往对面看,岭上人家的民居依山而建,层层上升。每家每户都在房檐上挂上了红灯笼。于岭上人家而言,每天都是节日,客来人往,挑一家坐下,稍事休息,或拖一张竹椅出来,于午后的房檐下慵懒地靠着,半闭双眼,养精蓄锐,入梦一刻,神游八方。或坐而论道,装高深,装有知,与人面红耳赤争论,小赢即孩童一样开心。继而论而饮茶,继而论而喝酒。喝酒吃的是农家菜,永嘉豆腐必不可少,山头猪蹄必不可少,野草做的青豆腐必不可少,最必不可少的是中间上的一道大菜,这道大菜是烤全羊。烤全羊是岭上人家的特色名菜。待用巨大盘子盛着的烤全羊上桌时，吃客们的高潮到来了，所有的手蜂拥而出尽力掰开或一只羊腿或半个羊头或数根羊排或一块肥羊肉，瞪眼，抹胡子，竖着啃，横着咬，最后吃得一脸的油。其间大喝冰镇楠溪江啤酒，热闹而乱哄哄，大呼小叫！至此，岭上人家，这个看似脱俗的名词，沾满了欲望烟火，提供游客以最庸俗的享受。当然，于游客而言，此时，会脱口而出："呀，呀，多好啊！"吃完了晚饭（一般游客到达此处都已是一日行程的最后，因此多在岭上人家吃晚餐），下得村来，经过晃晃悠悠的铁索桥回到公路这边，再回望岭上人家，家家红灯笼亮起，在幽暗的山坡上一片鲜亮，使得村子升腾而起一片人间的温暖。岭上人家，这一方闲章，可盖在楠溪山水长卷的某一角，使得清冷的山水中也有一方俗世的快乐。

3. 何处深山。这一方闲章是林坑村，它盖在楠溪江山水长卷东北角的深山密林处。我于十年前，2003年，到过一次林坑村。若是更早的早年，则需要步行一整天才能到达林坑村。2003年那次，从上塘乘车出发，一路颠簸，从大路拐小路，经沙头，经岩头，拐进一条乡村土路，一路尘埃滚滚，到达林坑时已经是满车尘土，浑身疲惫，它是温州最深的深山村落之一。站在村口处，于村子的下方，用疲惫的双眼看林坑村，一看就被它

质朴的外形牵动。大斜坡的瓦檐低垂，压着幽暗的空间，村路曲折而上。我沿着这条路进入村子里，看到炊烟，看到家禽，看到山羊、番鸭。村民们偶尔出来，站在自家房前，不言语，看着陌生的路人走过。沿着这条村路，再往上，往上，则是更深的深山。那深山里，长着不知名的乔木、灌木、草本植物，或更为细小的（最小的也许仅比针尖大点）植物，住着不知名的飞禽和走兽。这之间，会有一些动物具灵性，懂情感，因此成精、成妖，在山深林密处，姑且叫它们林妖或山妖。它们灰眼睛、红眼睛、蓝眼睛、棕眼睛，灰色皮毛、棕色皮毛、黄色皮毛、白色皮毛，而飞禽精灵则会有彩色飞羽，蓝色的、绿色的、红色的、橙色的、靛青的。它们喝林坑后山更后山深处的露水，吃草尖，食山果，因此成妖。当人看不到时，它们婀娜多姿，眉目传情，颠鸾倒凤，媚倒一片山林。偶尔会迷人。当人进入密林深处，会被一种叫山魈的动物引入迷途而不能回返。所以外人走进密林得特别小心才是，不然的话，易被山林招了女婿。当我于2013年9月25日这次再来时，林坑依然，但道路出奇的好，高速下来驱车二十分钟即到林坑。林坑依然，它的住在密林深处的林妖们还好吗？希望已经开通的高速公路不会惊动它们，希望越来越多的游客不会惊动它们。让它们继续在密林深处婀娜多姿，眉目传情，颠鸾倒凤，继续不让人们看到它们。

4. 水中央。这一方闲章是盖在楠溪江山水长卷中部水中央的狮子岩。前年楚尘从北京来，两日雁荡山的行程之后，一起到了狮子岩山庄。第二天大清早，4点50，我起床。楠溪江的山水未醒，楚尘未醒，江中的船只未醒，农民家中的家畜、家禽未醒（公鸡除外）。我坐在楠溪江边，水雾在江面升起，水雾是楠溪江夜间的薄衾，盖住江面让水底的鱼儿好做梦。楠溪江水底的鱼会做什么梦呢？会梦见山妖吹箫蜻蜓恋爱无人的竹筏的忧伤吗？会梦见楚尘从北京来到楠溪江吗？会梦见汪曾祺、从维熙、刘心武若干年前放筏楠溪吗？会梦见张志洲在北京反梦楠溪江吗？楠溪江水底的鱼，唯一不会梦见的是狮子岩，狮子岩离它们太近了，狮子岩与流水与林木青草相比太坚硬了。狮子岩一直在楠溪江中游的水中央，几万年来一直如此。只有在清晨近5点的时候，狮子岩是迷蒙的，柔软的，当然这是对此时坐在它对面的人而言，而不是对水底的鱼而言。薄雾环绕着狮子岩，让它面目柔和，诗情弥漫。

楠溪江山水长卷上的闲章远不止这四方，还有苍坡村、石桅岩、屿北村、陶公洞、石门水瀑。

在楠溪江，阅山水，读闲章，做闲人，写闲字，对文人来说，是一大享受，一如于岭上人家处吃烤全羊喝冰镇啤酒，不亦快哉！

三、9月26日上午的瓯北大街

9月26日上午。在梦江大酒店为流泉等朋友的诗集《佛灯》写序，写到一半，瓯江口潮水涨起，从十二楼望下去，潮水一片辽阔而闪亮。对岸的温州城，凌乱而具活力，此时，它正深陷危机之中。临近出海口的江边的节奏是潮水涨落的节奏，潮水影响着人的情绪。涨潮时分，激情而具活力。特别是女人，有着天生的肉体与情绪的敏感，男人永远望尘莫及。即使是夜里也不例外。退潮时分,情绪会稍稍低落,其实也不是低落,只是与涨潮时分比,相对平静而已。

从十二层下来,脚一迈出酒店即进入阳光大道。进入阳光大道的瞬间,比身在梦江大酒店还梦幻,身体浮在一片光亮与喧嚣中。我自东往西走,左边是浩荡的瓯江口。与瓯江平行走了十余分钟。这之间,潮水又上涨了十厘米,一如我的思绪,在阳光大道上被加热,我依次看到了新感觉娱乐会所、渔家餐厅阳光店、楼尚楼夏牛排馆瓯北店、红顶老汉烧鸡公、刘家香香辣馆。因是上午9点,这些店的店门虽然早已经开了,但是店内都是空空荡荡,几无一人,从大落地玻璃看进去,那些整洁的椅子、桌子、凳子,静谧而寂寞。潮水在继续上涨。十分钟之后,我向右拐入了龙桥路。

这条路的风格与阳光大道迥然不同。龙桥路是俗气的、平庸的、生活的。早点摊旁边坐着或胖或瘦的吃早点的主妇(大都四十岁左右)。我走过一个早点摊,听到了主妇间的对话。一个瘦主妇说,听说阿伦(音)生意做不下去了,他老婆要与他离了。另一个胖主妇说,他老婆也真是,也不体谅他做事做得太辛苦,还与他离。现在生意哪有那么好做,大家的生意都不好做了啊。瘦主妇说,是啊,是啊,阿伦人也不错的,就是钞票亏了许多。胖主妇说,世间钿财世间得,得了钿财就认人,失了钿财就离了,这人品也太差了。与嘈杂的市声相比,主妇们的声音并不高,若不仔细听,话语就会从耳边溜走。这时,另一处(距早点摊十余米)的对话声突然冲过来压住了两个主妇的谈论。这是一个六十多岁的男人与另一个五十多岁的男人的对话。男人间的对话内容与时代与当地官场情况密切相关。六十多岁的男人说,听说江边那儿的房子又要拆迁了,每平方的赔偿又要涨了。五十多岁的男人说,唉,又要拆迁了啊,越拆越高越拆越高。六十多岁的男人说,那边上的店面的价格又涨了。因我是向前走的,他们的话很快就听不见了。龙桥路的世俗是杂乱的、温热的,它的深处与瓯北本地的民情息息相关,以至居民的每一次对话,都会涉及经济、生活、情感等信息。当我进入双塔路时,瓯江口的潮水又上涨了几厘米。街道两边的店铺都忙碌了起来。因天空太亮(白云很白,蓝天很蓝),空气透明度很高,我再次慢慢地陷入失真之中。一个外乡人在瓯北的街道上是游离的,游离于当地的经济、生活、情感,游离于横平竖直的街道。

当我从罗浮大街返回阳光大道,沿江边大堤行走时,看到瓯江口的潮水激荡,仿佛要涨到天上去。那些去往对岸温州城或从温州城往瓯北开来的船只,缓慢地行驶在江面上。正在上涨的潮水,使瓯北充满了经济与生活的欲望,似一只年轻的乳房,对着未来敞开,使这个时代的瓯北,有着某种无限的可能。

阳光大道宽阔时尚,江堤外面,潮水在继续上涨,闪亮、耀眼,使人恍惚。

2013/10/13

去施家岙：听越剧，是一个漫长的过程

听越剧，是一个漫长的过程。

于我，一切都起始于乡村，起始于乡村戏班。

一

小时候，住上林村，长大是一件特别漫长的事。一年365天，几乎长得不能再长。冬日降临村庄，伙伴们除了靠墙晒日头，就是拾柴火点燃以取暖（俗称烧火坛）。到了傍晚，有时烤着烤着，远处会有锣钹琴箫的声音传过来。而这时，村里人会三三两两地往有锣钹琴箫声的方向走去。

来的是越剧戏班。

村里人是喜欢越剧的。

"看戏呀！看戏！"

"看戏去！"

"看戏去！"

边走边呼喊,村路上的人就多起来。

这看戏,看的是越剧。每年漫长的冬春两季,白溪乡下的村里人都闲得很。这个时候,戏班来了。这些戏班有两种叫法:一种叫"农村剧团",农闲时节长期辗转于各个村庄,戏班的演出范围从没离开过农村。另一种叫"路头班",更早的时候,戏班来之前,村里人会在路边搭好简陋的戏台。所谓戏台,就是把稻田收获时打稻谷用的巨大的稻桶翻转过来,倒扣在地上,两个倒扣的大稻桶并排放着,上面再铺上木板。戏班来了,就在上面演戏,会踩得稻桶上的木板咚咚地响。这个时候的戏班开演,往往连演好几天。最常唱的戏,有《梁山伯与祝英台》《白蛇传》《盘夫索夫》《碧玉簪》《孟丽君》《三看御妹》《红楼梦》。也有人把越剧叫作"绍兴戏",可能戏班来自绍兴,唱的也是绍兴话的原因吧。

二

村里人把越剧戏班演员叫"做戏人"。谁家姑娘好看、漂亮,就会有人说,好看得像"做戏人"一样。伙伴们喜欢看演员化妆。看化妆只看往脸上一遍又一遍地搽胭脂,搽口红,描眉。当一个活生生的"做戏人"出现在孩子们的眼前时,他们如此惊讶——好看极了!

大人们与戏班的人讲话时我们能听懂一部分，白溪方言，属台州话，竖起耳朵，还能听得懂一些戏班里的人说的绍兴话。

但是，演员一到戏台上，一开始唱戏，我们孩子们就全听不懂了。我们只看演员的碎步，念唱做打，往往盼着武戏出来，但越剧基本没有武戏，就是在台上软软地唱，软软地唱。人物在其上走来走去，走来走去，不厌其烦地走。有时，我们偶尔回头时会奇怪地发现大人们泪流满面，那是唱到一出戏的最悲的戏段了。

我们熟知的人物是从连环画里看来的，有包公、关公、刘备、吕布、许褚，这些人物越剧里基本没有。越剧里的人物我们都很陌生。慢慢地，我们知道了梁山伯祝英台，知道了何文秀，知道了白娘子许仙与小青以及法海。同龄的女孩们比我们知道得更多。

有时，我们站在旷野上，远远地看着远方的戏台，看着戏台上的演员来来去去，这么远，根本听不到唱腔，当然，即使听到了我们也听不懂。而同龄的女孩们，这时已经能够咿咿呀呀地唱了。

三

我们听到女孩们唱得最多的是"相公""官人""娘子"的词语。因为除此之外，我们一概听不懂。

大人们看越剧，根据我们的观察，看得太认真，太专注，

142 - 乘慢船，去哪里

特别是村庄里的女人们。她们看的时候全神贯注,也更容易落泪。越剧一唱到很悲的唱腔时,她们就开始双手抹眼泪,有的还哭出声来。

每当一个戏班演完连续几天的戏,收拾好行头的戏班班头与演员一样疲惫不堪。村里人看着他们中的男人担着戏笼,女人们跟在他们后面远去的身影,都是不说话;要是说话,也简单得很,说,这戏班再来时要明年了吧。现在想起,他们的脸上显出的表情是突然的落寞与空茫。当我们来来去去走过曾经倒扣稻桶搭过戏台而如今早已拆掉了戏台移走了稻桶的空地时,都要多看上几眼,仿佛那里还有戏班的遗落之物,还会有越剧唱腔突然软软地响起。

四

后来为了能够听越剧而努力去听懂绍兴话,再对照台词,是许多年后的事了。其间,我离开老家许多年,去一个深山县份泰顺县。泰顺是我的出生地,我离开又回来了。泰顺县也有个越剧团,我认识一个十七岁的在剧团里拉大提琴的演奏员。而我始终未曾看过泰顺越剧团的演出。我在林场劳动、晒太阳、听收音机,收音机里却从来没有越剧的唱腔传出。谁都知道,那时唯有八个样板戏，这八个，是京剧与舞剧，唯独没有越剧。

而后，在我当兵的日子里，1979年，戏剧电影《红楼梦》在我所在的部队放映。那时电影很少，能有《红楼梦》电影看，是一次精神大餐。所有的人带小凳子坐在操场上看，没有一人中途离开。很多人根本听不懂越剧，但是一个也没离开。之后，有人说，越剧是上海的剧种。浙江籍士兵（包括我）听了很生气，说，明明是浙江绍兴的，怎么会成了上海的呢？人家回话说，不是上海越剧团演的吗？我说，即使是上海越剧团演的，但越剧就是浙江绍兴的，而且是绍兴嵊县的。那段日子，部队里的浙江籍士兵，开始抄越剧《红楼梦》曲谱，耳边时不时响起"百两黄金容易得，人间知己最难求。背地闻说知心话，但愿知心到白头"，时不时响起"问紫鹃妹妹的诗稿今何在"……

五

我是当然不喜欢男兵们唱这些越剧唱词的。我更喜欢电影里的唱腔，王文娟、徐玉兰；喜欢《红楼梦》剧照，从《大众电影》上撕下来贴在宿舍的墙上。京剧是男扮女装，越剧正好相反，是女扮男装。总觉得男扮女别扭，女扮男却接受得很自然，这也许与从小听越剧有关。女子唱的越剧使人迷醉，真正是吐气

如兰,有时从收音机里传来,绕着武器回旋,在冰冷的坚硬的武器上滑过:

> 贾宝玉:问紫鹃妹妹的诗稿今何在?
>
> 紫　鹃:如片片蝴蝶火中化。
>
> 贾宝玉:问紫鹃妹妹的瑶琴今何在?
>
> 紫　鹃:琴弦已断你休提它。
>
> 贾宝玉:问紫鹃妹妹的花锄今何在?
>
> 紫　鹃:花锄虽在谁葬花。
>
> 贾宝玉:问紫鹃妹妹的鹦哥今何在?
>
> 紫　鹃:那鹦哥叫着姑娘学着姑娘生前的话。
>
> 贾宝玉:那鹦哥也知情和义。
>
> 紫　鹃:世上的人儿不如它。

唱腔、台词,在瓦解着我们的内心。我经常在握着枪的时候听越剧。冰冷的自动步枪,三发紫铜子弹,蛰伏的暴力,传达着强硬的时代元素。但是,当收音机偶尔播出越剧唱腔,人心就会柔软。有次,我在擦枪,把包着油布条的铁通条插入枪膛,我盲目地抽插着枪膛内的通条,此时越剧传过来,又是《红楼梦》!这令一个当兵的男人想流泪。有时,在军营的深夜,把收音机的音量旋钮转到最小,深夜广播里会传过来一段越剧唱腔,它在后来出现的邓丽君之前，成为我们最喜欢的以倾听代替倾诉的一种方式。

六

流行歌曲来了。邓丽君、刘文正、龙飘飘、徐小凤。更多的年轻人改听了流行歌曲。

但是，每当传来越剧唱腔，儿时的记忆便霎时涌过来。有次回乡，老家的祠堂里做戏，看戏的年轻人极少，中年人与老年人坐满了祠堂。这是县越剧团的正规演出，有台词，打字幕，演员都按设计好的套路来演。我想起早年的路头班，没有固定的台词，领班班头也是戏班的导演，开演前招集演员来说戏，把故事讲一遍，然后分配好人物角色，把各个角色的要求说清楚，然后就上场开演，台词由演员随机即兴演唱，主胡伴奏跟着演员的唱腔走，其余的乐器跟着主胡走。我也许更喜欢早年那样自由状态的"农村剧团"，演出中的演员，有时紧张，有时沮丧，有时出错，时不时偷偷地吐一下舌头，或偶尔做一个鬼脸。但一开唱，还是好听的越剧，软软的，柔柔的，徐急轻重都很舒服。

七

一直知道嵊县，后来则是嵊州，但从不知施家岙。

每个越剧团都会有嵊县人。她的唱腔，她的说话，影响着整个剧团里的人们。而越剧的源头在施家岙。

在施家岙，听村剧团唱《盘夫索夫》：

> 官人你好比天上月，为妻可比是月边星。
> 那月若亮来星也明啊，月若暗来我星也昏。
> 官人你若有千斤担，为妻分挑五百斤。
> 我问君你有何疑难的事啊，你快把真情说我听！

在这一个越剧源头的村庄里，听经典越剧选段，一颗俗心被还原，还原到年少时，还原到乡村的戏曲之夜。而中国最动听的戏剧越剧，被还原在嵊州施家岙。还有许多有关越剧的事我不知道，我仅仅是来到施家岙，仅仅观看了越剧博物馆，仅仅在良臣公祠听到了施家岙戏班的唱腔。唱《梁山伯与祝英台》选段，唱《盘夫索夫》选段。我的被乐清这座杂乱县城磨损掉的感觉又被还原到乡村深处。虽然只有短短的时间，但是它却让我的记忆平静，印象深刻，还原到乡村质朴的一刻。

2016/11/16

鄞州碎记：明月、大地、流水

一

九百多年前——明月、大地、流水。

延续至今，2013年——明月、大地、流水。

物是人非，或物亦非。

而明月在，大地在，流水在。它们仍在。

这地方，是古时的明州鄞县，如今的宁波鄞江镇与鄞州区。

四明山，位于宁波西南部，因一巨型岩石四周仿佛四扇窗子而得名。山深林密，浙东游击纵队活动的地方。早年时，许多衣不遮体的人，被组织起来，拿着枪，猫着腰，警惕异常地行进在羊肠小道上。他们的身子隐没在四明山之中。隐秘的暴力与美景，苦难单纯与欲望行为，山水与行动，这些，早已定格在半个多世纪之前，成为被时间所封存的迷人的切·格瓦拉式的暴力美学记忆。

鄞江发源于四明山。

鄞州碎记：明月、大地、流水 - *149*

在四明山麓，枕鄞江流水，夜读王安石有关鄞县的文字，于文字中捡拾时间碎片，有如隐秘行走于深山之间，猎奇及探险。

二

在百度地图上搜索宁波区域。

点击。放大，再放大。

王安石初到鄞县的1047年11月份，历时十余天所行走的整个鄞县，在现时被杭甬高速、沈海高速、鄞县大道、鄞州大道、机场路、杭甬高铁、天童路、甬临线、东环路、鄞横线切分成了一个又一个细碎的区块。人们在肯德基里吃快餐，在万达广场中购物，在火车东站乘动车，房产、楼盘广告触目惊心地矗立，许多条街道再次开挖。如一把快刀，雅戈尔大道所代表的现代工业文明，直插鄞州西南部鄞江镇与四明山。九百多年后还原二十六岁的知县王安石的行走线路，得小心翼翼地穿行在这一片快速的现代景象之间。

住在鄞江镇的鸿溪森林农庄，往西六十米，是卖柴岙水库大坝，是卖柴岙水库静谧的波澜不惊的一湖幽深碧绿的静水。

九百多年前，这座山（四明山）、这条江（鄞江）、这片大地（鄞县），是丰饶的、自足的。

三

1047年春，年轻的王安石携妻自临川经汴梁至鄞县。这一年，离它（tuō）山堰建成时的公元833年已经二百一十四年，河流分流灌溉鄞县农田已经二百一十四年。在王安石1042年进士及第之后数十年的为官生涯中，他在鄞县（鄞江）三年的一千多个日日夜夜的知县日子，想来是深刻的也是难忘的。三年中，悲欣交集。

2011年4月，作家、友人赵柏田兄，驾车载我经桑田路、火车东站、鄞县大道、安石路，到达东钱湖。除范蠡踪迹外，东钱湖畔还有一座王安石庙。东钱湖在鄞州大地上，散乱、自由、孤傲、隐忍。无论哪个时代，它都是一个文化人的重要去处之一。作为余姚王阳明同乡而晚王阳明五百年出生的赵柏田，居宁波城区已多年，他写《岩中花树》，写《让良知自由》，写《赫德的情人》。若他来写王安石，又会给人带来一种什么样的书写惊异？

我更愿看到的是如下的情景：孤傲的文人行走在午后的东钱湖边，就如二十六岁的王安石从鄞县县衙行走到东海边上再返回东钱湖，泊舟岸边，在舟上感悟东钱湖的自由宁静。

四

在鄞州的所有有关王安石的资料中,都会重点提到或全文照录《鄞县经游记》。这篇近三百字的纪实体叙述文字,简略而清晰地记录了1047年11月间的十余天中,王安石经游视察鄞县乡间的经过。现代几乎所有书写过那个时代鄞县文字的作者都在这篇文字中寻找过王安石治理鄞县的最初踪迹:

> 庆历七年十一月丁丑,余自县出,属民,使浚渠川,至万灵乡之左界,宿慈福院。戊寅,升鸡山,观碶工凿石,遂入育王山,宿广利寺。雨,不克东。辛巳,下寻岩,浮石湫之壑以望海,而谋作斗门于海滨,宿灵岩之旌教院。癸未,至芦江,临决渠之口,转以入于瑞岩之开善院,遂宿。甲申,游天童山,宿景德寺。质明,与其长老瑞新上石,望玲珑岩,须猿吟者久之,而还食寺之西堂,遂行,至东吴,具舟以西。质明,泊舟堰下,食大梅山之保福寺庄。过五峰,行十里许,复具舟以西,至小溪,以夜中。质明,观新渠及洪水湾,还食普宁院。日下昃,如林村。夜未中,至资寿院。质明,戒桃源、清道二乡之民以其事。凡东西十有四乡,乡之民毕已受事,而余遂归云。
>
> ——《鄞县经游记》

彼时的王安石，轻装而行，驾舟自鄞江向东。舟中还有一妻一小女。虽在舟上，江水清流，翠树芳草，而喜欢杜甫的王安石，心怀大现实、大时空，以及大抱负，壮志凌云。是一种从低处向着高处的心境，低处是县衙，是知县，高处是朝廷，是宰相，是变法。沿途夜宿，定有清风朗月，若有心作诗，多为佳篇。但是这段十余日的乡间问政行程，虽定有诗篇写下，但尚无名篇惊世。想来此时的王安石因少有李白一样的心境，从高处贴向低处的自然山水而触动最深处的文学感觉，他的心多在乡间田野、农事水利。王安石不朽的传世诗词名篇，都是历经政坛风云跌宕人生苍茫之后所作。而二十多岁时在鄞县的三年，所写诗作出有情怀，但不够令人惊异。

五

从王安石写天童山的两首诗来看，三年间他去天童至少有两次（第一次是1047年11月间，第二次是次年春季）：

溪水清涟树老苍，行穿溪树踏春阳。
溪深树密无人处，唯有幽花渡水香。

——《天童山溪上》

今天心情真他妈的好

戊戌年 马钧 画

村村桑柘绿浮空,春日莺啼谷口风。

二十里松行欲尽,青山捧出梵王宫。

——《天童吟》

从两首诗的写作时间来看,写的是春季的天童,可见,1047年11月间,王安石第一次经游鄞县时经天童,并没有太多的闲心诗境。因是初到鄞县,所以他只是匆匆而至,主问乡间政事,多谈农事、田地、水利。但是天童路上匆匆一瞥留下的山清水幽的清宁印象,定会使有文学情怀的人再次去。也因此促使他第二年春日再去天童。这一次去,是否是王安石在政事焦虑时的放松心境之行?王安石在鄞县只待了短短三年时间,却已经开始思考并初做变法尝试,但那时实施变革,同样会遇到阻力。这三年里,他疏浚了万金湖(东钱湖),拓宽了过窄的河川,还同时实行贷谷于民、农户联保等全新的解决粮食问题与维护治安的措施。这是年轻壮志时的王安石,他的追求是以变革实现自己宏大的政治抱负,做这一县的小官仅是最低的起点。因此,他是有焦虑的,在这种心境中,偶有闲暇时就会想起要去一安静之地走走以排遣从政的压力。在鄞县,天童应是首选之处。这样,他第二次到了天童山。留下诗二首。

六

王安石诗:

> 海雾看如洗,秋阳望却昏。
> 光明疑不夜,清莹欲无坤。
> 扫掠风前坐,留连露下尊。
> 苦吟应到晓,况有我思存。

——《陪友人中秋夕赏月》

于明月而言，北宋的鄞县是昨天的鄞县。昨天的王安石与友人一道于中秋夜共赏明月浮云。经后人考注，此诗为庆历七年（1047）即王安石到任鄞县第一年中秋。内陆来的王安石初到距海尤近的鄞县，立于鄞江边也会有对海的一种新鲜感受，虽不能目及，但直通东海的鄞江（小溪江），以及近海鄞江潮水的涨落，仍然能给他切近的海的感受。首句即出现了"海"字，秋凉使得鄞江水汽凝结成雾。有友人陪伴的赏月虽是平静的，但是内心仍有所思。此诗写得隐忍，足见此时的王安石虽然年轻，但最初的政治历练已经开始。与李白的"床前明月光……"比，与杜甫的"……露从今夜白，月是故乡明……"比，与苏轼的"明月几时有，把酒问青天……"比，王安石的这首诗属低调平淡之作。但天下明月，天下人，心与情同归。当九百多年后，后人在鄞州大地上吟读此诗时，仿佛情景再现，感觉王安石于昨日才离去，明月即时空，光辉即诗意。在浩茫的时空长河中，有心观月者皆酷似天下同一人：观月思人，惆怅感伤，乡愁无限。也才会有后来人到中年的王安石写下的不朽绝句："京口瓜州一水间，钟山只隔数重山。春风又绿江南岸，明月何时照我还？"（《泊船瓜州》）在这里，先前的平淡都做了铺垫。所以张若虚诗云："江畔何人初见月，江月何年初照人。"

七

王安石诗:

> 行年三十已衰翁,满眼忧伤只自攻。
> 今夜扁舟来诀汝,死生从此各西东。
>
> ——《别鄞女》

鄞女,王安石1047年4月生于鄞县的女儿,于一年后的1048年3月不幸夭折。1048年3月之前,王安石在鄞县写天童之春景,写中秋赏月之静夜,这样平和轻松的心境在鄞县任职的三年中,于他而言,显得弥足珍贵。因为1048年3月他的生于鄞县的爱女不幸病死。可以想见,此后直到他离开鄞县时,一共近两年时间他都会时不时地陷于失女的悲伤之中。

1050年王安石写下这首《别鄞女》,人生之大悲痛莫过于此,心境的灰暗也莫过于此。他在1049年写下《县舍西亭》之二:

> 主人将去菊初栽,落尽黄花去却回。
> 到得明年官又满,不知谁见此花开。

字里行间，满纸离愁别绪，心境之黯淡溢满了几案。而到了写《别鄞女》一诗，写下的则是这人生悲凉，岁月无常。当然，当王安石一些年头后走出了这一悲伤的心境，则情怀高远，开阔而舒放，加上复杂的政治历练，洞穿了世间荒谬的人与事，写出传世词作《桂枝香·金陵怀古》，已不足为奇：

> 登临送目，正故国晚秋，天气初肃。
> 千里澄江似练，翠峰如簇。
> 归帆去棹残阳里，背西风，酒旗斜矗。
> 彩舟云淡，星河鹭起，画图难足。
> 念往昔，繁华竞逐。叹门外楼头，悲恨相续。
> 千古凭高，对此漫嗟荣辱。
> 六朝旧事如流水，但寒烟衰草凝绿。
> 至今商女，时时犹唱，《后庭》遗曲。
>
> ——《桂枝香·金陵怀古》

八

光溪。

小溪。

鄞江。

——三个命名随着不同的漫长的时间间隔，落在同一条江上。

到了今天，当我来鄞江，听到了三个名字的重叠——

光溪。小溪。鄞江。

这条江因有着优秀的水利分流工程它山堰而闻名于世。这条江发源于四明山脉。如今规模宏大的鄞江镇民居垒建于鄞江两岸，阶梯式，一级盖在紧靠江边流水的江畔，二级盖在约八米高处的平地。四明山洪水奔流而下时，淹到下面的一级地面。入夜后，霓虹灯与健身舞者把光怪陆离的倒影倾进缓慢东流的鄞江里。它百千万年一成不变地流，带走了一次次的命名，留下了范蠡、王安石、王应麟的治政踪迹或文名。

> 忆昨初为海上行，日斜来往看潮生。
>
> 如今身是西归客，回首山川觉有情。
>
> ——《铁幢浦》

此诗是否为王安石1047年鄞县经游期间在穿山碶观海之后所作？或时间过去许久之后，忆起当时情景所作？

若将此诗当作王安石任满离鄞时的情景，尤为贴切，因为尾声总是伤感的。在时间之河上回望，则是诗意的。而诗中又注入了离愁。在另一首诗中也有"浮云缥缈抱城楼，东望不见空回头"(《登越州城楼》)句。

鄞江之水向东流，在不远处汇入茫茫大海。九百年间，鄞江流域的鄞县，随朝代更迭，人事兴亡，如烟如云。在浩瀚的汉字江河中，最能用来印证人与事，人与大地、明月、流水的关系的仍然是一个古老的成语：物是人非。而九百年前的晏殊、王安石、欧阳修、苏轼，则以文名，以传世诗篇，归入明月、流水之中，其光芒千年依旧。

江河不废，世事翻覆，时间已过九百年。

……

2013/4/25—26

缙云记：平凡而日常，安宁而深远

一

河阳村。下午三点钟的阳光把整个村子镀上一层金黄的颜色，亮处炽热耀眼，背阴处则幽暗深邃。同样地，面对一座祠堂大屋中堂的一行人，背部明亮而前胸幽暗。河阳村的文化气息，也同样一半处于幽暗深处，另一半则处于众人的目视之中。在众人目视中的是那些高悬的旧匾额、廊柱上的半幅褪色楹联。一众人中有几位女子，苏沧桑、邹园、应照照，她们衣着鲜艳，正好成了河阳古村的新鲜点缀。

幽暗处，八仙桌、太师椅。它们一字排开，静置、肃穆，从明亮处进来，会以为这暗处什么东西都没有。这桌与椅放置在这里，不会有谁去坐。每个过往的人，看它们一眼然后远去，或者根本看不到它们的存在就已经远去。它们成了被看的对象，成了物的在。待我的眼瞳慢慢缩小之后，我才渐渐看清一共有三张八仙桌五张太师椅。它们空着，一直空着。几乎不再有人去坐它

我描述的语言
失落了
田野上的谷物
和見不到了的
屋舍里的
器皿
我是找
到它的
但我唯一
不能精
确地说起
你……

丁酉春日
不知堂老马

们，使用它们。空的象征。它们与匆匆而过的过往者构成了这个世界的最主要的特征：静置的事物与动态的人生。在天井前面的明亮得多的地方，有一众河阳村民坐在一张四方桌前，他们现在主要的事情是打牌，俗称斗地主。这之中有老者，更多的是中年人，只一两个青年人。一个四十七八岁的中年妇女手中有一张正司令，一张副司令，但是其余的都是散牌，基本无法组合。等她好不容易打出正司令时，却被正对面的老者出双顺子，双七与双八压掉。这个河阳村午后三时的场景与牌局，杂乱中显得散漫，输者无动于衷，赢者也只有少量的欢乐，他们只是在把光阴从牌局中一块块地切去。牌局中人坐得稳，站着的观牌者中有一年轻人，他并没有多少年轻的气息，倒像是从老者的暮年中汲取了年岁的气息，看得沉静与漠然。也许他看着别人的牌局，心里却想着前几天的事。顶上的阳光已经斜得厉害，从房檐上斜下来，刚好照到老者的一半身体。缓慢移动的阳光，却是经不起牌局的起落的，估计两轮牌局过去，这半身的阳光也将移走。那时的老者，他的整个身体将全部处在阴影之中，他的阴影之中的老谋深算当然有利于他掌握牌局的态势，但今天下午三点钟的阳光将永远不再出现。而明天的相似的阳光中相似的时间里他们还将在相似的牌局中进行斗地主。

　　三点钟的阳光还照到了数个廊柱上方的木雕狮子构件上，阳光照到了整个木雕构件的三分之一部分,木雕狮子的细节带有时间与遥远的原主人的气息。木雕构件的三分之一的暖色光泽,唤起了我心里原先存在着的幽暗的部分。这部分原先是蛰伏着的,不为外界所动的,像是一个安睡着的婴孩。现在,是河阳村午后三点钟的廊柱上部明亮的三分之一的木雕狮子唤起了我内心的那部分。与时间有关。与沉静的事物有关。与午后三点钟有关。

在大院外面,有口清澈的池塘,一个洗衣妇正躬身清洗着衣物。村庄中的池塘之水,使得洗衣女显得健康、丰满,她在池塘边缘的动感影像,是河阳古村的一部抒情短片——蓝天、白云、清水、农妇,满池的涟漪,身边木盆里的衣裳。这个场景,与在祠堂阳光的阴影里打牌的一众人对立存在着,它构成了今日的世俗深处的河阳村——平凡而日常,安宁而深远。

二

好溪经过缙云县城的南边向西流去。

船埠头村。村前清晨五点半的好溪,水汽迷蒙,刚起的阳光有点吝啬。溪边一个垂钓的市民。平静的水面上不断升起一层层的水汽。好溪,古名恶溪。恶溪其名让人恐惧、战栗,在暴雨夜小城的人醒着的居多,担心暴涨的恶溪洪水冲进屋里。好溪,一改这条溪的恶名,在汉字发音学上,音节平缓、舒展,从原本充满口腔再尽力扯拉上下唇露出大部分牙齿翻滚而出的"恶"字,变为半张开口唇,轻抬牙床,平缓地吐出这个"好"字——好溪。发音的改变,带来了人们对溪流态度的改观。积极地治理,向着"好溪"的方向改良。一条溪流的改变,先从发音改变开始,再到地理情状的改变。从我到达缙云县城的第一天开始,

就听到"好溪"这个关于一条溪流的名词。我走在清晨的溪边,试着一个人对着处于北边的整个小城说出"好溪"这个词语。这样的时候,这样的发音是轻的、低的,它很快就消失了。旁边是树木、青草、块石、老墙,这音节还未遇到它们就已经消失。我继而看到的是一个垂钓者,他立在长堤上的一个凹陷处,半截身子露出来,他被好溪的鱼看成了另一条鱼。我愿他不要打扰好溪里的游鱼。我愿他空手而归。继而看到一个侍弄着一捆捆豆秆的船埠头村的村民,他与他的那条黑狗一道在这条长堤的另一端。无声。劳作的动作自在。嘴角略略下倾的卷烟让他有着缓慢的品质。黑狗趴在一旁,清晨的阳光一视同仁地分给了黑狗与自在劳作着的清晨劳动者。我从长堤底部上到平坦的顶部,再次看到另一个场景:远远地,从远处走来了一个老妇,她银白的头发被好溪畔的晨阳照亮,身体边缘被勾勒出金色的线条。她从长长的长堤尽头走来,慢慢地,我看到了她的手中拿着一把青菜,这么早,应是侍弄菜地后随手带了一把青菜回来。好溪畔,三个早起的人,在这个清晨成了我看到好溪这一存在的特别时刻。

  清晨的时间在我看到的好溪畔的三个人身上呈现出了三种品质——垂钓者,安静、默立,他的状态是雾状的;劳作者,六十岁左右,面容质朴,朝向阳光,在清晨是金色的;老妇人,逆光,行走缓慢,加深了清晨的最后一抹黛色。

我作为一个外来者,有幸在这个清晨,在好溪迷蒙的水汽的飘荡中,见证了晨光中的好溪。我愿再一次独自一个人站在长堤的一端发出这舒缓的音节——好溪。

而我的佳能60D相机里,已经储存了好溪的许多张照片——垂钓者若干张,清理豆秆的劳作者与黑狗若干张,老妇人若干张,公路桥若干张,水泥窄桥一张,云的倒影一张。

好溪向西流,折向南,汇入瓯江;再向东,汇入东海。更远处,是公海,太平洋,它们与好溪有关吗?

三

在缙云县城逗留的两天里,许多次听到壶镇这个地名。

10月21日,我开车从诸永高速转台金高速还未至缙云时,看到了绿底白字的"壶镇"两个大字。说明我是经过了壶镇地界的。

"壶镇"的发音与"好溪"比,一轻一重,"好溪"是轻的,"壶镇"则是重的、浊的。"壶镇"的音节里灌了农家的老酒,浑、沉、深,且有点迷糊。发这音时,先是双唇外突,撮圆了唇形,气息中速,发出"壶"字,再突然收起双唇,把毫无特色的"镇"字带出。"好溪"是绵长的,"壶镇"是快速、短促的。

真正知道壶镇是到了缙云县城以后。缙云文联副主席李根溪就是从壶镇出来到县城工作的。他对壶镇，知道得太多了。壶镇是缙云也是浙江中部的一个工业重镇。它的工业产值是整个缙云县总产值的三分之二。壶镇是靠工业缝纫机兴起的，20世纪70年代末至80年代中期，壶镇的工业缝纫机与台州的工业缝纫机并驾齐驱，遍布全国工业缝纫机市场，并占走了外贸份额。壶镇发展得太快了，近几年来，壶镇的工业、市政面积比原先扩大了四倍。现今的壶镇是多种产业齐头并进。我看到的沿路巨大的广告牌，昭示着工业的生猛召唤及高歌猛进的过程。在通向壶镇的高速路上，在大巴车上，看着两旁的工业景象，我心里想，太快，太快了。从另一角度考察壶镇，中国当代的工业城镇的发展，使得农田消失得太快，使得农业景象消失得太快，使得资源消耗得太快。紧挨着好溪的壶镇，好在污染基本被控制了。这使我想到了乐清工业重镇柳市镇，柳市镇三十年的发展导致了原本清澈的所有河流都成了漆黑的污水河，这代价就是十个柳市的发展都无法抵上！

车经过壶镇的街上。我看到一条小街上的一个场景。这条街相对于壶镇的主干道显得有些冷清。一家店铺前摆放着等待出售的大面积的电动工具，这些钢铁制成的工具，沉默、黝黑，它们的身上显示着来自工业的凉意。旁边坐着一个中年妇女。她坐着，无语、单一、孤独、寂寞，忍受着午后漫长的时光。与大街相比，这店铺的生意照样是冷落的。在壶镇沸腾的工业情景中，这一个角落的黯然，让我有着特别的关注。钢铁与人心，巨大的强势的推进与柔弱的个体的存在，它们构成了一个对立。我倾向于人心，倾向于此时的场景。个体的柔弱情绪，在此时照亮了小街的一角，黯然，同时温暖，同时还有持久、等待、寂寞。在飞速发展的当今，我更喜欢的是这种慢，喜欢这种向后的柔弱的力量。

今后，凡说起缙云，说起壶镇，我都会想到这个场景——一个中年妇女，坐在大面积的钢铁制成的电动工具的一旁，冷清、寂寞，压抑着内心的情绪，进入长久的等待与期望之中。

四

夜晚的缙云。

火车站广场。

巨大的广场上，婺剧把热度提高了3摄氏度。

这个夜晚，小祝引领我进入婺剧现场。小祝是当地人，中文系研究生，古典文学专业。我们站着。前面是大面积的坐在长条凳上的观众，身后是广场后面圆形阶梯上坐着的观众。锣鼓的声音越来越响,越来越密,其中锣钹尖锐,震人耳膜。

在越来越紧密的锣鼓声中,前面的坐在条凳上的观众有些许的骚动,这骚动多来自中年观众,或更年轻的人。年岁更大的观众则坐得安稳得多。其中有几个老者,从背后看,七十来岁,他们的背部基本保持不动。我转身往后看了下,坐在阶梯上的大多是中青年观众,他们的脸庞在灯光的映照下,显得情绪亢奋,这也与他们坐着时与旁人的间隔密度有关。因是阶梯,坐起来时与旁人的间隔自然小,这样热度也高(3或4摄氏度?)。这样的男女坐在一起,听着喧响震天的锣鼓,加上等待的焦虑,情绪就自然亢奋起来了。满耳的缙云话,我听得不知所云,而缙云话在锣鼓声中却比平时提高了八度,与后面的观众的亢奋相对应。热场戏是《龙宫祝寿》。远远的戏台在大面积观众涌动的人头之上,在尽头。唱腔起。婺剧唱腔通过电子扩音器传过来。小祝说,在过去,缙云有数百个民间婺剧团,除了在缙云本地农村演出,还到丽水、金华等其他地方演出。这里的民众是很爱听婺剧唱腔的。小祝说缙云话与婺剧里的话完全不一样。民众与戏剧,在这里,跨方言交融着。超越语言的是故事情节与演员姿色。通过观摩一系列的舞台元素——动作、表情、走台、道具、灯光明暗、锣鼓、板胡、唢呐,即使方言不通,也大致能猜出个七八分,剩下的两三分,则各人有各人的揣测。一台大戏,坐满拥挤的观众，男女同坐，这热闹已经足够。《龙宫祝寿》中的虾兵蟹将已经满舞台地在跑，台下观众的情绪慢慢地热了起来，直到出来一个背着龟壳的小丑，观众的情绪瞬间达到顶峰。戏剧小丑艺术对乡村的魔力不言而喻。

在广场的另一边，是另一个场景。这里上演着另一出戏：《斗金蝉》。这是一出武戏，武旦武生翻着跟头出场。更多的是孩子们的欢乐。当演员翻出半天高的跟头时，孩子们的叫声就响了起来。

红衣武旦。黑衣武生。蓝衣马弁。

锣鼓声再次紧密起来。

大人物即将出场了。

这时轮到大人们不安与焦灼了。原先在不时调情的一对中年男女，也把注意力放到舞台上去了。仍是武戏。很快地观众就放松了下来。听着锣鼓，慢慢地已经开始有人走神。一些更年轻的观众则悄悄地离开了广场。我们也随之离开了广场。前面不远处，一对年轻的男女，手拉着手远去。他们的兴趣已经超出了地方戏曲。

巨大的广场上，锣鼓声仍然在响。一阵锣鼓声慢慢弱下去后，再重新一阵阵地紧密，一阵阵地高亢起来。我猜，这时舞台上的武戏又开始炽热起来了。

锡时代，以及永康师傅

小时候，我家住在白溪乡上林村，经常会看到从前面泽前村的村路上走来一个挑着一副多屉工具箱打小铁（专门维修、制作厨房或其他日常金属用具的行当）的人。这次是这一个，下次是另一个，再下次又将是另一个。或者从另一个村庄江边村走来，在上林村揽了活，做完后再经过村路去泽前村。修锁，修手电筒，钉秤，修钢精锅。这些师傅都来自同一个县——永康县。那时我不知永康离上林村有多远，少年的天空永远布满神秘的星星，永远对未知充满了探寻的渴望。而那些所谓未知，往往很小。在我的天空里，对修理、制造的探究永远是一个常新的过程。哪怕永康来的打小铁师傅修理一把小小的挂锁或小小的手电筒或煤油美孚灯，我都要蹲在旁边非常专注地看完修理的全过程。

永康来的走村串巷的人中还有一种是打锡壶的师傅。打一把锡壶远远比其他修理类工作费时，有时得将近半天时间才能完成整个过程。在我的少年时代，锡是一种神奇的物质，我们生活中取得锡原料的唯一方式是一个一个地积攒牙膏皮。我们从最初的一个牙膏皮开始攒，一个一个地积攒下来，为了能更快更多地攒下牙膏皮，我们一家兄弟姐妹们每天清晨刷牙时都会故意多挤些牙膏在牙刷上。这样往往一个月能积下一个牙膏皮，一年就能积下十多个。等攒够了三年左右的漫长时间，就有一小袋的牙膏皮了，这期间三哥往往会偷偷地拿去一两个牙膏皮融掉做锡坠，用来做钓鱼线上的沉子。父亲也很高兴我们积攒了这么多的牙膏皮。有一天，村路上又走来了挑着工具担子的永康师傅，父亲叫住了他。

我们飞跑回家取来了这袋牙膏皮。这几十个牙膏皮离打一个锡壶的量还差许多，不够的部分说好了价格然后由永康师傅补上。他会从工具箱下拉开一个抽屉，取出一卷锡，拿剪刀剪下一大块待用。点红坩埚放进牙膏皮，几十个牙膏皮只能满足不到一半材料的量。我饶有兴趣地看着一个个牙膏皮软软地陷进高温发红的坩埚里，看着肮脏的表层被拨开，露出闪亮甜蜜的锡水（我一直对锡有这种奇怪的味觉感受），坩埚的热辐射灼烫着我们小小的脸庞，加深了我对锡水的感受。当师傅把他自己带来并剪下的那块锡皮也放入坩埚里时，我内心的感受很复杂。这块锡游离于我们的经验之外，它离我们太远，我们对它一无所知，我的少年经验根本不足以应对这么一块来自远方的锡。但是，它就这么强行融入了先前由牙膏皮化出的那汪漂亮甜蜜的锡水之中。这时的我是委屈的，但是根本没办法，这是大人定下的事，一个孩子改变不了现状。父亲与师傅的对话：

"这块锡是你从永康带来的吧。"

"是的，从永康带来的。"

"永康到这里多远？"

"得经过前仓、缙云、丽水、青田、温溪、永嘉、白象、乐清、虹桥，再到这里。"

"走了多少天？"

"不一直走，走走停停，一路走一路做生活过来。"

"那多少时间？"

"差不多两个月吧。"

永康师傅一边说话，一边拨弄着坩埚里的锡水。锡水越来越亮，闪着乌黑流动的光。

接下来沉默做事，用铁钳夹起坩埚，往用两块四方形木板夹着的夹层里倾倒锡水。锡水缓慢地流进一个小口子里。这时天空中飞过一只鸟，云层降得更低，有着另一种锡的颜色，这一天是阴天。而锡水正在变成锡板。这一切仿佛少年时代的妥协。它是闪亮的，同时也是灰色的。深藏墙洞内的装着蜜蜂的药瓶子，黑板角的粉笔字，飞出破书包的课本，满地飞跑的少年，秘密的天空，这一切，在古怪的打锡壶师傅到来时全部妥协。此刻，我

我是一個有偏見的人

们这一拨少年成了最最老实的毕恭毕敬地站在旁边的观看者与学习者。

从木板夹层里取出的锡是柔软的，它在师傅的手里被轻易地弯曲着。在阴天，整个锡的明亮度不高。亮，不耀眼，灰白色。这时，我们原先的牙膏皮再也不见踪迹，没留下一丝可追寻的线索。对于辛辛苦苦积了好几年牙膏皮的我们来说，此时的心情是复杂的，也是迷茫的。因为一批如此熟悉、与自身关系如此密切的事物就这么轻易消失了。此时的永康师傅已经开始在锡板上画线，他不可能感觉到几个少年的情绪。大剪刀是无情的，按画线剪下大块、小块的锡皮。原先一张大的锡板，被剪得七零八落。这时我们的感觉更茫然，我们完全看不懂为何要剪成许多大小不一的锡板。我们毫无概念，就如看裁缝剪布做衣。但是我们仍然站着不动，仍然如此认真地看着永康师傅的每一个动作。这其中有我们对自己辛辛苦苦积攒的牙膏皮致敬的意思，更有对一件陌生器物即将诞生的敬畏。

永康师傅此时是沉默的、熟练的，这工作又是单调的、重复的。天上有飞鸟，地上有甲虫，我们都无暇顾及，单调、重复的制作过程在我们看来有着无限的奥秘。对锡，对永康师傅，对即将出现的此时还完全看不出是什么的器物，我充满了好奇。永康师傅用烧红的烙铁慢慢地把对接的缝隙焊上，然后用小铁锤敲打着锡件。一下一下，一下一下，声音细碎、沉闷。但是这声音仍然让我们有着小小的兴奋。慢慢地，壶身形成了，壶嘴安上了，壶盖做好了。最后出现在我们面前的是一把完整的锡壶。

打好了锡壶的永康师傅仿佛完成了一个巨大工程。此时，当我们看到这把完整闪亮的锡壶时，原先迷茫的情绪被一扫而空。少年的心因此而明亮，而透明，而欢乐。此时的永康师傅已经收了钱，然后一件一件地收起了榔头、剪刀、铁砧、坩埚、风箱、夹板，最后推上多屉的工具箱。他又回到了进村刚歇下担子时的状态，只是这时的状态是即将离开这个村庄。他终于挑起担子，离开了上林村，留给我们一个渐渐远去的背影。现在回想起来，那时的他们，挑着担子，走在村与村之间的路上，背影有点孤单和落寞。

此后，这把壶锡，成了待客的重要器物。来客时，锡壶必要盛满老酒，放锅里烫热，然后提出来。老酒从壶嘴倾泻而下滚热入杯，一股浓郁的酒香霎时腾散开来！有时我们会惊叫一声："啊，老酒！"有一次，我偷偷地从烫热的锡壶里倒了一些热酒在自己碗里，一口喝下，顿时一股浓烈的酒气冲上上颚冲出鼻孔！

多年以后，锡壶渐渐灰暗，看上去似乎重了不少。但是父亲总是要炫耀这把锡壶，说，这是永康师傅的手艺，现在再也没人能打出这么好的锡壶了。这显然是父亲对这把锡壶有了很深的感情了，在时间之中，赋予器物以生命，以情感。这一把锡壶，有我们辛苦积攒下来的牙膏皮，有我们当年仔细看过的制作全过程，其表面越是灰暗，越是令人觉得温暖。少年时代的某一截面，往往就存在于某一件可触可感的器物深处，虽小，但永在。

许多年后，父亲又一次手握这把灰暗的锡壶，看着壶盖上精致的兽钮以及连接壶嘴与壶身的繁花锡柄，说：

"那个永康师傅的手艺，真是好！"

2016/10/20

路过湖墅：星星点点

一、运河夜船

湖墅，在这之前，我从未到过。在这之前，只有一次，我乘船经过那里而未踏上陆岸。因此确切地说，不能算是到过。

三十三年前，一个冬日的傍晚，我从武林门到达环城北路的运河码头，上了一条载着二十余人的小火轮（一种蒸汽船），去的地方是苏州。这条旧船，将沿运河出杭州，经嘉兴、湖州，进入浩渺的太湖再抵达苏州。五点半，跳上晃动的船只，坐好，柴油机响起，冒出黑烟，黑烟变白、变淡，然后开船。船上有杭州本地人，去苏州做小买卖。船开出时，天还有微光，河水先于天色暗下来。马达的响声不均匀，整条旧船船身微微颤抖起来。约二十分钟后，那个杭州本地人说，要过卖鱼桥了。这是我第一次听到卖鱼桥这个地名。夜真正黑了下来，河流与黑夜，有了兄弟般的关系，已经彼此不分。我身边的情侣对应着两岸的灯火，他们心里有温度。船中的杭州人说"卖鱼桥"这个地名时，发杭

路过湖墅：星星点点 - 181

州的语音，低起轻收，模糊、交混，与船尾的柴油机声混为一体。在他说出卖鱼桥这个地名之后，夜船驶进了如今的运河湖墅段。小轮船的单调的节奏，使得至少三分之一的人昏昏欲睡，或半闭着眼睛打瞌睡，或真的睡了。我则想象河床上的一切——沉落的玩具，自行车辐条，废弃的砖头，水草。在这些事物之间，会有河蚌，它们沉默地移动，视河水为新娘，有时向下游，有时向上游。鲫鱼在黑暗的河水里，有时四散逃窜，有时会停留在河汊的某一处。河蚌是高傲的，只是极缓慢地移动，闪亮的蚌壳在河水里紧闭。我至少要坚持一小时，在这一小时内，不入睡。我要看着运河两岸向后移动的灯火。刚才说过卖鱼桥的杭州人，匼着眼睛，几乎入睡。一册《中国地图集》，红色塑封，在我的挎包里。图册的杭州部分是全新的，之前从未翻阅过。来之前打开地图册，翻到浙江省杭州市，查运河，最终找到一条细小的蓝色河流。此时，船，河蚌，悬在水中的鲫鱼，中国地图册，卖鱼桥，及一船睡着的、未睡的、将醒将睡的人，构成了一个可被感知的空间。

　　这是三十三年前的一个旅行片段，它一直存在于我的记忆之中。关于这次旅行，记住的是头尾时间（入夜、清晨）。因为船过拱宸桥之后，我也很快地入睡了。一次三十三年前的乘坐夜航船，是我第一次的运河夜乘经历，也是我第一次经过富义仓、卖鱼桥运河段。也是在这一次，我记住了卖鱼桥这个名字。三十三年前的卖鱼桥——蔬菜、活禽、河鲜、南货，还有着生动的买与卖，站的，蹲的，弯腰讨价还价的，边上吆喝的，小喝着往对方空篮子里倒螺蛳、倒河虾、倒菱角、倒茭白的。至下午两三点钟，人去市散，至这一班夜航船经过时，卖鱼桥是寂静的。寂静中仍会有一种气息，穿过黑夜，延续至清晨，对接又一个热气腾腾的卖鱼桥早市。

那一刻，夜航船过湖墅，至今已是记忆淡漠，唯记得的是一舱未睡的、将睡的、已睡的、沉睡的人，以及卖鱼桥这个地名，以及卖鱼桥这个地名的杭州发音。

二、丝绸仓库

在湖墅街道中段，大兜路，一组四幢的青砖建筑，墙体高大，沉着厚实，墙面恢宏，是正统实用的苏式建筑风格。它似乎并不提供想象，这一种建筑样式，决定了它所分配给人的想象范畴极小：一、厂房；二、库房。陪同的黄群证实这里是仓库，是1951年开工建造的杭州国家丝绸储备仓库。丝绸，于杭州，于中国，是近乎物质化了的意识形态象征，它的奢侈，它的强大的象征意味，是中国传统中高阶层的一种傲慢与诗意混淆着的表达形式。从皇帝至商人，无不是绸服缎被。那些做活计的人一买不起丝绸，二即使有丝绸，也是不合适的，粗糙的手掌拂过绸面，会带出许多丝线来，会嗤嗤有声。而当这些丝绸，成品的、半成品的，从绍兴、嘉兴、湖州、海宁、兰溪、诸暨等地，通过运河一早运出，到达码头时，已是下午时分。当然，若是解放牌卡车运输，则会快许多。但我更愿意想象船运丝绸的景象。春天，蚕儿吐丝，六月收茧、缫丝，织成半成品，或成品，一匹匹的丝绸装上船，当它们经过搬运者的手与肩到了货船上，或拖轮上，在船老大看来，这一匹匹丝绸是女性的。在船上，它们是安静的，船老大粗糙的手有时会掠过某一匹丝绸的表面，去感受那丝滑的女人微凉肌肤般的感觉。当这些船只从运河上陆续汇集到大兜路中段的丝绸码头，在排队等待卸货的长长的时间里，人会突然显得懒散，耽于幻想。这时船老大中会有人把眼前的丝绸与家妻或别的女人联想在一起。他们的想象会很平实，他们的想象不是读书人的想象，他们的想象是去除诗意的想象，只落在一个"好"字上面。这个好，在此时，与眼前的大量堆叠着的丝绸一起，与他的女人一起。当丝绸被搬运，被运入巨大的丝绸仓库，当无限量的丝绸被堆进似乎永远装不满的巨大昏暗的丝绸仓库里时，会有船老大及负责货运的人在轻松的瞬间对着眼前空下去的船舱发呆。

时间渐近傍晚，所有的货运船只驶离了丝绸码头。丝绸入完库、造完册之后，丝绸仓库的工作人员有了清闲的一刻。他们大都穿着中山装，理着一个西式头，胸前插着一至两支钢笔，但他们眼皮子底下的丝绸离他们却还是那么遥远。入库后的这些丝绸，堆叠得高高的，这是丝绸的巨大的量的堆叠，日复一日，入库、出库、登记、造册。巨大的库房的阴影。它们早已远离农桑清风，进入了工业化、商业化的标准流程。丝绸仓库的工作人员，在入职之前与入职之后对丝绸的想象完全相反。来之前，他们的想象充满着诗意，他们想象着丝绸的柔滑、飘逸、清凉、性感，以及下坠的流苏、闪亮的绸面、富丽的织花印花，穿着丝绸衣料的华贵的女人。当他们正式成为国家丝绸仓库的工作人员之后，会很快地投入到忘我的丝绸入库再出库的无限重复的工作之中。这一无限重复的工作，自然中止了他们原先的诗意想象。夏季，整个入库工作进行得有条不紊，四座巨大的库房渐渐地放满了无数的丝绸。它们将在这里堆放半年或一年或更长的时间，等待着国家的统一调配。开春至暮春，运河上的船只开始穿梭忙碌，部分出库的丝绸被再次装上货船或拖轮驶离大兜路丝绸码头；另一部分则被装上解放牌卡车或转至艮山门火车货运场，运往更远的地方——福州、上海、南京、武汉、重庆、北京、沈阳、乌鲁木齐……出库的丝绸越往远处去越具有迷人的诗意，这种诗

這些動物用皮毛把聲音悶在它們的肌肉裡，它們的欲念在它們厚的肉蹄踩過年輕的土扣緊嘴唇的慾念為它們肥進春天的畫坊把我向眼睛捲高攪動了灑出地它們的方式它們的肉身且被忙亂且慢慢才被拋潛在內的熱情叮的時間全緊住或在雲又長一隻下春達的欲望發佈不知名動物的無聲的出現
丙申三月 □□ 畫並

意从想象而来：丝绸的面料质地、色泽光芒、款式形态，关于丝绸的故事，小妾、姨太太、大小姐、读书人、京官、太守、县令，纠结的情感，浪漫的行旅，深宅冷宫，艳阳暮春，仲夏清风，都与奢华的丝绸有着千丝万缕的关联。更晚的年代，丝绸做衣裳的少了，大都做了被面，以及戏装与锦旗。

这座曾经的丝绸仓库，2015年12月17日，赫然出现在我的视野之中。契弗利运河酒店，低调奢华，曾经堆满丝绸的空间，被精心分隔、再造，被迷离的灯光投射。这是当代消费叙事结构出的空间，它的闲适诱惑令人着迷。但是我更喜欢坐在这样的空间里想象曾经的丝绸仓库，想象曾经的丝绸船运。入库、出库。在更远的远方，丝绸成为物质意识形态的一种诗意叙事。

三、其余二三

1.《湖墅小志》，包括扉页，207页，光绪丙申仲夏石印本，高鹏年编著。"湖墅乃北郭一隅耳，推而广之则上自武林门下至北新关，以及西则钱塘门而抵观音关止，东则艮山门而抵东新关止。"这是《湖墅小志》起首的文字。

"后之视今，犹今之视昔，今已殊于昔矣，后之视今者能无感慨于斯文。"（黄子言代后记）清光绪年间的湖墅是大湖墅。昔日之湖墅已成今之拱墅，且小；今之湖墅，又小之街道。待再以后，不知又会有何种之变。

此志为高鹏年修辑著述，祖籍湖墅时居同里的黄子言刊刻石印（跋："黄君欣然曰……剞劂之役我当任之。"）。

高鹏年温文尔雅，广记博收，历五六年，修成此志。黄子言阅此志后，则提议增删修改，同时更是心细如发，也静似水，伏案誊写，四万余字，两百余页，字抄得干干净净，气息饱满，而勒石石工刻功精到，似新园子里肥沃青泥上的青葱蔬菜，字字呼吸平顺，笔笔清晰可感。黄子言自驿站取得《湖墅小志》手稿半年余即誊写刊刻付印，于次年仲夏交与高鹏年。想来高鹏年取得印工精湛的石印本时的喜悦是无法言说的。这喜悦，比大暑天吃冰镇西瓜更甚。

2. 富义仓，始建于1880年，1884年建成，约七年后，高鹏年开始编著《湖墅小志》。富义仓位于运河与上塘河交叉处。东与西，紧邻着的两组全木结构建筑。一院内有三棵树，深冬入院内，一树红，一树绿，一树黄；一院内，一树树冠遮天（此树应是富义仓落成时栽下的）。如今的富义仓已经是休闲处，咖啡、茶馆、吃食。檐下有挂灯，入夜，灯渐亮，树隐去，吃茶喝咖啡者也渐多起来。离开湖墅多月之后，我仍记得这四棵树：一树红，一树绿，一树黄，另一树树冠遮天。

3.花驿民宿,从丽水路香积寺旁或从大兜路拐入,一组低调朴素的民居。在大兜路,在花驿民宿听附近香积寺的晨钟暮鼓,是一件惬意的事。或安静的一刻,香积寺的诵经声,隐隐约约。民宿的许多个房间,许多处平台、拐角,阳光或直入,或打在地面,或斜照在板壁上,有娇艳女子走过,沐着阳光,若细看,平静的脸上有着内心的愉悦。在一个有阳光的房间内,花驿的女主人,叙述自己的外婆十六岁时的爱情传奇。国民党军官。汽车连连长。云南。缅甸。远征军。炮火纷飞。第二天,她拿着一叠老照片,逐一指给我们看。对于一个完全陌生的民宿,我更喜欢雨天入住,雨声与香积寺的钟声,雨水与屋前湿漉漉的街道,交织在一起。听着雨声,杂乱的心绪也会平静。于是,人在雨天比在晴天在阳光下更呆,更内心,也更散漫。周作人写《雨天的书》未必多在雨天写,只是写时有此心境。周作人肯定是喜欢雨的。因此,文字若雨,湿文字也湿人心。若雨天在这民宿写文字,会心境如诗。我是喜欢更呆、更内心、更散漫的。

2016/1/13

淳安：老照片里的女孩、记忆及联想

五十多年后，当我来时，

湖畔新城灯火辉煌，湖水倒映着新生活的时尚。

……当水底寂静的古城，一再被提起，

反过来照亮尘封的记忆……那永远移不走的，刻骨铭心的……庸常生活！

——《淳安，水下古城》

这是2014年5月，我第一次来淳安时写下的一首诗《淳安，水下古城》中的一节。时隔两年，2016年5月7日，我再次来到淳安县，再次来到姜家镇古城博物馆，并且再次站在贴满了发黄老照片的这堵照片墙前。1958年，新安江水库蓄水，淹没两座古城，一座是淳安城又称贺城，一座是遂安城又称狮城。现在完整地存于水下的是狮城，即遂安城。面前的照片墙，贴着八百多张遂安老照片。河道，各种建筑（学校、教堂），各种劳动情景，各种团体（农会、同学、干部、朋友），各种家庭，各种交通工具（木船、汽车）……相纸的底纹有着布纹的风格。相纸纸面沉淀着印刷影像的溴化银颗粒。那是一个完全的胶片时代，溴化银沉淀出的有些照片的暗部是那么的丰富，它暗藏着最为丰富的时光细节，更保存了六十年至一百年前遂安古城的各种真实生动的县城细节。

我看到的第一张照片是三个女孩摄于遂安沈家桥的合照。站着的女孩，双手在前，笑得甜美；两个蹲着的女孩，左边的那位，穿着大方格衬衫外穿浅色背带裤，球鞋，是三人中最时尚的；最右边的女孩，白色小方领外翻，外套的颜色有可能是浅蓝。其实三人都是白色小方领外翻，但是最右边女孩的小方领与外衣的搭配最引人注目。她们的年龄在十八九岁，三人拍照时位于沈家桥桥面上，底下是平静的河水，涟漪细碎，一波波向南，可以确定当时刮的是西北风，那么，根据姑娘们的衣着判断，此时应是初秋时节。在遂安城凉爽的日子里，三位好友相约照相，沿河而行，沈家桥的木板桥面跨越宽阔的河面，中间有木桩于水上支撑木桥。三个女孩立于桥上，初秋的风吹来，神清气爽。她们是一个院子里的女伴？还是同班同学？或者父母供职于同一单位？当然，同窗好友的可能性更大一些。比如这一年一起毕业于遂安中学或其他学校的高中部。根据照片中的季节判断，时间正值毕业季之后，她们三人中会不会有人考上大学呢？毕业了，几乎过完了这一个不再属于中学也不属于大学的长长的暑假。若考上大学，新学期马上就要开始了，而其中没考上大学的也会找到相应的工作，即将奔赴工作岗位。因此，这也是一个好友分别的季节。这是1956年的初秋，遂安城外是宽阔的新安江，沈家桥下的这条河是新安江无数条小小支流中的一条。

我看到的第二幅照片，是一个女孩倚在临江的一座房子的美人靠上，侧身俯瞰江面，发型优美，深色外套里，同样的淡色小方领外翻。她的喜悦溢于言表，笑得甜美灿烂。新安江水缓缓流过，许多年来，她从小小女孩成长为青春洋溢的女性。她是遂安城里无数个美丽女性中的一个，婀娜多姿的倩影，内心激荡的隐秘，这样一个生命的青春阶段。她会常到江岸上漫步、眺望、憧憬，设计理想的未来。一切都自然天成，从不做作。房子是古旧的，人物是清丽鲜活的，城外江面开阔，水流平缓。这幅单人照片与上一幅三人合影构成了遂安城独特的青春女性记忆。这些拍摄于1958年之前的照片，用相纸、溴化银，保存了那一段岁月的女性青春史。

上述的四个女孩，正值青春年华，如桃花、李花、油菜花都争相开放的季节。

到了1957年，大坝已经筑到二分之一，新安江中游流域开始大移民，到了1958年，更多的人被迁走，原先的所有秩序都

淳安：老照片里的女孩、记忆及联想 - 193

乱了，许多人被迁到金华、衢州、丽水以及江西、安徽。遂安城的居民大都迁到了淳安新城。有一张老照片——我看到的第三张照片，照片中，遂安汽车站的工作人员正在往一辆客车顶上装载乘客的行李。这是一辆老式的长途客运汽车，从遂安城到淳安新城要三到四个小时，如果到杭州，则要一整天的时间。从1957年开始，陆陆续续有库区村民往外迁移，除了库区专门安排车辆运送移民，还会有部分人带着沉重的家具行李，从乡下到达遂安城转乘长途汽车。当他们到达遂安城时，已经筋疲力尽，然后再在第二天一早搭乘遂安城的长途汽车去往从未去过的遥远的地方。在这火热、悲情、杂乱的大迁徙过程中，上述两幅照片中的四个女孩则会相对幸运，她们的父母会在新县城安排好迁徙前的一切，然后带着她们离开最后的遂安城里的最后的家园。

当遂安城的长途汽车站最后关闭的那一天，最后一辆汽车满载着心中充满悲情的乘客，满载着凌乱的行李，费劲地吼着马达离开最后的遂安城，于尘土飞扬中回望这座最后的老县城。其实此时它已经是一座空城，随着这一辆汽车的离去，这座老城真正地空寂了，人去城空，只有城外的新安江流水依旧。那一年，遂安突降暴雨，原先设想缓慢淹没的遂安老城在这一次连续的强降雨中迅速地被淹没了。至此，遂安城结束了1800年的漫长历史。

这一年，四个女孩都已经随着父母及爷爷奶奶在新县城落户。而其中外出念大学的女孩，待毕业已经是1960年了，也许毕业后分配到了大城市工作，只是春节期间回新县城探望父母。而她最想见的除了嫡亲的亲人之外，就是照片里另外两个好友，三人相聚是必不可少的。她们相聚时谈论最多的话题，依然会是遂安城的那些日子，关于青春，关于生活，关于友情，关于老师，关于另一些同学，另一些人。

现在，2016年，距库区移民大迁徙已经整整五十八个年头，当年的四个女孩如今已经成了白发苍苍的老人。她们的儿女的儿女们也已经成家立业，这第三代，也许经营旅游业，也许做了一名银行职员，也许是教师或政府公务员。如今，若是在淳安新城的某一小区碰到一个行动迟缓、少言语的老人，或许就是她们中的一个。回想她们在五十八年前又是多么青春逼人，多么魅力四射！是她们见证了人生七十多年中的时光变迁，见证了故地的沧海桑田，见证了一座城池的快速消失及一座新城的逐渐崛起，见证了整整一个大时代深处所发生的一切的一切……

2016/5/11

松阳：黑色屋顶浮在上方，如此安宁

一、雾中之一：杨家堂村

11月17日，大雾。去杨家堂村的山路上，最早呈现的事物是柿子树。我喜欢山里的雾及雾中的事物，安静，湿漉漉，附近的说话声传过来时，因了浓雾显得近而清晰，但看不见人影。当高高的分布着凌乱枝杈的柿子树出现在眼前时，浓雾中的树枝纤细而黑，熟透了的柿子倒挂着。这是一种山里特有的安静的等待，若无人采摘，它会选择一个时刻，中午，或傍晚，发出一声轻盈的落地声，然后又归于安静，最后悄无声息地重归于大山。不仅仅是杨家堂村的柿子，松阳山里的柿子，都几乎无人采摘，饱满的椭圆形的金红色的柿子，从开始就安静地生长，从青到红，慢慢地成熟，再重新安静地坠落，回归大山。雾中的杨家堂村亦有着柿子树的品质，整个村子安静异常，从雾中显现出一组组浅黄色土墙筑成的黑瓦屋顶的房子，这一组组屋子依山而建，组成了整个村子。这里的房屋年代久远（大部分屋子建于清代），时间的缓慢的生长，使得所有的屋子成为一个浑然天成的整体。它的墙，它的瓦，它的木构件，它的道路，在安静的时间深处呈现出来，其质朴而古老的气息，与村头的三棵大樟树共同守护着村庄里的来自古代京兆的姓氏的历史。

时间从来就是一片迷雾，关于杨家堂村的宋氏族姓，迁徙，寻找，这肯定是一个有意味的故事。它几乎与这座村庄同兴荣。这些故事，最佳的叙述者是鲁晓敏，他会从讲述这个村庄的风水历史开始，然后进入故事的层面，关于姓氏，关于村庄，关于村民。特别是讲述风水时，他会在不断地讲述中时不时有新的发现。风水、故事、村庄，与讲述者鲁晓敏，构成了一处独特的松阳乡村景观。在杨家堂村，他不断地指给人们看某座门台、木构、祠堂、水系，以及四周的山势。言说这一切时，他是如此专注，仿佛进入了时间与村庄的内部，进入了某一幢老屋与姓氏的深处。在大雾的这一天，我离他有些远，他站在村子的另一头，我只能看到他的手势与口型。因了雾，这一切都很隐约。有时根本看不清口型与手势，但我能大致判断他所说的话语的方向，比如风水、故事、人物。当隐约看到他手指群山、水渠、门台，那是他在借这座村庄阐述他的风水观。他的思路、言说、风水观、人物故事，构成了雾中的柿子树，那些被他一一讲述的村庄，是一个个柿子，它们在叙述中，被赋予了越来越多的意思，也越来

198 - 乘慢船,去哪里

越为外人所知。当这些村庄悄然落地,就是一个个成型的篇章,它们因此被归入特有的中国古村落语境中去。

将离开时,站在村庄的背后,看着整个村庄的黑瓦覆盖的一组组房子。它们沉入大雾之中,屋身沉在乳白色的雾中,只有黑色的屋顶浮在上方,如此安宁。

二、雾中之二:岱头村

第二天上午,雾比前一天在杨家堂村时更加浓了。我所不知的岱头村隐藏在浓雾中。车子的一次有惊无险的倒车,使得车里人的尖叫成为这八百米高山上唯一的高分贝声音。待静下来后,为着刚才的尖叫,几乎一车的人都有着不同程度的愧疚。雾,尤其是高山上的岱头村的浓雾,是需要静的。似乎是熟悉的场景,似乎是熟悉的海拔,以及浓雾——我的青少年时代,同样在一个海拔八百米的高山上生活,同样常常大雾弥漫。雾中的岱头村是记忆的媒介,人生是一场持续的大雾。少年时代,高山上的大雾常常湿衣裳,湿头发,湿眼睫毛,手握农具柄,能感到木柄湿而凉。而现在,在松阳岱头村,当下的词语遭遇了浓雾,同样有如大雾中的农具木柄,湿而凉。一行人中,随行的松阳朋友说,这里古名"岱峰",曾叫"柴望处"。"柴望"即道家燔柴祭天、遥敬诸神。因为山高，岱头在外人（平原人）看来是离天很近的地方。这里的叶氏古有道风，祖先在洪武年间迁徙到这里，已有六百多年。他简短叙述岱头村的历史时，离开口腔的每一个词语都遭遇了岱头高山的浓雾。他说得不重，语音却清晰无比。大雾中高山上的词语的清洁度远大于平原。我能感觉到带有丽水一带特有口音的元音在雾中短促滚动，向前，迅速弱下去，消失。但是它比平时消失得慢那么一点点，使得听起来更加亲近。而远处的声音则不同，当人被大雾阻隔着看不到影子时，声音就会加大，尾音就会拖长，会让语言在雾中穿行的时间相对长那么一些，而语音在空气里无端地让人有了湿润的感觉。岱头村的房子是松阳的代表性古民居语言之一，它们在大雾中保持着湿度，瓦是湿的，路是湿的，晾衣竿是湿的，路边的蛛网是湿的，行走的村民是湿的，他们看外人进入时的眼神也是湿的。大雾中庞培在不断地拍摄与被拍。而同行的女性们则更像大雾本身，轻盈、柔弱，有着雾状的语言与思维，有时一句话就让男人们摸不着头脑。这因着平时清灵的眉眼在这时看不真切了，甚至看不真切她们的身影，所以给男人们的观察与判断带来了障碍，因此于男人们而言，这时的她们也就更像雾本身了。而她们的身影也在浓雾里若隐若现，她们穿行在岱头村浓雾笼罩中的湿漉漉的石头路上，步履轻盈，与山妖做姐妹，也因此成了岱头村浓雾中的一个抒情注释。在《中国国家地理》杂志上，不知有无关于雾中的岱头村的描述。美国诗人桑德堡写有一首关于城市的《雾》：

> 雾来了，
> 踮着猫的细步。
> 他弓起腰蹲着，
> 静静地俯视，
> 海港和城市，
> 又再往前走。

当代的城市再没有桑德堡所描述的雾，只有在岱头村这样的高山上，雾才是雾，它是纯净的，诗意的，混沌的，弥漫的，空前安静的，湿漉漉的。它是一只无声的猫，只是它再也不愿去如今的城市了，它更多地待在深山里高山上，拥抱岱头村、杨家堂村这样的远方的山村，更多地出现在摄影家吕劲天的镜头里。

三、松阴溪畔

松阴溪流水，不急，倒影细碎，有时，倒影如清风，这是文人在松阴溪畔的心境。而流水所隐喻的时光，文人们对时间的感慨，包括对松阴溪的时光感受，都在"子在川上曰：逝者如斯夫"这句话的精确涵盖之中。在松阴溪，当人在溪畔缓慢步行，看松阴溪流水，恍惚感来得是如此强烈；同样地，现实感也来得如此强烈。是它推动松阳推动古处州的时间流程，使得松阳大地丰富如斯。

有一年去松阳，同去的有庞培、陈东东、胡汉津、郑骁锋、阿航、叶丽隽等。我们去了松阴溪畔的延庆寺塔。延庆寺塔与松阴溪相对，同样是对时间的记录，方式却截然不同！延庆寺塔的记录是有刻度的。它的时间刻度是一千年来极其缓慢的塔身的倾斜。这是它的内部的时光流水，十年二十年不是它的刻度，它的刻度是以半世纪、一世纪记。经由十余个世纪，它的最高处偏离中心轴线一米有余，这是千年的刻度，它的每一次微微的倾斜，每一个小小的刻度，都见证着人世的兴衰与悲欢。待我们拾级而行，一层层地往上，一长段宽阔平缓的松阴溪流水跃入视野。身处木结构古塔，陈东东是一个非常专注的摄影者，他拍摄事物一如他的写作，缓慢、深入、贴切。在古塔内部，为了精确地拍摄一个细节，陈东东有时保持一个长时间不动的姿势，此时的他就像是一个时间的使者。庞培则像被时间所书写的一首抒情诗，他看到古塔时，易于激动，情绪溢于言表，与心境与外部事物的变化迅速地契合在一起。骁锋则更像一个从古塔内部走出来的人，他以真诚的心胸与每一个朋友交往,当一声钟声响起,一只飞鸟消失于远处时,进一步带动了骁锋的独特的时间品格。而阿航则是一个时间的讲述者,他讲,丽水方言,每处都有不同,方言有时如风吹过平原与山峦。

松阴溪的流水是有品格的,延庆寺塔的时间是有品格的。在松阳的时间深处,在古处州的府地,松阴溪畔的宋代女诗人张玉娘的《山之高》三章,穿越时间而来:

山之高,月出小。月之小,何皎皎!我有所思在远道。一日不见兮,我心悄悄。

采苦采苦,于山之南。忡忡忧心,其何以堪。

汝心金石坚,我操冰雪洁。拟结百岁盟,忽成一朝别。朝云暮雨心去来,千里相思共明月。

那一晚,在松阴溪畔,有人朗诵了张玉娘的这首诗。松阳使我震惊,张玉娘使我震惊。因了张玉娘,松阳可称是一座爱情之城,她的时间品格,越是久远,越是让人动情。她有情调卓越的松阴溪,她有爱情之魂张玉娘,她有一部《兰雪集》,她有这时间最深处的文学瑰宝……古代处州大地上浓郁的诗意,爱情的传奇,即使是一个外来者,在短短几天内也能够有深度的感受。

当我回到乐清，想起松阳，首先想到一次次在松阳相聚的朋友。鲁晓敏、何山川、乐思蜀、徐然虎、毛魏松。那一年，我记住了松阳朋友。回乐清许久之后，我写下了《在松阳饮端午茶》一诗，最后一节：

> 我生活在嘈杂的乐清，俗世的情怀一次次汹涌过后，
> 在平静下来的这一刻，以及许多年以后，
> 我的思绪，会再一次逆着瓯江，往西，往北；
> 经过青田，经过丽水，到达松阴溪畔。
> 只有此时，我的情怀才能够稍稍靠近端午茶。
> 只有此时，我再次重读松阳县，一封悄悄打开的静谧的友人书信！

2015/12/25

坡阳古街：当一个旅人驻足，手捧一握重复的流沙

> 一个年头和一座高山，这没有明显的区别
> ——当一个裁判站立，手握一个金属秒表
> 当一个旅人驻足，手捧一握重复的流沙
>
> ——旧诗《沙》

三月刚过，油菜花正黄，风中也带有一股止不住的春意，这一季节，正是小僧尼还俗的最佳时节。深山。孤寺。晨训。晚钟。心静者则静。但心静得太久了，该选一时节，三月后，春暖花开，柳树萌芽，俗世灿烂（简直就是阳光），就在这样的日子里还俗。这样的时节，我会在人群中寻找具有一颗春心的人。从田地到人群，都能找到引人注目的部分与个体。

在坡阳古街，临街的一间屋子里，一拨人在操弄着民间乐器，二胡、京胡、唢呐、月琴、横笛、大鼓、小鼓、钹。他们在演奏一出婺剧《小和尚下山》。在入口处听到，在同和酒坊听到，在豆腐坊听到，在惠生堂听到，在同泰酒坊听到。同泰酒坊

前面坐着四个老年妇女。两个望向东边，东边有观光客源源不断地往这边来；两个望向西边，西边的观光客一个一个地从弄堂处拐出，走向后溪古村。

这四位老年妇女是婺剧的忠实听众。她们听得很入神。目光的方向不一样，但是她们的听觉一致地指向民间乐队的演奏处。乐队中间，一个中年妇女在唱着这出选段。她们不知听过多少遍这出民间戏剧《小和尚下山》。此刻我站在她们的正对面。她们处在阳光直射的空间里。我站在老街的阴影之下。我这样站着，虚构她们的过去时代——安静的乡村，泥泞的乡村，尘土飞扬的乡村，集市喧闹的乡村，言语率直放纵的乡村，她们的父辈和祖辈的乡村。这是他们的乡村，也是她们的乡村。他们年少过，她们年轻过。她们在中年经历了时代的巨变。她们听了多少年的婺剧了？从少女时代起，听着婺剧看着婺剧。听《小和尚下山》，也听许多别的民间婺剧剧目。最喜欢听的还是《小和尚下山》。她们从懵懂时代一直听到青春萌动时期，她们会赶到城里听，赶到邻村听，看戏台上极缓慢的唱腔、水袖、人物在舞台上如梦般地游移，咿咿呀呀地唱：

可惜这位（嘛）小官人，

他的命犯孤鸾星，（啊呀）孤鸾星，

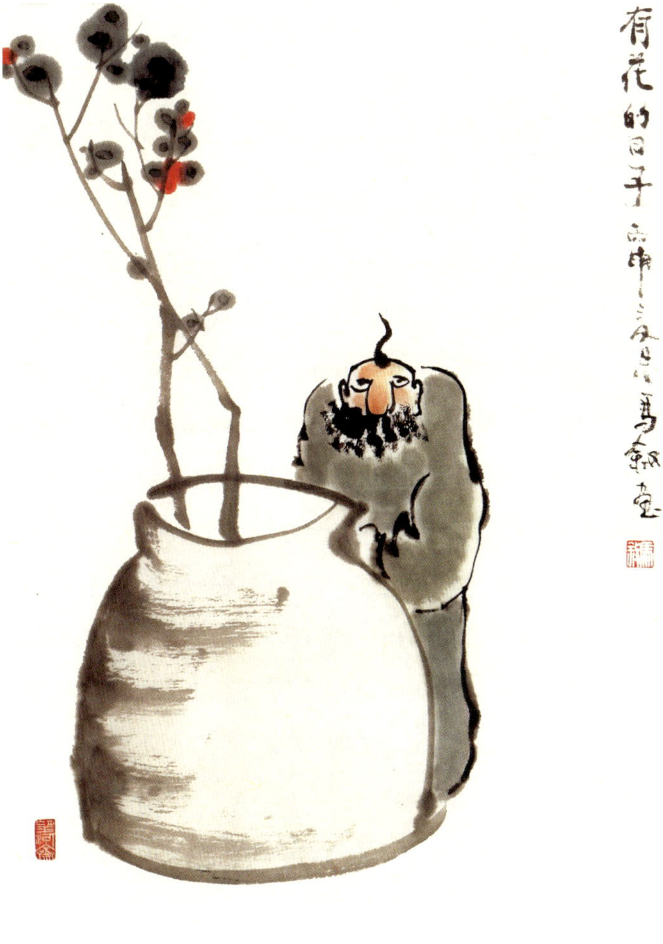
有花的日子

> 三六九岁难得过,
> (啊呀)一十三岁命归阴。
> 若要娃娃人长大,
> 除非是送入深山苦修行。
> 爹娘无可奈何,
> 哭哭啼啼将我送入那空门去。

那时她们年轻,体形袅娜,肌肤吹弹可破,因此她们喜欢俗话、俗戏、俗事,喜欢乡间滥俗的爱情传奇,喜欢小小的出格。她们会背会唱这些唱词,慢慢地懂得了这些唱词中克制而又小小出格的情欲部分,世俗而美好。在锣鼓琴箫响起的乡村戏台,唱腔的声音触及戏台前的每一个角落。她们青春的身体旁边是比他们稍晚懂事的粗鲁的男青年。戏剧是美好的。乡村的青年与女子的内心是灼热的。但是她们都不会做出格的事。她们想做出格的事,但不敢做出格的事。她们的行为被乡村规约管制着。她们在戏曲里寻到了想要做的事,所以她们是如此喜欢看戏剧,看《小和尚下山》,看戏剧里的年轻的小和尚与小尼姑。

她们就这样听,一直听到情欲激荡的少妇时代,然后是生儿育女,无尽的家务,耗去了她们的美妙情欲,耗去了她们的青春、美貌,耗去了她们仅剩的梦想。

之后，她们会偶尔听《小和尚下山》，偶尔看《小和尚下山》。在无人的时候，独自一个人的时候，唱唱台词——

> 我有意把心事与他来道破，
> 啊呀天啊！啊呀地啊！啊呀苍天！

这就是她们所有的表达了——情感、委屈、想象，偶尔的骚动，生活的重任，对子女的溺爱。

在她们的背后，是常年幽暗的同泰酒坊。早年的酒坊主从安徽来岭下朱落脚。他从老家带来娴熟的酿酒技艺，做的是从此地过往的南来北往的过客中的皖籍人的生意。一碗热酒下肚，有时忘忧，有时也勾起满腹的心事，偶有宿醉的客人，但大多都克制着喝，为着下一段的赶路。也有其他的或赶往衢州、婺州，或更远的地方的客人；或赶往台州、温州、处州，或更远地方的客人。之后，千里之外，他们会想起，岭下朱，同泰酒坊，冷冬中一碗温热的好酒。

如今同泰酒坊只剩幽暗的深屋，两进。阳光自天井射入，落寞。而在它前面坐着的四位暮年的女人，在她们所知的记忆中，同泰酒坊基本就是今天这个样子了。还有同和酒坊，与同泰酒坊仅隔六七间房屋。这同和酒坊，也是一样，或许来往的客人更加复杂,因此店主得具备更高的周旋能力。

婺剧演奏演唱的声音再次响起。我已看到了民间乐队的全部成员。唢呐手鼓着腮帮,气息憋红了脸,响亮的声音几乎成为伴奏的灵魂之声。鼓手除了击打鼓面,还兼敲钹与打板子。他是掌握全部节奏的所在。唱腔响起,高亢、婉转。经久不衰的乡村剧,取决于经久不衰的乡村观众,取决于单调生活中对基本情与欲的向往。和尚向往,尼姑向往,凡人向往,官家老爷向往。但官老爷不听《小和尚下山》。官老爷听《红楼梦》,偷看《金瓶梅》。乡村浅俗、率直、纯朴。乡村真诚地喜欢大俗,也质朴。《小和尚下山》在坡阳古街,锣钹唢呐的乐声几乎充满了整条古街。乐手是陶醉的,当他们演奏出的旋律与演唱中的中年妇女以及唱和尚角色的中年男人所唱出的声音吻合度高时,他们正在演奏中的身子就会得意地摇晃起来,我看到那种满足浮在他们的脸上。游客是停不住的,游客是比过客还轻的经过的人,经过他们的面前,几分钟或更短时间的停留,就匆匆地赶往下一个去处。这是世界上最傲慢最吝啬的施舍。游客一拨拨地经过他们面前,走到前面的巷子的分岔处,左拐,去往另一个古村。游客们永远在赶路,永远轻浮、得意,如过江之鲫。他们最忠实的听众是街坊邻里,是街坊邻里中的老年人,他们晒着太阳,眯着眼,听着不知听了多少遍的早已烂熟于心的唱词,听着锣钹、鼓声、唢呐、二胡、京胡、月琴。

走空了游客的坡阳古街，再过一会儿，乐队收起乐器，古街又会恢复原有的寂静。街面寂静，阳光寂静，阴影寂静，在门前晒着太阳的四位老年女人寂静。

时间总是有迹可寻。走到更上面的街尾，从街面的门板的豁口，从土墙的剥蚀程度，可大致推测年代的久远。

这是更早的那些年代，一百年前，两百年前，数百年前。

在坡阳古街几里路外，有八仙溪。铁拐李、何仙姑，曾经经这里过吗？时间深处的传说，只能靠猜测、想象，一切都不得而知。站在经过治理的清澈的溪流边，更切近的是《小和尚下山》，而不是铁拐李、何仙姑。

在回程的路上，我看到了岭下朱镇公路边几处"现杀黄牛""黄牛肉"的土菜馆招牌，俗世、美味、饕餮，"现杀"一词，那么生猛、直接、率直、朴实、有力。这也是俗世的快乐，与乡村婺剧，与《小和尚下山》，与乐队高潮处摇晃着身子，唢呐手鼓红了腮，这一切，一一地对上了号。我喜欢重复的事物——重复出现的婺剧唱腔，重复出现的乡间乐队的身影，重复出现的乡间土菜馆质朴有力的招牌，重复流淌的八仙溪清澈的流水。

我记着，在坡阳古街，回头，转身，看一街旧时光里的散淡旧景，仿若看自己落寞的一生……

2017/4/14

奉化一日：穿过一桌牌局去南山

G7690次列车抵达奉化站已是午后2时22分。尚田镇小张开车接站，十五分钟后到达镇上。清明前的尚田镇安静。尚田镇的街道安静。开城路、上袁路、下袁路、上直路、中直路、下直路，条条路，都安静。问当地人，去南山茶场是哪条路，答，通向南山茶场的是穿城而出的那条县道。

午后，漫逛。入镇上一深巷中直路中段，左拐，进一祠堂。祠堂里摆着四张木桌。两张木桌用来打麻将，两张木桌用来打扑克。我进去时，其中一桌的扑克牌局已经进行到一半，这方出双7，对家出双8，邻家出双J，这家再双2，对家出四个5（炸弹）。这一轮的出牌速度较慢，刚开始我看到出牌时的前三手，还慵懒、散漫，慢慢地，快了起来。其间，我甚至听到了离我最近的这方的喘气声。接着是相互间越来越快的出牌速度，至此，整个牌局开始激动起来了。对家7，这边9，左边K，右边出副皇，这边出四个Q。接着几手就不必打了，剩下的一把牌翻开，这边三个2、一个J。暮春的牌局，阴天，午后，两桌麻将，两桌扑

克。两桌麻将的出牌,自始至终慵懒、散漫,偶尔啪的一声出一重牌,算是一局中唯一的动静。扑克的牌局则大不同,每每进行到一半过后,随着出牌速度的加快,牌手的出牌姿势也变多,摔出牌时手臂的弧度加大、速度加快,甚至到最后会站起来从高处往下甩牌。等我想再看下一局时,他们已收牌走人,空出了眼前的这张八仙桌。

至此,祠堂里,还剩下两桌打麻将的,一桌打扑克牌的。空气相对湿冷,站着看牌的人,或手插裤兜,或双臂抱胸,显得更加冷漠。我是其中的一个。从屋檐上望出去,有一些雨滴落下来,雨滴也是冷漠的。反观牌局中人,有时内心会有突然的热度爆发,随之是用力快速地一张一张地甩牌,嘴里也忽忽有声。剩下的一桌牌局中,有一个先前从牌局中退出的人。他手端一个茶杯坐在旁边,置身于牌桌旁,而没看牌,过一会儿,喝一会儿茶;再过一会儿,再喝一会儿茶。他端的杯子透明,杯底一层绿茶。午后,于牌桌旁缓慢喝茶。他是刚输了牌的其中的一个,若赢了,牌友是不会让他单独退出的,除非整个牌局结束,大伙回家。他在茶中,虚构着一个与切近的牌局无关的时光之鹿。一杯茶就是原野,鹿可以有几只,互逐、奔跑。因接下来的行程是去茶场,我遂问:"这是南山茶场的茶吧?"答:"不知道是哪儿的茶。""去过南山茶场吗?""没去过,但是不远。"我想,也许他喝着南山的茶而不知是南山的茶。如此时,喝茶真不必好茶,不必知是何处的茶。心境即茶。

是夜,住奉茶山庄,雨声入窗,想起午后的牌局,牌桌旁的喝茶人,心安。翻看微信朋友圈,有人写断食日记,有人转发一篇标题为《没有人像我们这样相爱》的文章，里面写道："希芙说，薇拉天生就是纳博科夫夫人。当身受帕金森综合征、耳聋和骨质疏松症折磨的薇拉在生命的最后时刻被人问道：你漫长的一生中是否曾经感到过厌倦？薇拉简单而充满力量地笑笑：从来不曾。自从1923年纳博科夫在舞会上与戴着面具的薇拉相遇之后，纳博科夫就认定薇拉就是他的面具。不管是否因此，薇拉就这么着与纳博科夫漂泊着度过了52年的婚姻，最终成就了文学史上的一段伟大爱情。薇拉的一生，几乎就是'纳博科夫外传'。"在南山茶场的深夜，读这样的文字，我相信纳博科夫的婚姻，也信任他写洛丽塔的文字。也许婚姻如一杯茶更好，愈平淡愈久。在这样的深夜，记忆总是会闪回，想起午后的牌局。世事又何尝不似牌局呢？但牌局之外，确需一杯清茶，不问茶的出处，不问茶的好坏，只端于手上，缓慢地喝着，看淡牌局与世事。

傍晚时分的夜茶，两张木桌，松散地坐着一圈人。一圈人边喝边聊。话题如梦，到了深夜，已再也想不起了。只记得茶水清浅，茶叶新鲜秀绿，手握杯子，温暖感人。也许是喝茶不想事，想事不喝茶，如此更好。我面前的茶，半满，浅绿，透亮。越入夜，越安静。缓慢地加水，极缓慢地淡下去，直至清淡至极。也许清淡更好，回归到水的本色，却还喝的是茶。更好的是，若一知己好友，不喝酒，只喝茶，两个人，相对而坐，话题淡而又轻如烟缕，似说非说。有时则干脆不说，只是极缓慢地喝着眼前的一杯清茶。可以说平时不说的话，可以说毫无意义的事，可以说一滴水、一夜雨，可以说一生的虚无。最好就在这海拔六百米的高山上，在这海拔六百米的高山上的山庄里，喝着一壶奉茶。

夜愈深，雨声愈寂静，整座山、整个茶园愈寂静。

凌晨雨声里，我虚构着一只醒着的夜鸟，体稍大，居于茶树丛中，饮茶树叶子上滴下的雨水。略带忧伤，因暮春，因高山，因夜雨，因居于茶树丛中的孤独。此时，云雾与漆黑之夜交融，彼此信任，为醒着的夜鸟轻移。云雾轻移，夜鸟不动。夜鸟不动，云雾轻移。夜鸟不知牌局，不知世事，不管世事。夜鸟不知牌局旁边的喝茶的人。夜鸟亦如牌局旁边的喝茶的人。夜鸟居于茶树丛中，羽毛光洁，雨滴如在油脂上滑过，不着痕迹。它能听到白天采茶女子间的谈话。它不管她们谈论家事、姐妹、丈夫、性爱，不管她们谈论过去、现在、未来，不管她们抱怨眼下的某些事，它只听她们远远的女子的声音。

夜鸟的内脏温热。它的肝脏像刚刚被清洗过，柔软平滑如水。它的内心因此住着天书一般的词语。越是这样，它就越是孤单，越是不为人知。且在深夜，在海拔六百米的雨夜高山，在茶树之间，就这么孤立着，心藏天书。永不为世人所知，也不为其他鸟类所知。至孤，至绝，至阔大到虚无。

深夜里清明的茶树，嫩芽安静无声地生长。夜鸟就在茶园中间。虽然夜鸟与茶树互不知晓，夜鸟却因茶树而居此，茶树亦因夜鸟而清新。不远处有数株正在暗夜中盛开的南山野樱花，细碎如云的浅粉在黑暗中假寐。野樱花唯有沉入暗夜，才有如诗的情色弥漫。下午曾经看到过一树树的野樱花，彼时的野樱花细碎清丽。

牌局、傍晚茶、失眠、夜鸟，四件互相疏离的事，因了暮春，因了南山茶场，因了茶场一夜，因了彻夜的雨声，被置于同一个平面。我以现实、当下，及深夜的虚构，获取极其个人化的奉化一日，以及极其个人化的南山茶场一夜。

夜渐渐退去，天渐渐地泛白，虚构的茶树间的鸟，不着痕迹，归于虚无，对于这只从来就不曾出现过的夜鸟，我无能为力，文字无能为力，世俗的时光无能为力。

天亮了，这个世界，又回到了牌局中去，回到俗世中去，又——喧嚣、杂乱了起来……

2017.3.31夜—4.1晨

在遂昌：石坑口村听十番

在这之前，我听过梓桐的十番锣鼓。一锣、一钹、一鼓、一响木、二唢呐、一笛、一京胡、二京二胡。锣钹起，响木响，唢呐嘹亮，钹清脆，锣厚沉，笛若游丝穿行于锣钹响木声中，京胡若老生步履稍快，京二胡却有欢快调子。这古乐，带有江南风。到了遂昌石练镇，又听到了与在梓桐所听到的迥然不同的古曲十番。这不同，一是乐器不同，二是曲目不同，音乐风格更是大不同。

下午，经过石练镇石坑口村村口的一棵大樟树，远远地就看到村口游廊下坐着的农民演奏队员，他们都穿上了鲜红的演出服，每排五人分两排坐着演奏。音乐声在远处若隐若现地传来。这是石练镇石坑口村的十番古乐演奏现场。石练镇石坑口村的十番，以笙、笛、云锣、梅管、提琴（一种类似板胡的琴）、扁鼓、双清（八角琴，琴箱呈八角形，类似三弦而比三弦大许多的弹拨乐器）、三弦这些乐器组成一个完整的演奏阵容。这个十番乐队，因演奏笙及其他乐器的队员外出，而这笙又无人会演奏，因此只得用琴代替。在丽水网新闻网页上，罗兆荣的文章《遂昌昆曲十番"复活"记》中，列出了石坑口村十番演奏队原班人马名单：老艺人赖喜能（教唱）、萧根其（笛子）、赖兴贵（双清）、赖广能（梅管），年轻人赖家富（云锣）、赖长富（笙）、赖兴民（笙）、赖兴扬（板鼓）、黄家法（笛子）、赖家长（三弦）、刘发根（提琴）。从这名单对比中，可知这次的十番演奏中，男性演奏队员至少有七个外出不在村子里。因此，在这一天的演奏中，我们所看到的实际乐器是四把胡琴，两把笛子，一把月琴，一把三弦，一把双清，一架云锣。这虽然不是标准的十番乐器组合，但是在我听来，已经足够好听，值得回味。问当地人，得知石坑口村的十番是"文十番"，因其用昆曲曲调，所以现在称其为"昆曲十番"。而我听过的梓桐的十番是"武十番"。石坑口在我们来的这一日，举行盛大的十番演奏活动。地道农民身份的十个十番演奏者，女性七人，男性三人。三位男性中两人吹奏笛子，一人弹奏三弦；女性中三人演奏胡琴，一人演奏提琴，一人弹奏月琴，一人弹奏双清，一人吹奏笛子，一人吹奏梅管，一人轻敲云锣。十人中，年轻者四十岁上下，年长者六十岁以上。

我小心翼翼地从游廊的中间穿过，这过程是穿越乐曲而行走（从分坐两边的两排十番演奏者中间穿过）的过程，这是一个在乐曲中行走的瞬间。十番的十件乐器（此次因专门演奏十番的

220 - 乘慢船，去哪里

几个村民外出未归，无人接替原乐器的演奏，临时入队的几个村民又不会演奏诸如笙一类的乐器，因此此中有重复的乐器，如胡琴，但是在数量上仍然是"十"）。

我最先经过的是云锣——我也是靠近云锣这一侧而行。轻敲云锣的演奏者是一位五十多岁的女性，以小竹棒在十面小铜锣组成的云锣上敲击出音律。待我靠近时，锣声清晰，能听到敲击后的余音在铜锣的铜质里游走并快速弱下去。这一面铜锣的余音尚未消失完，另一面铜锣的声音随即响起。这锣声，大都是敲在一个完整乐句的后半部分或最后。紧接着是双清，它的声音比月琴沉比三弦亮，在十番的演奏中，因位置紧靠云锣，而与锣声纠缠在一起，但仍听得出通过木质琴箱传递出来的每一个短促的音符。下一个是胡琴演奏者，她与对面坐着的另外三位同是女性的胡琴演奏者成为本次十番演奏的最大器乐共同体，四位胡琴（二胡、京二胡）手齐奏十番乐曲，使得琴声响亮。我听出这响亮的琴声中略有生疏的成分，本应流畅过渡的音符与音符之间显出了许多的凝滞与延迟。也许是平时疏于练习的原因。女人们在村里都忙于农桑及养猪养鸡采茶煮饭买菜带孙子孙女等家务事，平时根本不会有时间练习十番曲子，仅仅在排练时演奏一下，因此正式演奏时就出现了这些小瑕疵。也正因为此，这十番更具有了一种农家气息，与生活情状息息相关，哪怕在演奏时所传达出的一点点异样,都向听者与观者传递出了与村庄与家庭有关的生活与生存信息。第四位是女性提琴演奏者,同样是音质清亮但流畅度不高。

这一排的最后一个(第五位)是男性笛子演奏者。笛声因其清亮、明晰、悠扬,成为这次十番演奏乐器的主角。吹笛者是一位五十多岁的男性农民,他吹奏出的笛声流畅、音质清晰,说明他是一个一直在十番乐队演奏的吹奏者。我怕他因为吹奏的出色而压制了其他乐器,进而主宰这次十番演奏活动,这样给其余乐器带来不公。在"武十番"里,也有重要的笛子吹奏(有时因人手不够,笛子吹奏会由唢呐手代替,即吹唢呐之后再接着吹笛子,在梓桐的十番锣鼓里就是如此)。

石坑口村的十番演奏,曲目是昆曲《牡丹亭》。曲子婉转沉郁,乐句悠长有味。但石坑口的十番,又带有强烈的农业民间气息,这是《牡丹亭》在民间,《牡丹亭》在石坑口。虽少了些许情爱缠绵,但其世俗味让人感到亲切放松。这时,一个老人从一只布包里掏出一本十番工尺谱,他是石坑口村的十番老艺人赖喜能。这是一本《牡丹亭》工尺谱,手抄,竖写,一个字一个字地把工尺谱写在每个唱词的右边。这抄本已经泛黄,变脆,但是字迹清朗明晰。这次老人来本是要唱给大家听的,但是因了嗓子发炎好几天了,无法大声唱出,只得作罢。我来到老人身旁,听到他对着曲谱轻轻地吟唱。我只有贴近他才听得到他唱曲子的声音。因嗓子发炎，他的声音沙哑、含混，但旋律婉转、准确。这声音中带有岁月沧桑，这沧桑既是老人自己的，也是石坑口村的，更是《牡丹亭》在四百年流传中所特有的。老人唱了两页曲子，当唱到"你道翠生生出落的裙衫儿茜，艳晶晶花簪八宝填，可知我常一生儿爱好是天然。恰三春好处无人见，不提防沉鱼落雁鸟惊喧，则怕的羞花闭月花愁颤"，老人嗓子咕噜一声，情绪低落，声音愈加低沉下去。《牡丹亭》四百年，有多少人唱，多少人演，在我听来，最感人的唯有眼前的赖喜能老人，不是因为唱技，而是因为他的低沉的声音，因为他的婉转唱腔中带有苦涩的人生，和他在石坑口村的几十年风雨农事生涯，也许还有他年轻时代的隐秘情爱。他唱的不是情爱而是人生，情爱只是其中很少的部分。老人所收藏的手抄《牡丹亭》工尺谱，也是时间、历史、乡村事物的化身，于汤显祖的《牡丹亭》本身而言，已经有所游离，这游离是乡村的人与事、乡村的时光流逝所附加上去的，而这附加部分渐渐地已经大于《牡丹亭》本身。直至这次亲耳听到老人的演唱，我被他的声音所击中，被他的声音中的苍茫及沧桑所覆盖。而石坑口村的昆曲十番，也完全是乡村形态的民间艺术形式，演奏者本身生活及生存的信息也正通过这种形式传递给听者与观者。

当我们离开石坑口村时,昆曲十番还在演奏。渐渐地,乐曲声远了,弱下去了,听不见了。但是,离开石坑口村至今,我的心里还是时常隐隐响起赖喜能老人唱《牡丹亭·游园》一节的声音,这声音低沉、沧桑,带些苦涩,回溯茫茫岁月,意蕴深远、绵长。

2014/8/16

乘慢船，去洞头

这是若干年前的一次旅行。

乘慢船。

那年头，一切都慢。一大早起来，吃了两个包子，就到乐清汽车站一个很小的窗口前排队，买票、等车、乘车（乐清到温州总共才两班车，上午一班，下午一班，时速30公里，一路尘土滚滚）、乘轮渡、过渡口，整整半天多时间才能到达温州。到了温州，去到安澜亭码头，再乘船，去洞头。

那次的船，是一条慢船。慢，成为那次的一个主题。

船与码头始终隔着半米左右的距离，摇晃着，时远时近。船首站着一位船老大，伸出手来，帮助跳上船的旅客进舱。在岸上的每一个上船的旅客，事先都要看准位置，然后用力一跳，到达船首，再进船舱。这一跳，在男人是小事一桩，若是女人，这一跳则要艰难得多，半米的距离有时是巨大的，往往是心一横才下定了跳过去的决心。上船后，我找了一个靠窗的位置坐下，汽笛声听起来像"拖——"的发音。"拖——拖——"。汽笛的这两

声长鸣过后,船首开始离岸并掉转方向。对岸的房屋在视线中慢慢地移开去,慢慢地变远,变小。

这条船的年头有些长了,船帮部分因经常靠岸的缘故,磨损得有些厉害,两旁挂着的橡胶轮胎也在反复的挤压中变得破损。缆绳、系缆桩,还有船上的铁质部分,在海水的侵蚀下,面目早已模糊,深褐色的铁锈一层层地重叠着。船缓缓离岸,摇晃,锈蚀,甲板上浸润的海水,船舱里明灭的烟头,这一切都处在慢的节奏中。因到洞头县城北岙码头的时间还早,船上供应午餐。报菜单的船舱播报员，用闽南音浓重的普通话一个一个地报出菜名。她报菜名时速度很慢，生怕船上的乘客听不清，但是，喇叭里的共鸣音太大了，无论报得怎样慢，我还是听不清楚全部菜名。我只听清楚了炒墨鱼、炒鸡蛋两种。船上大多数人说的是闽南话，我因为在泰顺县居住过，经常听到闽南语音，但是我一直没有听懂这种方言，我只听出他们发音的美妙——闽南话比温州话要柔软许多，更比生硬的台州话不知柔软多少倍。在船上，混合了柴油机发动机的声音的闽南话听起来没有以前听到的那种清灵感受，但是因着大海，因着柴油机，因着船上拥挤的乘客，听起来更加地有亲近感，在闽南话说得缓慢的乘客那里，我竟能猜出其中的三分之一的意思。

乘这条船的少部分人是温州或温州以外的人，大部分是洞头县人。温州或温州以外的人，坐在船舱里，神情比较迷惘，我估计他们与我一样，大部分都是第一次去洞头，不知以这条船这样"突——突——突——"的缓慢速度，要多少时间才能到达洞头。船出瓯江口之后，辽阔的海面开始有了大的波动与起伏。海面的波被拉得长长的，不断地反复地把船抛起又放下，乘客的体重也不断地反复地随之突然的加重与减轻。慢慢地，乘客之中的言语也减少了，有的进入了睡眠状态，有的直盯着船一侧的海浪看。海浪的变化就是没有变化，每一朵浪花都不一样，但是所有的浪花又都一样！盯着船侧的海浪的人，有厌倦，有惊奇，有无动于衷。船仍是"突——突——突——"的缓慢地行进着。我等待着闽南话的响起。终于从船头传来了很响亮的闽南话。这时我一句也猜不出其中的意思。这时的闽南话于我，仿佛船一侧的海浪浪花，我只能观看、听讲，而无法理解其意思。

船上有两个人说起了温州话。在这时，我感觉到了温州话的别扭。温州话是不是不适宜在这种场合里说？一种话，一种方言，是可以在任何场合说的。但是，在此时，我不喜欢听到温州话所传达出的语音。在这船上，对我的先入为主的语言是闽南话，它对应着我对这条船的感觉：潮、慢、咸味、松散、摇晃，有些许腥味的海风，时速15海里。

到达北岙码头时已经是傍晚时分了，在这条船快到达的时候，我远远地看到了码头上的灯火一盏一盏地亮起来。船只也从剧烈的摇晃慢慢地回复到了相对平稳的状态。

乘慢船去洞头，这种时光已不再。再没有当年的船，再没有当年的乘客，也再没有当年那种漫不经心的乘船的心境。

2012/10/9

第三辑

河山海四记

钱塘江记：溯江而上，顺流而下

钱塘江在浙江省内古称之江、浙江、渐江。这三个命名中，我更喜欢"之江"两字。它曲折却又不乏舒展，简单又深具诗意。之江源头在哪里？自杭州始，倒溯之江流域，自地图上看，这条江在建德的梅城镇茅草垄村有个三江汇合点，这三条江是新安江、兰江、富春江。若追溯新安江源头则是安徽休宁县六股尖的冯村河。而追溯兰江上游则是衢江（另一支流是乌溪江）——常山江——马金溪，直到齐溪镇里秧田村的齐溪。从建德的梅城镇茅草垄村兰江与富春江（桐江）的交汇点上溯到常山齐溪镇里秧田村莲花尖，流程250余公里。在流程上新安江上游全长比兰江上游全长长了60公里。但是注入三江汇流处的流量，兰江年平均流量172.8亿立方，新安江年平均流量112.5亿立方。这次的主要行程是之江南支全流域（兰江及它上游各段）及千岛湖与三江汇流处下游富春江与钱塘江全程。

从钱塘江这条大江溯江而上，应该从哪儿算起？2014年4

月11日至12日,我乘上乐清至杭州的高铁。宁波,温州至杭州高铁的必经之地,是对接钱塘江的杭州湾至大海宽阔出海口最后的陆地。高铁呼啸着向西而行,在高速驰行的高铁上,看不到杭州湾(高铁与杭州湾之间隔了大片辽阔的土地),但每当高铁至此路段,我总感觉得到辽阔的、激荡的杭州湾。这个行程,是现代化的行程,一小时,二百公里。左边是呼啸的高铁,右边是激荡辽阔的杭州湾。于我,这段高铁是这次钱塘江之行序曲的序曲:这边是田畴、河流、云层,车厢内是焦虑的人群,速度、情绪、商务、公事、匆忙上下的旅客;人们在车厢里上网、刷微博、发微信、拨打电话;左边邻座的女孩塞着耳塞在听音乐,右边邻座一安徽人在电话上谈业务。我所在的2号车厢的所有人几乎都在手机的控制之中。这期间,有部分人无聊而专注。人们被这个时代所裹挟,也为这个时代而忙碌。另一边,我还看不见的一边,是杭州湾,它还在远远的那边,以它激荡的情怀,接纳钱塘江的浩荡之水,接纳两岸无垠土地上的慈溪、余姚、上虞、绍兴、海盐、海宁、乍浦、萧山、滨江的人群与地域。时间、物质、生命、时代,这之上的一切,这之间的一切,在此流淌、交融、交集,奔流向海。这宏大叙事于我,既远又近。

我踏着这次旅程的序曲到达杭州。从杭州火车东站出站,夜宿莫干山路金汇大厦十六层客房。入夜,杭州大雨,我却听不到雨声。城市隔离了人与自然的关系。悬浮的夜,悬浮的人。

一夜醒来,雨止。

这一天,我将随大流乘大巴溯钱塘江而上,去钱塘江源头的开化县,再用两周时间,从那里顺江而下经衢江、龙游、兰溪、淳安、桐庐、萧山,最后到达钱塘江入海口的海宁。

一、源头:开化县,两夜

> 马金溪是钱塘江南支上游的第一条河流,是开化县最大的河流,流经齐溪镇、霞山、马金镇、徐塘、底本乡、音坑、城关镇、龙山底、华埠镇。它的下游是衢江。马金溪上游为一条狭长谷地,途经七里垄、密赛两个峡谷,县城以下地势渐趋开阔。马金溪干流总长89.16公里。

2014年4月12日,我随浙江省作家协会采风团从杭州出发,进入浙江省内钱塘江源头开化县齐溪镇里秧田村。这之前,慕白等三人已经提前两天到达齐溪镇。我还在乐清时,就接到了慕白从开化齐溪镇打出的电话。他说,这里条件够艰苦的,吃与住,都是。这是我对从未到过的开化齐溪镇的第一印象。这印象使我有一个判断,即那里是一个经济不发达的地域,那么,它肯定是

一个生态相对好的地方,这是我以往去过许多地方得出的经验。我随队到达后,住进的是一个农家乐。

这一段是开化县马金溪上游源头处。

山湾号民宿面向马金溪。这是一对中年夫妻开的民宿。我们去时正逢这对农民夫妇手忙脚乱地收拾着客房。他俩憨厚诚实,一如客堂间的质朴的原木桌凳,深具一种原乡品质。这一天是雨天,雾气弥散在齐溪镇的山间。我遇见的第一个问题是手机信号全无,它提醒我进入一个联通无线系统无法触及的死角。有时,偶尔一点无线信号,也是紊乱的、无序的,因为它很快就消失，根本无法通话与上网。由此，我进入了信息的相对封闭地段及相对封闭时段。此前，对开化我一直一无所知。直到我进入齐溪镇，也仍然是一无所知。开化县置县已千年。千年后的这一天，是如此轻易地被我们介入。时间与荒谬是并重的，尤其在信息封闭的时候，人在此间显得随意、无碍，成为自然的一个组成部分，偶有游离，也会很快回到自然状态。最初失却信息失却联系的焦虑，经过半天时间的缓冲，终于放下了并渐适应。雨，挟带着自然的信息，在齐溪镇里秧田村，自然而然地替代了手机与网络。入夜，借民房透出的一点灯光，我走在漆黑的夜里，右边是一条溪流，永远喧哗的流水，在此时，与夜融为一体。我想

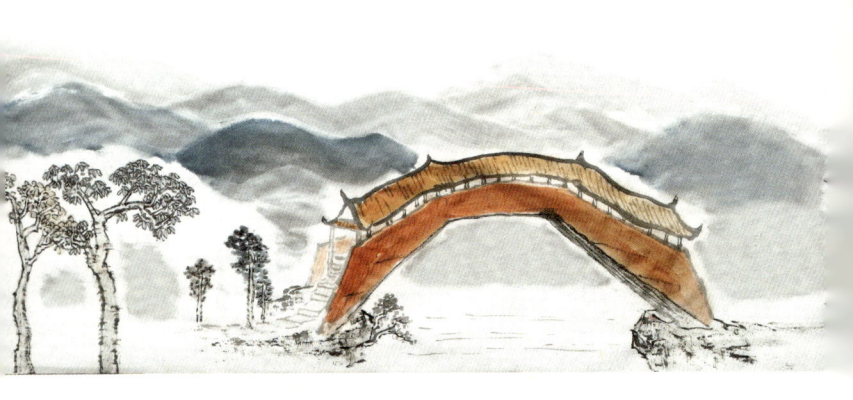

到此时溪流中的石头,在白天它们以具体的形态呈示,在黑夜里它们以声音呈示。此时,流水是唯一的声音,它昭示着自然的存在。这之间,我的手插在口袋里,口袋里装着手机,当我的手再次触及手机的那一刻,我分心了,想到了已全无信号的手机,想到了失去联系的原先随时要知道的那部分信息。于城市而言,此时的我是一个失明者、失联者、孤立者,包括家人,包括朋友,他们都得不到我的信息,我也得不到他们的信息。突然而至的焦虑控制着我,现代化信息失联的焦虑控制着我。我漫无目的地往前走,走过了民房灯光照不到的地方,这时完全的黑暗渐渐地代替了焦虑,我也渐渐地从刚才的焦虑中平静下来,单一的流水声继而解除了我的再一次的焦虑。直到此时此刻,我才真正脱离现代信息时空进入钱江源的里秧田村的山里时间。我再次倾听右边黑暗中溪流的流水声,它并不单调。它湍激、低回,遇见巨石,跌入深潭,进入窄隘的溪床,再进入稍为宽阔的溪床。它的声音也因此千变万化。这是里秧田村山里时间(自然时间)的重要组成元素。另一重要元素是一场持续的夜雨。当我回到山湾号民宿,于完全黑暗中被一场持续的中雨控制。我无法入睡。此时的场景是从溪流的流水声转入击打在民房瓦背上的夜雨声,并使我因此持续失眠。午夜,雨声中,我写下此次行旅的第一首诗,其中两节描述了我在齐溪镇一夜的失眠状况:

以前的夜我基本睡得很好。
只有今夜,齐溪镇的雨声,这个庞大雨夜的
一滴清晰的滴雨声,让我感慨半世人生。

我有睡不着的理由。
齐溪镇之夜,四周大山耸立,
它们沉默地保护一滴雨声的到来,
也保护我这个陌生人的一夜未眠。

——《齐溪镇夜雨》

2014年4月12日夜,开化,齐溪镇,里秧田村山湾号民宿能在深山的午夜被一场持续的夜雨控制，没有矫情，没有杂念，只有听雨、回忆。这近乎人生中的一个奢侈的片刻。一夜的雨，令一个因此而失眠的人的心情空前的平静。这失眠与雨夜融为一体，同时，也与里秩田村四周的大山融为一体。而在这巨大的自然雨声之中，我辨别出了檐头滴下的雨滴的声音，它的持续的滴雨声，伴着我一夜的失眠。在这一夜，巨大与细小获得了空前的统一。

第二夜，住开化台回山村下山蛇自然村金仙号民宿。这个自然村的旁边，也有一条溪流汇入钱江源的马金溪。下山蛇自然村之夜是一个诗歌之夜。我们九人（我、柯平、王益军、慕白、俞强，及开化的赖子等四人），在一张大圆桌前谈论诗歌的话题。其间，燕燕号民宿房东燕燕姑娘朗诵了慕白的诗《今夜我在钱江源》。下山蛇自然村位于海拔五百米的半山腰上，此时，诗有多高？我想，此时的诗大约二十米高。这二十米不是物理高度，这二十米是心理高度。它代表了一定的虚无，即说二十米这个具体的量词的时候，它高于燕燕家的屋顶，位于我们上方，而不是遥不可及的上空，但又让人触摸不到，只能注视，也更易用心去靠近。也许因谈论到具体的诗歌让它又下降到十至八米的高度，但是它始终保持着一定的虚无品质。此时，我们在谈论诗歌，别的人或睡觉，或写作。二十个诗人与散文家的介入，使得这一夜的下山蛇自然村充满了前所未有的诗意。

八点，村民睡了；十点，散文家睡了；十二点，诗人睡了。渐渐地，金仙号民宿之夜万籁俱寂。与里秧田村山湾号民宿的整夜雨声相反，入夜之后下山蛇自然村金仙号民宿安静异常。在这台回山村下山蛇自然村金仙号民宿的一夜，我写下了第二首诗——《台回山一夜》。其中两节：

> 今夜是它的折痕。这一条直线铺向星际。
> 他听到"咚——!"的一声，一颗冰冷的星落在他生命的平面。

> 2014年4月13日午夜至2014年4月14日凌晨
> 这一夜……他醒着……世界的运转他从不知晓……

金仙号民宿是一个六十多岁的村民经营的，他的儿子儿媳们都在县城工作。这民宿共三间客房，干净也安静，午夜的失眠，让人无端地想起星空。康德想道德律的时候也会是这么一种情境吗？当然，我想得比康德私人化得多，也简单得多。康德有一千米的话，我则只有一两米。但愿这一两米最终也能与那一千米殊途同归，因为人类的卑微与崇高，最终还是会殊途同归。一

钱塘江记：溯江而上，顺流而下 - 239

如钱江源的每一个细小支流,一段段地汇聚,渐渐地汇成衢江、兰溪江、富春江,再是浩荡的钱塘江。

二、上游之一:乌溪江,一条支流上的诗意细节

　　乌溪江古称东溪,又称周公源,为衢江一级支流,发源于衢南仙霞岭山地,主源为浙江省龙泉青井,次源为福建省浦城县石子岩大福罗峰,流经龙泉、遂昌、江山、衢江区,在衢州市东3公里处汇入衢江。上游有遂昌县之住溪、周公源、洋溪源、金竹溪,均汇流入湖南镇水库(1983年建成)。衢江区境内,乌溪江西岸有航埠溪,东岸有举埠溪,也都注入湖南镇水库。水库以下向北经项家,注入黄坛口水库(1958年建成)。出水库后,东岸有黄坛源水汇入,流经石室乡、花园街道、下张乡,在鸡鸣渡附近注入衢江。乌溪江主流长161.5公里,流域面积2632平方公里。其中,浙江境内流程63公里,流域面积610平方公里。

第四天,到达乌溪江。

这里是钱塘江上游衢江的一条支流。它源自福建省浦城县东部山区,流经丽水、龙泉、遂昌再流过衢州汇入衢江。流到这

里叫乌溪江。陪同我们的除了岭洋乡徐书记,还有《衢州日报》记者巫少飞。

巫少飞说自己少年时期时常乘机动船从衢州到遂昌去爷爷家。他看江水有感慨,刚到中年的他说起少年时光,似有种沿江溯源的感觉。他在说"乌溪江"这个名词时是充满感情的,有着对少年时光的追忆。在说这个词时,原先爱讲话的他神情瞬间肃穆了起来。在与巫少飞的交谈中,我总觉得他的发音有点奇特,直至岭洋乡徐书记带着疑问的语气说:"你不是地道的衢县人吧?"证明了我的直觉是对的。

在此居住生活的人、语言、江、时间,它们是四位一体的。仙霞湖水库建于20世纪50年代初期,比新安江水库还早。人、语言、江、时间,这四位一体,在岭洋乡抱珠垄村与鱼山村有着一种深度的交融。这语言,在乡村,更带有乡民的直觉与无意识的潜在言说。几十年来,乡民们的方言发音会有许多微妙的改变。还在湖中央在船上看岸上的抱珠垄村时,山坡上几组错落有致的民房与库区与满山的林木构成了一幅诗意闲居图。筑成水库之后的乌溪江,即现在的仙霞湖,流速减缓了,几乎是静止的。沿江乡民们的生活,也因流水的减缓与水面的开阔,发生不经意的变化。这变化,就是他们生活节奏的无意识的放慢,相对放松的心态,这正对应了平缓开阔的水面。生活与生产的交融,以及生活节奏的相对放慢,使得乡村文化悄悄地萌发。路上,我抬头的间隙,看到了一座旧式民居前用毛笔写在门楣与窗楣上方的"暗香""疏影""朝阳鸣凤""日暖风和"这四组毛笔字,这字写得有风骨,且带书卷气。巫少飞看我看得专注,说,这是村里已经过世的一位老人写的,老人名叫柴汝梅,一个一辈子生活在鱼山村的乡村书法家,平时喜欢帮人号(给东西标上记号)个箩筐、风车、日常用具等,只要有人叫他去号,他就提笔写下"某某年某某某置用",如"一九九三年邱亦农置用"等。后来我们到了柴汝梅老人的外孙女家里,看到一张老人号风车的照片,在一架扇谷子用的木风车上,柴汝梅写下"去浮存实"四个沉实的大字。我想,"去浮存实",也一定是柴汝梅老人在世时的人生准则。在往回走的路上,我再次看到了另一座老房子上柴汝梅老人写下的字。厨房门楣上写"五未和",两个窗户上方分别写着"吟风""读月"。在乡村,能有如此诗意的命名,顿时使人心生敬意。在鱼山村,柴汝梅老人是文化的传播者与践行者。也是因了老人,鱼山村这个极其普通的村庄,有了笔墨诗意。而这乡村文化的传播,也因了水流的缓慢、水面的开阔,因了乡民们生活节奏的相对减缓,被村民们广为接受。同时,放慢了生活节奏的乡民们使得鱼山村以及旁边的抱珠垄村等村庄,有着潜在的文化需求。

在乡村深处，往往会有令人惊异的文化图景突然出现：路边，一堵土墙，墙上留存着一幅20世纪50年代末"大跃进"时期的绘画，这幅画几乎覆盖了这整堵土墙。画上除了三面红旗的明确的"大跃进"时期的标记外，还有女拖拉机手，环形的稻穗组成的花环，斜锯齿形工厂，欢乐的丰收场景。简朴的色彩仍然保留至今。在其他村庄，即使保留有旧时代的痕迹，也大都是红漆书写的老宋体的"战天斗地"的标语。而在鱼山村，还保留了这么一幅墙上绘画。也许是当时鱼山村小学老师爱好美术，在书写标语时突然想到了绘画，于是就画下了这么一幅宣传画。这画至今经过六十多年风雨的洗刷，仅存一些斑驳残存的色彩，是一个鱼山村的过去。这个过去，与一个国家的过去是一致的。

而在另一堵墙上，我惊讶地看到两行工整的儿童体毛笔字"2012年是世界末日，是我人生的最后一天"，这一行字令我一时无语。这是一个孩子写下的，说明这个看似安静的似《桃花源记》中的小村，在当今网络时代，外界的信息照样对它产生着巨大影响。有时，这种影响是与世界同步的。

当晚，我们投宿仙霞湖边一家民宿。巫少飞敲门进入我的房间。我们坐着，谈论艾略特、瓦雷里、勃莱、默温、里尔克，谈论开化、衢州、烂柯山，谈论各自的童年、少年记忆，直至谈论衢州城里的共同的朋友周新华、李剑明、小荒。与里秧田村的山里时间相反，在这里，虽然还住民宿，但已经完全回到了现代的信息时空。当然也有纯粹自然时间的极短暂的一刻，那是与慕白沿山间沿江边公路散步，看到圆月下安静阔大的闪着点点波光的仙霞湖水，一角的渔火，伸向湖面上空的无数夜树与倒影。这一切构成了无法言说的诗意。慕白激动地说，这整个就是一个春江花月夜！

这一条江，乌溪江，钱塘江上游的一条支流，在巫少飞的叙述中，是少年诗意时光的再现；在鱼山村柴汝梅老人为村民提笔号生活及生产资料的过程中，它提供的是无意而强大的文化诗意。鱼山村，曾经的柴汝梅老人，土墙上六十余年前的绘画，一个孩子的对末日预言的回应，月夜的仙霞湖，这一切，有着无法言说的乡村诗意。哪怕，这些诗意需求与经济需求相比还是少量的。与开化的单纯诗意、人与河流关系相对简单相比，衢江与人的关系发生了相对大的深刻变化，即现实因素显得强大而不可抗拒：我们参观的水库大坝高程近两百米，拦腰切断了乌溪江；在衢州市区有一座巨大的有数万工人的化工城"衢化"。人在自然面前与在现实面前，往往选择的是后者。人被自己所驱动，驱动的强大动力即现实。而文化在其间显得更加弥足珍贵。它所做的是弥补因人类改变自然所带来的诗意的缺失。

乌溪江，这汇入大江之前的支流，它本身所涌动的诗意，以及因它而来的乡村文化元素，往往会在清晨或午后阳光的斜照下或在明月夜，显得格外动人心魄！而这诗意，最终都将汇入浩荡壮观的钱塘江！

三、上游之二：龙游，年年红、石窟、荷花山及其他

衢江，在浙江省西部衢州境内，古称瀫水，又称信安溪、信安江、衢港；钱塘江主要支流、南源，发源于徽州（今黄山市）休宁县龙田乡青芝埭尖，海拔1144米，自上游马金溪起算，止于海盐澉浦—余姚西山闸连线，河长522.22公里（其中安徽境内24.77公里，浙江境内497.45公里），流域面积（省内部分）44014.50平方公里。河长比钱塘江正源新安江（588.73公里）短约66.51公里。衢江上起衢州市常山港、江山港合流的双港口，下迄兰溪市西南横山，纳金华江、接兰江，是衢州的母亲河，上承徽州文化，下接金华八婺，孕育出别具特色的三衢文化。

第五天，到达衢江下游的龙游县。

年年红公司文化园，紧靠着衢江而建，计划投资六十亿，规模巨大。一幢幢巨大的殿堂式的建筑。长廊。飞檐。逾百根巨

大的价格高昂的金丝楠木柱子。精致的成套的红木家具。木质表面泛着亚紫色的柔和光泽。人在家具边上走过，内心的占有欲被无端地唤起。我看到走过这里的人，到了红木家具边上，每人都弯下腰来，驻足良久，仔细观看，目光柔和，小心地伸手触摸家具表面。这时的人们，心存欲念，而又小心翼翼。昂贵的物质诱惑。高品格的物质享受。在这条摆满红木家具的物质长廊，人穿行其间，小心翼翼地行走、察看、辨别、掂量，证明了世界在此时，物质大于人心。在龙游年年红公司，与世界的任何一个地方一样，人类已经无法遏制欲望的涌动。它所带来的是自然、环境的代价。这地方已经投资十多亿，还将继续投资几十亿。金钱转化成物质，欲望转换成场景。届时，年年红公司这一文化园，将成为衢江左岸一面映照奢侈的镜子——豪华、耀眼、迷乱、物质、享受。人在镜子中享受欲望，然后空虚。

龙游县境内的衢江江面，远远地漂浮着一艘挖沙船，江心洲上耸立着巨大的高压电力铁塔，在衢江上面，粗大的高压线高高地横空而过。江面的漂浮物渐渐地多了起来。当我们置身衢江江面，置身于游船上，一段时间里，心思多了起来。现实与生活，及时地进行着插播。心事一如江面的漂浮物，控制不住地多了起来。与前几天相比，与在开化、在仙霞湖相比，因了环境的突然改变，此时，原有的诗意正减弱下去。一部分是吃着瓜子的人，

有的时候我要的不想着了眼前的这个世界

马叙

大声说话的人；另一部分人，这时不语，想着眼前的事，当下的事。此时，我在想，他们所想的这些事，是人生在世必不可少的无法避免的俗事，它存在于现实层面之中，紧迫着我们跑。而一个县也有一个县的心事。一个县的心事，大都是历史与现实的纠结。沉重悠久的历史，混乱紧迫的现实。龙游县，左宗棠与太平军之间的那场旷日持久的战役，远比龙游石窟影响深远而惊心动魄。农民军与清军的对垒。龙游的修史者是站在农民军立场上的，因此称此战役为龙游保卫战。而这场保卫战最后以太平军失败收场，因此成了龙游这一个县的隐秘心事，也成为修史者自己内心的一个隐秘心事。这次战役，成为太平军历史上最持久也最惨烈的战役之一。历史即心事。洪秀全，也是中国历史的一段心事。

石窟显然是龙游县的另一个心事。1992年6月9日，农民吴阿奶等四人发现了这个巨大的石窟，从此，龙游把这个石窟当作了一个县的历史心事。而龙游县，也正是把这石窟作为一个谜团来打造。越是解不开越是好，越是一团乱麻越是好。龙游石窟谜团的成功打造，为龙游县创造了大量的旅游GDP。当我从五号洞逐渐进入一号洞，原先所谓千年石窟之谜，对我的观感丝毫没有形成影响。我唯有靠观察其形态、光线，想象工匠的艰辛与智慧。而这智慧显然是被生存的艰辛所逼出。我认为这里是一个普通的采石工场，靠江而采是为了大宗石料装船运送的方便。一如温岭的双屿洞天，同样的规模，同样的形式，不存在悬念，也不存在谜团。双屿洞天是近现代的采石遗迹，而龙游石窟则是年代相对遥远了许多的采石遗迹。洞中少量的生活遗迹，说明这里被采空后，也曾被利用过，但因种种原因废弃了，比如光线问题，潮湿问题，空气问题，等等。正因为石窟非国家所凿，而只是普通民众所凿，才显得这工程的伟大。为柴米油盐，为父老儿女，为生存计，一块一块地采石，一块一块地拉出、运输，提供沿江筑路、建房、造桥用的石材，这惠及沿江万千生民的事业，远比藏兵洞、皇家仓库、道家福地等国家仓库、玄学场所有意义也伟大得多。在龙游石窟，我更多看到的是普通工匠的踪迹与遗迹，而不是道家的、朝廷的或军事的遗迹。仔细察看洞壁，看到的是一块一块石头被凿走后留下的印痕，是劳动的艰辛与沉闷的痕迹，以及高强度凿石开石的体力透支。我所看到的这一切，是劳作的伟大与黑暗，其伟大因了先民的采石为衢江沿岸的人们提供了源源不断的建筑石材，其黑暗是超高的劳作强度与无限的单调重复。我多么想去掉龙游县无限复制石窟谜团的心事，还龙游石窟以明确、鲜亮、健康、硬朗的民生色彩，还原它伟大的民生本质。

与龙游石窟对应的另一个处所，是龙游荷花山遗址。这一个早期人类活动遗址，在我们下车来到这里时，让我感到暂时的迷茫。这是这处遗址的平常态，以至我一时找不到遗址的标志，同时也看不到遗址的迹象。九千年前的荷花山与九千年后今天的荷花山会有大区别吗？荷花山本身没有区别，唯一的本质的区别是人类的迁徙与繁衍。在荷花山，这个离地面高程仅十余米的土丘台地，存在有数个人类早期活动文化层。在这台地上，随意低头就可看到红衣夹碳陶片，还有散落各处的石斧、石杵、陶片等新石器时代的器物遗存。在荷花山台地，我看到了心存敬畏的现代人。当龙游县志办主任黄国平先生讲解荷花山遗址时，我看到了数张沉思的脸庞。时间、生命、变迁，这从来就是人类的一个隐秘心事。站在荷花山遗址上，脚下是九千多年前的人类活动文化层，里面至今还埋藏着先民们的劳动生活器物。这些器物简单、粗糙、笨拙。但是它们的有用程度比现代的汽车、飞机、高铁高得多。在一块菜地上，我除了找到一块红衣夹碳陶片外，还找到了一截七厘米左右的石斧，这是一把被拦腰折断了的石斧，现存部分的形制十分完整，石斧表面留有清晰的人工打造痕迹，以及使用过程中的磨损痕迹。除了先民使用这把石斧过程中的磨损外，时间并没有在上面留下过多的痕迹。荷花山四周是大片广袤的农田，依荷花山生息的先民们也是龙游稻作农业的开拓者，而稻作农业是衢江流域农耕文明开端的一个标志。一把穿越九千年的石斧，传递给我的是人类的少年时期，简单、艰辛，也会有明亮的色彩与快乐的天空。站在荷花山台地上，极目可见四周田畴平整广阔。若到庄稼丰收时节，站在台地上，看着清风吹动稻浪，先民的喜悦不是今天的人所能体验的。当今天的我站在荷花山上，作为一个外来者，于荷花山而言，于这九千年的时间而言，我，包括我们这批人，成为一个九千年后突然而至的时间事件，裹挟着现代文明与深度迷茫，在这么一个时间点上，以浅薄的方式而来，且以同样浅薄的方式而去。

深夜，写下《在龙游，衢江边的讲述者》，片段：

江水缓缓流淌，讲述正往深处进行
一部方志远远不够，一席讲述远远不够
要坐在唐宋、商周的江岸边讲述
要面对日落日出、沧海桑田讲述
不要遗落那些细节：读书，打铁，凿石，收割，赶考

直到我也讲述
——讲述这个地方，记住这个地方的历史与人文
记住这一刻的细节，我的突然的心痛
许多年后，我再分了一次心——
在我暮年时光，回忆起那次龙游之行

时光照耀着我黯淡的身躯，平静又久远……

荷花山。石斧。石杵。石窟。遗迹。左宗棠。洪秀全。李世贤。

江河。青山。

物是。人非。

时间是一切的讲述者。

四、中游之一：兰溪，兰江边一夜、古城诗意、李渔

兰江，古称瀔水、丹溪、兰溪、兰溪江，当地人习惯以"大溪"称呼它。

钱塘江流域的衢州市至兰溪段称衢江，沿途接纳乌溪江、芝溪、灵山港等溪流后，至兰溪与金华江在马公滩汇合后称兰江，自南向北流，至建德梅城与新安江汇合。衢江——兰江流经金衢盆地，河道宽广，水深流缓，出金衢盆地，河床渐见深邃。兰江流域面积19350平方公里，主流长300公里，其中在建德的流域面积有419平方公里，河段长23.5公里。流域内年平均径流量达172.8亿立方米，年平均降水量1545毫米，年平均径流深度达915毫米。

到兰溪的第一天，入夜，兰溪作家陈兴兵把柯平、林海蓓、嵇亦工、慕白、但及、高鹏程、我等一拨人从灵羊岛拉到了兰江边的一个排挡喝酒。"吃着火锅，唱着歌"，《让子弹飞》的经典台词。现在的我们依然是"吃着火锅，唱着歌"，重复着这简单的口舌快乐。在古城西门的城头，两张桌子并成一张，背对城门，观看满江灯火。兰溪的"兰"，衍生词：兰花、兰草、木兰、月兰、萑兰、幽兰、金兰、兰若、芝兰、兰芷、兰台、兰舟、兰房、兰蕙、芷兰、芝兰玉树、兰质蕙心、兰亭、春兰秋菊、沅芷湘兰、沅芷澧兰。在汉字的河流中，"兰"字，从形到质，是波动的，缓慢的，柔情的，女性的。兰溪是钱塘江流域的一个偏旁，她的情怀从马头墙下颔首低眉的女性开始。四月下旬的兰江之夜，灯火密集，江水在流淌，古城暧昧的灯光映照着这一伙消夜的诗人。

兰溪，千年商埠，商业化远在开化、常山、衢州、龙游之上。千年前就怂恿民众开始庸俗的生活。庸俗，于民生是一福音，一如"吃着火锅，唱着歌"。庸俗之乐，大乐，商业是庸俗之基础。许多年前，兰江上数艘画舫挂满灯笼，江面倒映华舟，歌声隐约婉转，口衔词曲的美人若隐若现，这些画舫载着兰溪商贾，远去，去钱塘、临安，再从临安同乘画舫溯江回兰。

在兰溪文史资料编委会等编的《千年商埠 风雅兰溪》一书

《八百年兰溪商埠繁华》(作者卢庄木)一文中,列出了民国十七年(1928)的兰溪城区商店状况:有"典当行4家,钱庄7家,米行86家,参行6家,柴炭行43家,京货栈4家,竹木板行16家,钟表店3家,水果店24家,藤器店3家,银楼12家,药材行8家,药店32家,山货行24家,绸布店12家,衣庄15家,帽店6家,袜店26家,瓷器店11家,南货店25家,厂货店22家,油蜡行23家,酱园14家,烟店28家,五金店17家,鞋店31家,木器店17家,竹器店15家,漆器店12家,火腿栈6家,糖行2家,茶叶店9家,铁店36家,印刷店8家,纸箔店11家,裱画店8家,爆竹店8家,桶器店11家,书店5家,煤油公司文号3家,缸窑店4家,纸店7家,花粉店3家,肉店51家,笔墨店3家,镶牙店4家,桂圆店6家,棉花店3家,成衣店32家,刻字店3家,照相馆2家,酒店111家,棺材店6家,旅馆6家,茶馆116家,面馆16家,理性店54家,黍作店2家,浴堂1家……合计160个行业,1139家。"如此翔实的统计。我看到了在民国时期兰溪缓慢的生活景象,这1139家兰溪城的商户,想象着那时每天早晨,早者八时开门,迟至九时开门,街上一幅散漫情景,近中午(十时至十一时),原先散漫的图景迅速变成了一幅热闹繁华的街景。时而会见到靓丽的妇人自街中段某一长巷里闪出,带着清晨做爱后的妩媚,沿街款款而行至一家店里(成衣店,或袜店,或绸布店，或糖行，或桂圆店），稍倾，她们即消失在另一条巷弄。116家茶馆，每家茶馆都是一个慢生活场所。"慢"字散漫在整个兰溪城。与兰溪江上的画舫相对应，兰溪城的茶馆，虽少了歌女的清亮唱腔，但是被喉音控制的兰溪话在茶馆的闲谈中交叉回旋，因此，茶馆中的兰溪是中年人的兰溪。

因此，尽管李渔在兰溪夏李村隐居五年，但几百年来兰溪人对李渔一直是情有独钟。我猜想，兰溪人对李渔的热情一定甚于如皋人。旧时代慢生活中的兰溪文化人显然是做梦也想过李渔、袁枚一样的生活。而他们的生活范式与别地的文人比起来也许更靠近李渔一些。而李渔恰恰又与兰溪有血脉关联。因此兰溪的李渔热经久不衰，一直延续至今。

而我，作为一个外来者，对李渔的关注是另一种关注。我的关注对应的是古代文人生活的丰富、雅趣、放浪与现代文人生活的无趣、单调、浅薄。离开兰溪数天后，我写下《与李渔一席谈》。片段：

兰溪从太古流到你的生命中的一段时光再一直流向现在与未来。

兰溪与如皋，很多人在谈论你，好生活往往深埋在被谈论之中。

我工作、生存、写作,平静地度过一生。这是平常人的生活方式。

我的一生大抵如此。我身边的人大抵如此。这个时代大抵如此。

我说了这么多,谈得也松散、浅薄、无趣。

这是一个现代人与你的对谈,李渔,你懂的。

至兰溪的第二天,大雨。兰溪古城。雨意加深着长长的小巷。我侧着身体进入一条长而迷蒙的古巷。若是数百年前,斜撑着雨伞的女子,能走进巷子深处的定是苗条身材,那么,这些深巷走动的多半是年轻的少妇。若是姑娘,她一定不喜欢走这深巷,深巷过于寂寞,姑娘家身体单薄,感受性差,走在里面会觉得冷清、无趣。尤其是雨天,雨水打在伞背,这加深着的寂寥,不是姑娘所能体味的。而少妇,她们深懂寂寞。雨中,一个少妇走在深巷,雨水敲打着薄薄的伞背,这于寂寞中会有几分春心起了涟漪。若雨天走在这最长最深的巷子里,又因是侧着成熟的身体走在深巷,少妇的心也会因深巷与雨意而涌动着春情。这几乎成了这些深巷的秘密。若是有心事的少妇,则会放慢脚步,任深巷的雨意加深自己心底里的秘密,雨水打在伞背,恰好注释着这

此前未知小雨

雨本未知

我的心随缘

走去方宽底之

上撕破远方

雨中的一刻

此時雨是些

法说…不出

甲午仲春日

些隐秘的心思。兰溪的古城，因了深巷，因了淅淅沥沥的雨天，有着比别处更多的女性的秘密。这些秘密如涟漪，轻而慢地荡漾在兰溪古城，也扩展着兰溪的格调与诗意。与此相对应的是一里之外的商业繁华，小商人精明过人。或许，也正因为此，才有这些走在深巷的冷艳、懒散的美少妇，她们是繁华商业背后的秘密，是兰溪城的秘密诗意。而这诗意，以晚清与民国的兰溪城为最，它调和了那个时代的商人们与少妇们的生活情趣。

钱塘江上游的衢江，自龙游开始，就已流速骤缓，至兰溪，则更缓。"兰溪"，汉语发音轻、慢、缓，以此名江，以此名县，早已扩展至生活、文化、人际。这正是钱塘江中游的风格。江水渐深渐宽，水流平静而缓慢。

在我第二天离开兰溪时，车外一个妖娆女子一闪而过，风一样消逝。我一直以为，兰溪应该是女性的。在我的极短暂的感受中，兰溪，就是一个诗意与妩媚共同捏造出来的女子，俗艳与风雅共生，商业与文化并存。

2014年5月1日

小长假

五、中游之二：千岛湖，移民、静水万顷

千岛湖（新安江水库），位于浙江省淳安县境内，湖泊面积567.40平方千米，最大深度108米，平均深度34米，容积178.4亿立方米，是在距浙江建德市新安江镇以上4000米处建坝蓄水而成的人工湖。水库上游具有明显的"湖泊效应"，且有大大小小上千座岛屿，因此称"千岛湖"。千岛湖的主要水源为安徽境内的新安江及其支流。千岛湖下游的新安江在建德梅城与兰江汇合注入富春江。建新安江水库，总移民人口达29万。

历史像湖水……
劈头盖脸而来，淹没记忆与古城。

——题记

千岛湖碧波万顷。它的记忆从1956年开始。

1956年新安江水库立项，同时开始移民准备工作。1958年开始向库区外移民。20多万！大移民！

如今在千岛湖姜家镇安置着部分移民。离姜家镇不远处，安静的湖水下沉睡着一座形制完整的水下古城废墟。我是2012

年4月看中央电视台"千岛湖水下古城探秘"直播时,才知道这里原来有两个县城被完全淹没在水底。那一次央视直播是探秘,是开发旅游的前奏。但央视没有进一步做移民的专题。以前一直以为遂安与淳安被水库蓄水淹没的是村庄与小镇。新安江水库的蓄水,使得两个具有悠久历史的千年县城成为水下古城,千百年来在这古城生息的居民,也因了新安江水库而迁徙到了别处。

到达淳安的第一夜,我们被安排观看大型声光电现代演艺节目《千岛湖——水之灵》。当节目的中间部分出现库区移民、蓄水一幕时,剧场内的所有观众都安静了下来。此时,早年淳安县城乡民众离别家园的情景再现。以往的离城,往往是出去做事经商,每年都会回城,回到自己的家,但是,这次离城使得他们再也回不到原来的家园,这是一次永别家园之旅,他们将在别处定居、生息。很难想象,于当年的居民而言,这是一种怎样的痛。剧幕中有句台词:"少带旧家具,多带新思想",劝导移民放下包袱轻装迁徙。特定时代的特定语言,但是,仍然让现今的人们听来觉得感伤。剧幕中,还有一句台词是:"……我们……走……吧。"然后再重复:"……我们……走……吧。"回声:"……我们……走……吧。"没有移民体验的人几乎无法感受这种离别的痛苦与入骨的伤感。农业社会里,人与家园之间的维系,人对家园的记忆,是穿越年代与时空的。在五十多年后,我在央视采访视频中看到，如今生活在姜家镇的五位狮城女性移民，都已年逾古稀，当说起被淹没在水底的家时，她们的脸上，仍然有一种深深的伤感！

在狮城博物馆的一面墙上，密密麻麻地贴着一墙的老照片，全是遂安与淳安古城的建筑与当时居民的劳动、工作及日常生活照片。如今，两座古城已永远沉于水底，照片上的众多居民，许多已经离世。

回到宾馆，深夜，读描写1958年新安江20多万人大移民的专著《国家特别行动——新安江大移民迟到五十年的报告》（童禅福著，杭州出版社、人民文学出版社联合出版，2009年），失眠。书中记叙了当年部分移民艰难的重迁及去向：

> 1961年1月，对不具备安置条件，安置密度过大的淳安县42个大队，5969人重新迁移到衢县、常山、金华等县农场。
>
> 同年11月，就地后靠的43个移民大队和12个移民安置大队的2621人，重新转迁遂昌、武义农村插队。
>
> 1963年初，7个移民安置大队，1101人，重新转迁遂昌、武义等县重新插队。
>
> 1964年5月，又有928人从淳安重新转迁遂昌、武义

国营农场。

1964年5月至1965年,淳安库区7230人重新转迁龙泉、云和两县农场,634人重迁武义县农村。

1966年,1424人重新转迁衢县农村插队和安置在国营农场。

1968年8月至1971年1月,淳安县安置密度过大和不具备安置条件,迁移到江西省的52535人中,只有17600人是新迁第一次移民,其余34935人是第二次、第三次、第四次甚至更多次的重迁移民。

从1961年开始,淳安自行转迁安徽省的新安江移民1078户,4479人。淳安自行转迁江西省的新安江移民2264户,10062人。

那些年,新安江水库移民共从库区迁徙出了29万人口。29万,一个庞大的数字,且还有那么多的移民重迁、转迁。这些移民的苦与痛,及数次抛家别园的伤感,今天我们已经无法去感知。

午夜,我写下了一首诗,《千岛湖,水下古城》。最后一节:

五十多年后,当我来时,

湖畔新城灯火辉煌，湖水倒映着新生活的时尚。

……当水底寂静的古城，一再被提起，

反过来照亮尘封的记忆，

……那永远移不走的，刻骨铭心的……庸常生活！

凌晨四点半，起来，从所住宾馆往外看，夜色尚未退尽，天空尚有重量。此时，期待天亮的心情是平静的，这平静是一夜安宁的延续，是眼前千岛湖湖水安宁的延续。天渐渐地亮，从水天交接处开始，一线浅浅的光渐渐地明亮起来。此时的静庞大无边。天是静的，水是静的，暗色中的无数小岛是静的。

最先打破这静态的是一条小船。它从左边出现，带一盏灯光。这是画面的闯入者。若不仔细看会以为它是静止的，用心观察，才看出它正在极缓慢地移动。

天很快地亮起来，水面出现了波光，看到小船上有两个人，如此早起，辛劳不说，他们是辽阔湖面的第一个灵动的所在。待这条小船驶向更远处，湖左边又出现了第二条小船，也是俩人，也是一样地慢。只是天色更亮了。天空的状态正从浓重夜色转向轻盈、辽阔与透明。

而此时，在秀水码头，正泊着近百艘游艇，白色，因是清晨，所以同样安静。

渐渐地,整个码头随着天光苏醒。

此时,千岛湖的万顷湖水,充满一种饱满而辽阔的诗意。由此,我想到了它的无数条大小不一的支流。

昨天,大巴把我们拉到了浪川乡芹川古村。

芹川村的质朴从村口始,村口横在溪流上的廊桥墙体上还留有斑驳的红漆老宋体的"农业学大寨"五个大字,时间的流水尚未抹去四十多年前生产资料落后时代的"战天斗地"的悲壮劳动印记。

我们于芹川村,是一群突然而至的外来者,看的是穿越整个村庄而过的湍激流淌的芹溪。站在屋前溪边,不用任何人点拨,几乎每个人都会想起"半亩方塘一鉴开,天光云影共徘徊。问渠那得清如许,为有源头活水来"一诗。同行的诗人嵇亦工说,已来过芹川古村许多次,多是从杭州陪外地客人来看民居与流水。他还交了一个村民朋友,这次来带了一幅书法送这朋友,这朋友以粗茶待之。我想,这种与功利完全无涉的质朴友情,正是一种源头意义的人际关系。

从村子的"二十四桥"农家乐吃完饭出来,还是看这流水。这是通向千岛湖的无数条溪流中最有代表性的一条。于万顷湖水的千岛湖而言,芹溪作为一条较小的支流,与主干流同样具有一种源头意义。村民们小心翼翼地使用着它,保护着它。在溪边,快速跑过的孩子的脸庞,以及他们的眼睛,像溪流一样清澈。坐在溪边谈天的老人,皱纹深陷的脸上平静,且有久远的时间之光。他们说自己仿佛在说他人,说他人仿佛在说自己。一边是流水,一边是与时间谈话。芹溪,它的清澈,它的自由流淌,以及喝着用着芹溪水的老人、孩子、村妇、男人,这个村庄,这里的村民,这条清澈激湍的溪水,这一切,使得时间与流水有了一种增值的意义。

当我重新面对今天清晨,面前是已经明亮的天空,辽阔的湖面,错落的青黛色岛屿。这静水万顷,保持着如此清澈的品质,与它的源头,与许多像芹溪一样的最终流向千岛湖的流水密切相关,与周边的村民密切相关。

当秀水码头热闹起来,"东风号""梦想1号""绿城1号""民生1号"等游轮渐次起锚,缓缓地开向各个岛屿。而千岛湖的万顷湖水,仍然是安静的,清澈的。

此时,我记着,千岛湖的万顷湖水下的古城与二十多万大移民,是他们,为千岛湖做出了常人无法想象的付出与牺牲。这段记忆,几乎是一个关乎人类伤感心境的核心话题。

当一阵清风从湖面吹来,我再次想起一个有关时间的永恒的情景:"子在川上曰:逝者如斯夫!"千百年来,多少人反复吟诵过它,又有多少事物随流水而去,只留下一丁点的蛛丝马迹!

六、中游之三：桐庐，《富春山居图》、严子陵钓台

桐庐县位于浙江省西北部，地处钱塘江中游，富春江斜贯县境，隶属于浙江省省会杭州市，是浙西地区经济实力第一强县（市）。桐庐始建于三国东吴黄武四年（225），唐武德四年（621）升为州府。北宋名臣范仲淹知睦州时感慨于这片土地的奇山异水，赞之为"潇洒桐庐"，并写下《潇洒桐庐郡十咏》。县境内有古迹桐君山、严子陵钓台等。

钱塘江上游的北支新安江与南支兰江在建德梅城汇合成富春江，向下流经三都、胥口、长淇、樟村，进入桐庐境内。站在桐君山上往下望，能看到一段绕城而流的富春江。我们来时，正值前两天大雨过境,使得富春江江水浑浊,而从另一方向流下的分水江,则清澈依然。分水江与富春江并流之处,一如泾渭相交,清浊分明。

这时最易想起的是元代画家黄公望的著名山水长卷《富春山居图》。

据说,《富春山居图》其图中之景三分之二取自桐庐,三分之一取自富阳。我想,其实不然,图中之景也不能用百分比来区分。一幅山水长卷,是一种概括画法,图中一山一水都是多处实景山水的概括。我相信,桐君山、大奇山、严子陵钓台,这些桐庐的山水气息以及居于桐庐下游富阳的山水气息都存在于这幅长卷的每一处。现今保存在浙江省博物馆的《富春山居图·剩山图》卷,上面的一山一水一丘一壑一草一木,已不是一山一水一丘一壑一草一木,而是万山万水,至万丘万壑。一个伟大的画家,从来不是照相机。一如张大千画雁荡山瀑布,并不局限于大龙湫、小龙湫,也不局限于西石梁大瀑,而是超越了具体的瀑布,更重要的是呈现出飞瀑的超然之美。观《富春山居图》的《剩山图》部分,既若走在桐庐大奇山中,又若走在富阳龙门山中。若是硬要具体分出《剩山图》画的是大奇山还是龙门山,这种探究在艺术范畴内是低级别的。而我观《富春山居图》,则观其超然的山水、笔墨,以及旷然的出世精神。但是,有一点毫无疑问,《富春山居图》是丰富的富春江赐予黄公望的一次艺术高峰，是富春江赐予中国绘画史的一次艺术奇迹。同时，它又完全超越了富春江的形态，成为中国南方山水画的典范之作。我想象着元代的黄公望，经常乘船顺流而下或溯江而上，或常于某一个午后在南岸长久徘徊，继而饮酒、作画。

第二天中午，我们一干人到达旧县镇（现改为旧县街道）。当地干部说，黄公望的另一幅《富春大岭图》，画的就是这一带的山景。上网查询，这幅画现藏于南京博物院。看此图，我相信，与《富春山居图》一样，这《富春大岭图》也已经完全超越了具体的命名地，它的山势，它的结构，迥异于《富春山居图》，而兼有了雁荡山、黄山、峨眉山这些南方奇崛之山的风格画意。

《富春山居图》，在中国绘画史上，与张择端的《清明上河图》一样，都是传世的绘画长卷。《清明上河图》除绘画之外还有生活史与商贸史意义；而《富春山居图》则是纯粹的绘画史意义，它超越尘世，建议今人观此画时，不要有太多的功利取舍，多感受其超然的山水图景，多感受其笔墨气度，多一些寂静之心。

桐庐县城沿富春江往西十五公里，是严子陵钓台。史载，严子陵，名光，字子陵，东汉著名高士（隐士），浙江会稽余姚（今宁波慈溪市）人，妻子梅氏。严与刘秀（后来的汉光武帝）是同窗好友。据传，后来刘秀登基做了皇帝，回忆起少时往事，想起严子陵，便多次征召其为谏议大臣，严子陵婉拒之，并隐居富春江一带，终老于林泉间。今人说起严子陵，有"被时人及后世传颂为不慕权贵追求自适的榜样"之句。我与慕白从"严子陵钓台，天下第一观"的巨型书法碑刻处沿山道而上，去往严子陵钓台。言谈间，多有解构历史之语。沿路风景区管理部门沿路设立了许多古代大文人石像。上山期间，慕白内急，在一尊石像后面小解。小解完，才想起这是古代文人雕像，心有戚戚。好在他走出不远，回头看了一眼，原来这尊是唐伯虎像！于是大笑一阵，顿时轻松了许多。慕白聒噪、坦诚、真实、闹，融入现实又反现实。不仅仅是在严子陵钓台，两阶段二十天的采风中，慕白一路以言语解构，痛快写诗，送别，酒后酬唱，大白话中却颇有名士古风。

在严子陵钓台，一块凸出的上部平坦的岩石上被景区管理者用黄漆画出一道很宽的公路黄线样的线条，意在警示游客此处危险。北宋范成大有《酹江月·念奴娇》：

　　浮生有几，叹欢娱常少，忧愁相属。富贵功名皆由命，何必区区仆仆。燕蝠尘中，鸡虫影里，见了还追逐。山间林下，几人真个幽独。

270 · 乘慢船，去哪里

谁似当日严君，故人龙衮，独抱羊裘宿。试把渔竿都掉了，百种千般拘束。两岸烟林，半溪山影，此处无荣辱。荒台遗像，至今嗟咏不足。

范成大晚了严子陵一千多年，他也是托严子陵这个古人来抒自己的胸臆。但是，这种清高多有装的嫌疑。许多文人都在假托古人。在这富春江边那么高的钓鱼台上，即使近两千年前，也是无法钓鱼的。这里根本就无法抛线入江。也许严子陵是坐过几次这里，吹清风，看江水，也读读诗书，有时也会想，这里若能钓鱼那真是太好了。而严子陵只是在模仿更早的姜太公而已。其实后来者都是这个钓钩上的鱼，包括今天来这里访古的我。用今天的话来说，是严子陵装得好，装得令他同时代的人喜欢，更让后人喜欢。而后来人有的装得更好，却不一定会让人喜欢。历史往往就是如此吊诡。

七、下游之一：萧山，湘湖、历史与诗意，及钱塘江入海口

萧山古称余暨、永兴，古属绍兴府，拥有八千年历史，两千年建县史，是越文化的中心地带。萧山区是浙江省杭

州市市辖区，位于浙江省北部、杭州湾南岸、钱塘江南岸，地处中国县域经济最为活跃的长三角南翼，东邻绍兴市柯桥区，南接诸暨市，西连富阳区，西北临钱塘江，北濒杭州湾，与海宁市隔江相望，陆域总面积1420.22平方公里。

以前常到杭州火车南站乘动车回家。那时的萧山是车窗外的萧山，是车窗外一闪而过的萧山，来不及感受就已登上车厢，被呼啸的动车迅速带离。

这次来萧山，要住两天。入住，身心就放松了，因此感觉也相对地敏锐了许多。进入萧山才一天，就已深刻感受到了一种诗意的对比。

一边是车水马龙，国际机场，现代化企业集团，飞速发展的经济，现代文明带给人们的忙碌、快捷，以及全身心投入事业的成就感以及焦虑感。而另一边，则是安静开阔的湘湖，以及在时间纵轴线上的跨湖桥人类文化遗址。

一边是具有强烈动感的现代化场景，另一边是碧波荡漾的慢生活景象，以及一座城市的历史景深。是它们构成了一座城市的彼与此的关系。

湘湖湖畔，是萧山跨湖桥人类文化遗址博物馆，进入博物馆，我看到一条形制完整的独木舟静置在它的中央。在灯光的映

照下，每一个参观遗址的人，都会从这条独木舟上读到远古人类的许多信息。独木舟，在萧山的历史文化深处、杭州的历史文化深处，成为一个人类存在的激荡的历史词语。

在这里，人类智慧的光芒，借助博物馆里的彩陶、骨针、橡子、石器，穿越七千六百余年，抵达了如今参观者的视野之中。我看到同行的诗人看到彩陶、骨针、橡子、石器时惊异的目光，远古时代人们生活的艰辛早被时间过滤掉。于我们这一行诗人作家而言，这些远古的彩陶、骨针、橡子、石器抵达今天所携带的不仅仅是古代人的生存生活信息，更是一种不可思议的诗意，以及风雨激荡的人类文化元素。跨湖桥人类文化遗址博物馆，封存着凝固的远古时空。因了博物馆中独木舟的存在，人与水的关系被诗意地强调，被具象地推溯到远古的时空中，也因此而构成了历史深处人、大地、劳动之中一片与生存与生活息息相关的古代水域上的历史时空。

与跨湖桥人类文化遗址博物馆相映照的，是湘湖的湖光山色，及它的曲折的湖岸线。

"我喜欢这里甚于喜欢西湖。"说这话的是同行的一个诗人。我知道这种诗意的表达，我也相信这种诗意的真实。湘湖，比西湖更安静、自由，也更散漫，更加自然。如果说西湖是一首精美

带古风的律诗，那么湘湖就是一则自由的白话小令，有着一种世俗的安静。而这小令仿佛由一位初识词赋的女子所吟，略带生涩却真实自然，忠实于自我解读，且内心有春野的清风掠过或初夏的情绪波荡。我想，看山水亦如此。

当前行的船舶分开湘湖水面，人就更贴近湘湖了。水面起伏，人的感觉也随之波荡，也由此想到跨湖桥遗址上的那条独木舟。当独木舟离岸驶向远处，大多是迎风而行，水面起伏幅度大，在潮汛复杂的钱塘江上，作业者既要稳住独木舟，又要用鱼叉叉鱼，作业难度可想而知。当然，当一天的打鱼结束时，太阳也快下山了，黄昏的阳光斜照送舟归岸，一幅远古的渔舟唱晚图景今天还可想象。

船首继续切开无尽的湘湖水，干净的水质，干净的湖面。人在船上，越贴近水面，越无端地喜欢湘湖。人与水，人与湖，在此时，有着一种基于自然的和谐。在此时，当我置身于湖中央，于一刻的安宁中，有了一种持久的感动。

第二天，我来到萧山美女坝前，这里是浩荡的钱塘江入海口，钱塘江从这里流入杭州湾。站在这里向前望，钱塘江水面辽阔、浩渺，差点就要望不到边。仔细地看了看，好在江那边，很远很远的对岸，能隐隐约约看到矗立着一排排的房子。但是那些房子离这里太远，很模糊，模糊得使我不敢下判断。

"对面是盐官",同行的萧山朋友指着对岸说。

对面是盐官。这是一句判断语,平淡,质朴,无修饰,直达对岸。

我在若干年前去过盐官。一个人,一个背包,背包里两件换洗衣服,一本罗兰·巴特,一个一个地方地走过。那次是从硖石来盐官。前一天,我住海宁青年旅馆,到达盐官时,青年旅馆的气息仍然笼罩着我。我偏激,固执,躁动,漫无目标,无端地走在一条又一条不知名的小路上。那些年,常一个人在外行走。有时整夜失眠,第二天被青年旅馆吐口香糖一样吐掉,偶尔想起药渣的典故,然后又盲目地上路。

那时的我,那个常被青年旅馆气息笼罩的我,如今,成了一个被追忆的对象,一如"对面是盐官"的判断句。今天的我,站在离盐官近十公里宽的江这边,会指着那时的我说:"他不是马叙,他是张文兵。"这种否定后的判断痛快而直接。

对面是盐官。这个陈述句的另一层意思是,这里,现在,我们所站立的地方是萧山。站着的这个地方是萧山七十年围垦历史的今天,是萧山七十年围垦区的最外沿海塘。

面前是激荡的钱塘江。我看到一支运输驳船组成的船队在远远的江那边由西向东驶过。钱塘江与船队,成了"对面是盐官""这边是萧山"这两个陈述句的中介部分。钱塘江与船队,套用"人不能两次踏进同一条河流"的陈词滥调,江已不再是昔日之江,船队也不再是昔日之船队。它们都是今日的,即时的,此在的。

这样一来,除了"对面是盐官""这边是萧山"这两个陈述句之外,又增加了一个新的陈述句:"一切都是此在。"——昨天及今天所参观的湘湖跨湖桥人类遗址博物馆、湘湖一期水域、湘湖二期水域、萧山围垦二段闸站、围垦八段二期标准海塘、达立企业、钱江污水处理厂,以及三辆中巴、一辆轿车所载的二十余人的五水共治采风人员,及晴朗的天气,白云、蓝天,这些事件、事物、地域、人员,包括"对面是盐官""这边是萧山"这两个陈述句本身,构成了"一切都是此在"。

与此相对的则是"彼处",是对面盐官的过去的时间,过去的若干年前的那个我。在盐官,还有更远的一个"彼处"——我在若干年前那次去盐官所到之处之一——王国维故居。这是一个真正的"彼处",我只知王国维的名字,只知一本《人间词话》,对于其余的则知之甚少。"彼处"因了时间的弥漫,因了漫长时间中事物的不断的缺失,物非,人非,时间非,而在这一切的非中,却因文字使得后人知晓了《人间词话》。至少是一本《人间词话》,于我而言,打通了彼处与此在的界限。若把未来又称为"另一彼处"以区别于过去的"彼处"的话,则一本《人间词话》

因汉文字串联起了彼处、此在、另一彼处的超时空状态。

也许这是我的恍惚,因为此时突然一阵清风从江面上吹来,吹乱了我的思绪。浩瀚的钱塘江水向着前方的杭州湾滚滚而去,一切的一切,都迅猛地向着未来的时空、未知的时空而去。而溯江而来的杭州湾钱塘江大潮,又推着江水咆哮激越,使得此地充满了悲壮、激荡,而辽阔交响,而时空叠加。

此时的对面,是事实上的盐官,更是庞大无边的未来……

八、下游,入海口:海宁,中国皮革城、若干年前一个人的旅行

海宁是良渚文化发源地之一。据考古资料证明,距今6000—7000年,在海宁土地上已有先民生息。在春秋战国时,海宁是越、吴、楚武原乡、隽李乡、御儿乡属地。秦时在海盐县、由拳县境内。东汉建安八年(203)陆逊在此任海昌屯田都尉并领县事。三国东吴黄武二年(223),析海盐、由拳盐官县,属吴郡,隶扬州,为海宁建县之始。海宁市位于中国长江三角洲南翼、浙江省北部,东邻海盐县,南濒钱塘江,与绍兴上虞区、杭州萧山区隔江相望,西接杭州余杭区、江干区下沙,北连桐乡市、嘉兴秀洲区。

东距上海100公里，西接杭州，南濒钱塘江。1986年撤县设市。海宁是王国维、徐志摩、金庸、蒋百里等名人的故里，气候四季分明。

海宁，钱塘江在此入杭州湾。辽阔而激荡。大潮呼啸。海非静，地非宁。名海宁。心想，在此地，面对汹涌潮水，面对激荡大潮，而心应永远宁静如镜，故而名海宁。在海宁，经济大潮汹涌，宏大的中国皮革城矗立的国道边上，1993年至今，二十多年，乐清白溪、芙蓉一带的人，在江苏、上海、山东、安徽、江西等地经营皮衣，常到海宁硖石与长安镇购进皮衣再运到售卖皮衣所在地。这情形一如大海反哺江河，大江反哺支流，中国经济大潮冲刷着中国的几乎所有城市乡村。海宁的"中国皮革城"与乐清在外经销皮衣的人们联系密切。海宁皮革基地的成品制品源源不断地流向分布在全国各地商城的乐清人皮衣经销专柜出售。这是我当时对海宁的间接记忆，因为1993年，我也与妻子一起在江苏承包柜台经销皮衣。每当海宁的皮衣抵达我所在的商城，打开外包装，浓烈的皮革气息即升腾起来，使我无端地兴奋。我喜欢皮衣滑而细腻的手感。这些皮衣表面，有着柔和的亚光，针脚深深地勒进皮革表层，当手指从上面经过时，纱线的小小的阻碍令人感动，也因此令人安宁。这是我最早的有关海宁的印象与感受，它竟是海宁生产的皮衣，竟是有关我个人的经济建设及生存大计。两年后，我不再经销皮衣，退出了皮衣经济大潮。但是，我的家乡白溪一带外出经商的当年的青年人如今的中年人以及新一批的青年人，也包括老家上林村的外出经商的青年人，他们大都继续经销海宁皮衣，成为海宁经济大潮中的一分子。这二十多年来，我留存的一件皮衣，因为疏于保养，皮革已经发硬，表面暗淡无光，而海宁的皮革经济活力依然。

皮革带来的是一个动态的海宁。在皮革城外部，我看到喧嚷的、快节奏的、焦急奔走的人们，一如我二十年前的模样。人处于经济行为之中，就会被时代的大潮裹挟着往前走，你若走得慢了，很快就会落伍于时代，就会被经济大潮所抛弃。这种动，是时代的步伐，有时来得迅猛，有时拒不讲理。在皮革城的内部，当年的综合性批发市场，如今已经分区细分品类，皮革制品精致漂亮。进得内部，已不见当年汹涌的物欲与经济欲望那种外在的喧嚣。整洁的分区，被管理得井井有条，因此皮革城的宏大，人们的欲望被分散到了各个分区、角落，而交易金额远比早年巨大。一如奔腾的钱塘江进入辽阔的杭州湾，开阔无比的入海口分散了奔腾的巨大势能。而更强大的大潮却在后面，当海潮回涌进杭州湾，其壮观震撼世界。以此来隐喻中国的经济大潮一点也不为过。汹涌的潮水变成了广阔、强劲的暗流，力量或许更加

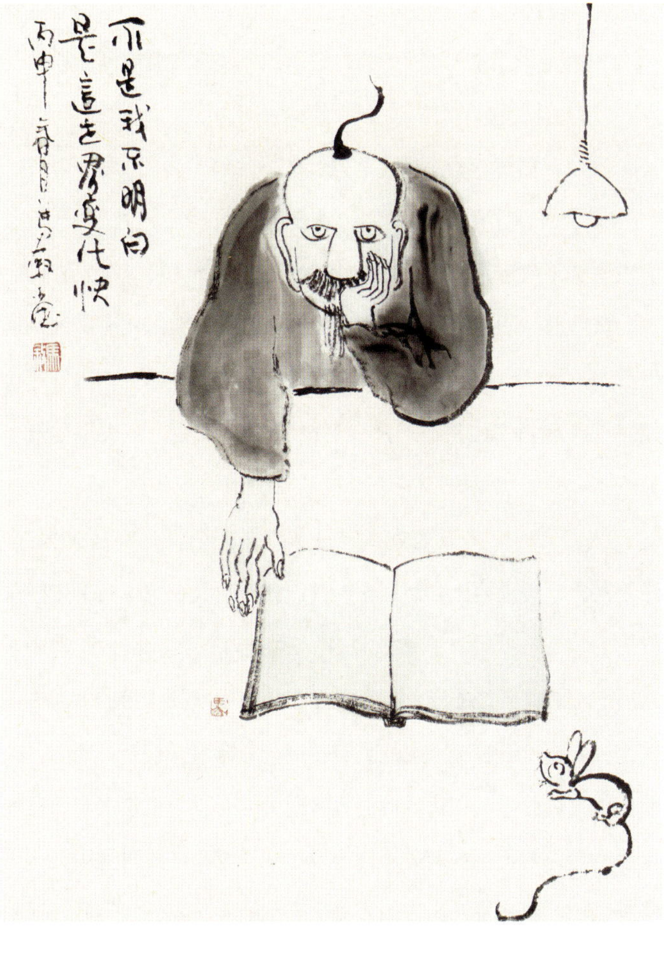
不是我不明白
是這世界變化快

强大。我想，正是中国经济大潮的回涌，才使得海宁皮革业经久不衰，挺立潮头。

经济是海宁动感强烈的时代特征，汹涌大潮是海宁钱塘江入海口的地理特征。这是具有强烈动感的海宁。

就个人而言，我更加喜欢海宁的另几处安静的旧地。

海宁保存了两处旧地，一处是南关厢街，一处是横头街。南关厢位于海宁市硖石镇的东南部，北起大瑶桥，南至塘桥弄，东为洛塘河。明末抗清义士周宗彝为抗清而设置的四座关厢，现仅存南关厢。清中叶，南关厢因地处米市中心的南部而兴旺；抗战时期，因日军侵占而经济衰落；1949年以后，南关厢建筑多被收归国有，成为居民住房。

我们来时，南关厢古街已基本整修完毕，居民还未搬入。洛塘河水在缓慢地流，河面无一丝波澜。而我在想象古街未修葺以前的情形。安静，自由，随和，世俗，真实，自然。许多人家门前都贴着鲜红的门对。南关厢古街与钱塘江中游的兰溪古城相比，显得冷落寂寞。也许是国有资产的原因，在修葺期间，大部分住户暂时迁出本街。他们暂时迁出的同时，也带走了原有的生活活力，留下现在南关厢街的寂寞与冷清。一段时间后，这里修葺完毕，原先暂迁出去的人将会陆续地迁回来住。但是，迁回来后，南关厢街将被当地镇政府打造成旅游文化一条街，原先的原住民将成为街面小商小贩。我想象着,白天人声嘈杂,街里的居民们忙碌着吆喝售卖赚不了几个钱的小东西,如若一时卖不出去,焦虑就会因此而产生。原先南关厢街的自由、自在,带有闲情无聊也不乏有趣的时光将一去不返。

与南关厢街相比,东山脚下的横头街,则显得陈旧而自然。这里也有许多人迁走了。街面相对冷落。横头街一面临水,枫杨树抵近河面。街面上的平房,瓦背上生长着成片的瓦笋,暮春时节的瓦笋,满眼嫩黄,用盎然的生机衬托着旧房的清冷。

直线距离两百米,就是海宁繁华的新街区。而横头街则是海宁这个城市的记忆。海宁的更深远的记忆是干宝、顾况、王国维、徐志摩、穆旦。十余年前,我的那次海宁之行,盐官、干河街39号、海神庙、青年旅馆、长途汽车站,它们把现在的与过去的时代混合在一起。我来到原先的长途汽车站对面,青年旅馆还在,"青年旅馆"四个大字的霓虹灯在夜色中能远远地看见。我在另一组文章中描写过这个十多年前的青年旅馆:

> 青年旅馆的这种气质被它的斜对面的汽车总站对应和延续着。汽车站里各种各样的大客、中巴、小面包、摩托车,在互相吼叫移动,突然地加速、减速。它们把青年旅馆的气质延续到了发动机、输油管、滤清器、齿轮箱上。

还有语言混乱，去向无定，旅程相互交叉，骗子和乞丐交替出现。从青年旅馆八楼看下去，扇形的车站候车大厅和后面的停车场，似乎是静止的。汽车的移动缓慢而无声。行人四肢小幅度地摆动着。而四楼的网吧有几台电脑开始突然地掉线，邮件突然地窒息、消失。洗手间的排风机突然吼叫起来，抽烟的通宵上网的青年语意含混。在这时，青年旅馆，一切都比白天倍加混乱。随意发生着的事件充斥着旅馆内部。争吵，吸烟，交谈，骂娘。它们的气息波及着旅馆的许多个角落。

那时的青年旅馆，代表了那一代青年的个性与气质，带有强烈的时代特征与时代印记。现今的青年旅馆已成宾馆，并且更多地被快捷酒店取代。我无目的地走在海宁大街上，街边夜店，90后青年在自由地消费。他们面目清新、阳光，人手一个手机，间或互相交流一下。从前的摩托呼啸、皮夹克鼓胀、粗话响亮、满大街闲逛、陌生路上莫名兴奋的状态已经不再属于这一代人。这一代人基本被困在手机与网络上。但这是时代大潮——持续汹涌的经济，电子新技术的快速升级更新，生活方式的彻底改变。旧的彻底过去，新的迅速到来。

第二天，我站在盐官与萧山相对的广阔的钱塘江江面上，再次看到一队拖船缓缓驶过。它们要赶在大潮到来之前把沙石运往目的地……

这是中国东部——海宁潮。东方大潮汛。

一个富有诗意的过去,一个紧迫而火热的现实,一个巨大而快速到来的未来。

2014年6月3日完稿

雁山记：叫破江南一片秋

> 面水临山古寺幽，钟声和雨下芦洲。
> 夜深惊起沙头雁，叫破江南一片秋。
>
> ——（明）章九仪《雁湖古刹》

一

小时候，在上林村，站在屋前的晒谷场上，回头一望，就能看得见西北边高高的群山的山巅。父亲说，你看见的是雁荡山。而从村子里向前望去，是闪着波光的浩渺的大海。我的童年，就在这山海之间度过。1966年，大哥在雁荡中学念初中，每当周六，他会与其他同学一道，往家里带柴火，有时是一捆毛柴，有时是一捆树根。母亲说，雁荡是好啊，那里的柴经得住烧。在母亲的心中，雁荡山就是一座柴山。有时母亲从街上回来，买回一担柴，挑着柴担卖柴的是雁荡山灵岩村人，我们叫他折柴人。这一担柴，因为柴捆很大，卖柴人很艰难地从大门往屋里挑,然后叠放到屋角,母亲烧火时就从叠得高高的柴捆里往外抽柴薪。这样一担柴,能烧多长日子要看柴火的质量,要是硬柴(有枝干的杂木)多的话就经得住烧,要是软柴(毛柴)就很不经烧,前者贵,后者便宜。母亲买的柴火一般能烧十天左右。我所知的雁荡山,最早就是大哥读书的雁荡山与母亲说的那一座柴山。

村里人叫它雁山,我也跟着叫它雁山。秋天到来,秋深了,我穿起了秋衣秋裤,迎着凉风,仰脖,看到远远的一队大雁飞来,它们越过群山,与我、与上林村越来越近,直到我听见大雁的叫声:"嘎——嘎——嘎——",然后一道仰着脖子的伙伴们也学着大雁的叫声:"嘎——嘎——嘎——"。在我们学习它们叫声的过程中,它们高高地越过我们的头顶,向海堤方向飞去,落下,然后再沿着海边向南飞去。

到了读书的年纪,我们去了在上林村前面的村庄泽前村的中心学校读书。早晨迎着阳光去上学,下午放学时太阳已西斜。有时太阳很大很红,挂在雁山的上方,将落未落,把伙伴们的脸庞映得通红,而他们的眼眸在此时也异常明亮。在上学放学的路上,有牛口刺,有蓝蜥蜴,有放屁虫,有湿牛屎。牛口刺会突然扎得我们尖叫不已,蓝蜥蜴让我们的脚步凌乱加快,踩到了被晒暖了的湿牛屎,脚底会温暖而微痒。放学路上,只要一抬头,就能看见雁荡山。那时,除了在雁荡中学读书的大哥与常常买雁荡山挑下来的柴火的母亲,谁都不会在乎这么一座山。我们几乎每天都能看到雁荡山,我们平淡无奇的小学生活中几乎不存在雁荡山这个名词。我们是雁荡山脚下的一棵野草,在雁荡山的风、雨、云中,在雁荡山的空气中生活,迎风长大,而从没在乎过雁荡山本身。

二

有一年的春节,天气晴好,长长的海堤上突然冒出许多人来,他们与海风一道,从海上来,从对面的玉环群岛上来。他们衣着光鲜,这些人要去之处是雁荡山。我与伙伴们站在村前的空地上,看着他们一批批地从面前的村道上走过。他们的面目光亮无比,洋溢着难言的喜悦。村里的大人们也一样,站在空地上看他们走过去。大人比孩子们多了几分迷惘的神态,一座山会有这么多人来看,在大家是想不到的。那岩石,那草木柴火,有什么好看的呢?春节过去,一切都恢复了平静。长堤上空旷如初,日升日落,潮涨潮消,村民日出而作,日落而息。这年开始,每年的春节都有大批的游人经海路到雁荡山游览,直到玉环本岛与内陆通了直达公路,游人到雁荡山的路线才由海路改为陆路。

到了小学三年级,有一次老师在课堂上说,明天,大家跟家里说一声,带上中午饭,一早去游雁荡山。有同学说,我们不是每天都看得见雁荡山吗,去那里有什么好看的?老师说,去就是,哪来那么多的话!这次去的是雁荡山的灵峰。我从家里带出的午饭,是用手帕包着的一团糯米饭,最里面塞着鱼干与一小块肉。学校到雁荡山的距离是四公里。同学们都一心想着手帕或书包中的午饭,还没走到山里,就有同学开始吃午饭了(其实还是早饭时间),只有少数同学到达灵峰游览了一段时间后才开始吃午饭。看着他们津津有味地吃着午饭,我们这些早早就吃过了"午饭"的同学心里很难受,肚子也早已经饿了,但是我们只得忍住。几乎处于饥饿状态的我们,看到高耸的灵峰,奇怪的山岩,乱飞的黑压压的乌云,有新鲜,有惊奇,有害怕。

第二周写作文,我写下了"我们一队同学,午饭吃得太早,饿着肚子游雁荡山,山风太大,吹起了我们的衣裳,我们飞快地跑回了家"等流水账一样的句子。由于缺少风景描写,仅被语文老师打了个及格分。而那几个能够坚持到最后吃午饭的同学则能够把灵峰风景描写得详细许多。我看到他们的作文本上被语文老师画上了许多表示褒扬的红色圆圈。但是,从此以后,我会常常想起雁荡山的灵峰,想起当时的饥饿,想到当时仰着头看四周的悬崖高峰,想起当时看风景时的那种混乱、紧张、奇异,甚至惧怕的感受。每当我在放学的路上再抬头看雁荡山时，当时游灵峰时的感觉就会占据我懵懂的心。当天气晴好，白云在雁荡山山顶上飘动时，我的心情就放松；当乌云压着山顶，或阴雨连绵看不清雁荡山时，我的心情就很差。

三

上林村后面的那条河床很宽的溪叫白溪，这条溪两旁坐落着茅洋村、白溪街村、上林村、上黄村、上阮村、江边村。旱季时整条溪没有一滴溪水，满溪床都是白得刺眼的鹅卵石。六月份开始，台风季来临，暴雨倾盆，从雁荡山上各条溪流汇入的洪水使村后面的白溪溪水瞬时暴涨。咆哮的洪水奔涌着冲向东海。有时，半夜里，有铜锣声骤起，是为敲醒熟睡中的村民，让大伙警惕洪水的到来。此时的水位，定是到了溪坝的最危险处，若再涨一尺，则会冲破堤坝危及村庄。这时正劳力会穿着蓑衣，晃着手电筒，搬动装满了沙子的沙袋，整夜地守在溪坝上。我们小孩子也常常醒到半夜。每当特大暴雨开始下时，父母就会说，雁荡的水很快就要下来了，不知这次会涨到什么程度！

第二天，暴雨停止，洪水退去。孩子们来到高高的溪坝上，赤脚疯跑，看着一溪宽阔的溪水，高声喊叫。孩子们的喧哗夹在

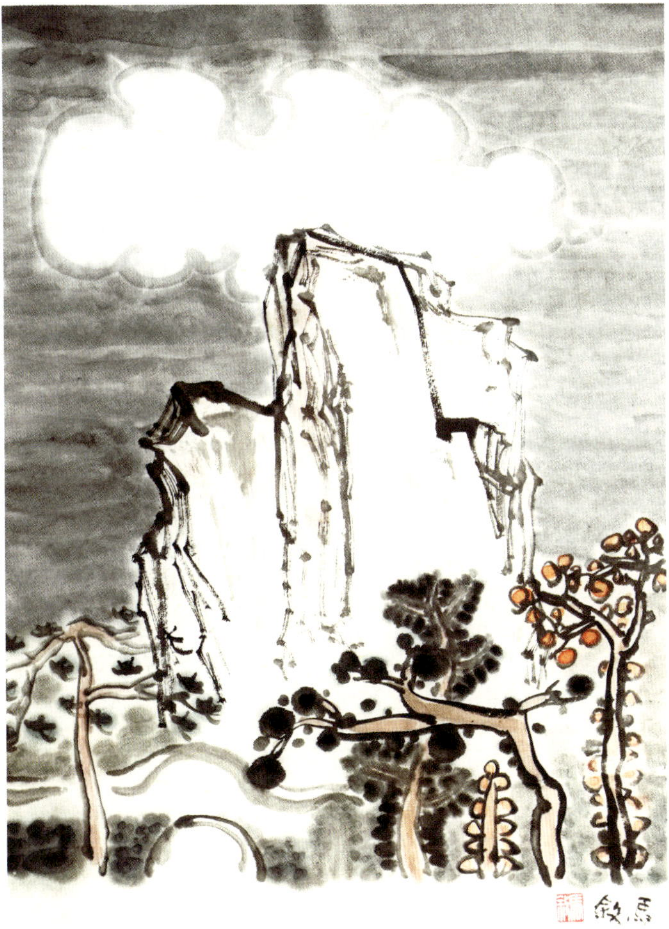

流水声中，显得是那么的微不足道。

再过一日，溪水再退，就能看穿流水，看到流水底下的铺满干净得发青的鹅卵石的溪床。阳光照下来，无数晃动的明亮圆晕罩着底下的石头，也晃着我们的眼睛。

再过一日，溪水再降，孩子们就可以下到溪水里嬉戏了。这时，孩子们才会抬头望向雁荡山的方向，想，这些溪水都真的是从这座山上流下来的吗？这时的雁荡山云白风清，山色青黛。

我们虽然春游过一次灵峰，虽然看得见近在眼前的雁荡山，但是雁荡山离我们这帮孩子仍然是遥远的。在孩童时，我们对雁荡山只是远远地看一眼，有时在清晨，有时在正午，有时在黄昏，就那么平常地看一眼。我们与雁荡山最直接的关系是水、云、清风，以及母亲买的用以烧饭的雁荡山柴火。

四

大哥在雁荡中学读初中三年级。春天里我们去的时候，大哥正在与他的另一个同学说笑，大哥的笑声很响亮，他的那个同学坐在格子铺的下铺听他说话。大哥带我们在他们的学校操场上转了一圈，看了操场上的篮球场，看了在篮球场上打篮球的他的同学。等我们回到大哥他们的宿舍，他的一个同学拿了好几个灯泡，把电灯灯头拧掉，然后在水泥板上磨出一个小洞。他做这事做得很认真，大哥就过去帮忙磨。等每一个灯泡都磨出一个小洞，他们就打开水龙头，往小洞里灌水。慢慢地，几个灯泡都灌满了水。大哥的同学与大哥一起，拿起沉甸甸的灯泡，一个一个地往一面墙上扔过去。灯泡打在墙上，沉闷地炸开，墙上留下呈放射状的水迹。灯泡很快就扔完了。扔完了灯泡的他们显出一副很轻松的样子。墙上的水迹也很快地淡去了。

被水渍洇开的墙上，我看到用红漆写着"你们要关心国家大事，要把无产阶级文化大革命进行到底"的宋体字字样。

这个学校是大哥他们的学校。

冬天到来，大哥初中毕业，去当兵。走的那天，我与三哥一起到街上乘军车到大哥他们的学校。大哥他们一批参军的青年都穿着没有领章帽徽的草绿色军装，我差点认不出大哥来。很快地，他们唱起歌："我们都是来自五湖四海，为了一个共同的革命目标，走到一起来了……"他们一边唱着歌一边上车出发，离开白溪到更远的另一个不为我所知的地方。临走时，大哥告诉我，在家里的衣柜底层，有一本软面小笔记本送给我。我回到家找出了这本笔记本，郑重其事地在封面上写下自己的名字，心里黯然。

此后许多年，我再没进过雁荡山。

五

当我真正进入雁荡山的时候已经成年。

1984年夏,我从工厂调到了雁荡山工作。这一年,我骑着一辆飞鸽牌自行车进入雁荡山各个角落。这些地点有:响岭头、朝阳洞、谢公岭、观音洞、北斗洞、北坑、南坑、雁荡中学、响岩门、烈士墓、净名谷、下折瀑、中折瀑、上灵岩、下灵岩、灵岩寺、莲花洞、龙鼻洞、马鞍岭、能仁寺、大龙湫、龙湫背、罗汉寺、大荆、石门潭、蒲溪、南阁、显胜门。我慢慢地骑行,一年之内,走遍了上述这些地方,细看了一些摩崖碑刻。这么多

的摩崖碑刻中,我尤为喜欢灵岩寺后山路边上的"天开图画"、灵岩寺前的"海上名山,寰中绝胜"、观音洞内的"按剑徐行过雁山"、大龙湫的"千尺珠玑"这几处。而1985年之后新增的现代人的摩崖碑刻,除极少的几处外,其余的几乎都是败笔。此后,每当我看到这些现代碑刻,心里都很难过。

有次长时间地在南坑停留,坐在山路上,不想再起身,听着轻微的风声、枝叶摩擦声,与身边的草木差点成了亲戚。

也是在南坑,我靠在一块巨大岩石的斜壁上,岩面上的凸起部分顶着背部,传达着粗粝、坚定,以及大地生根的感觉。天空特别的蓝。肉体在这一刻既是卑微的也是沉重的。

在雁荡山工作期间,我仍居住在上林村,踩着自行车,早出晚归。1986年,我在上林村盖了一间三层楼房,房子的西边留有阳台,站在三楼阳台上,直接面对雁荡山。此时,我能清楚地知道我肉眼所看不见的深藏在雁荡山中的各个景点的方位,各个景点的风景细节,各处岩石的具体深浅颜色与树木位置,以及雨季到来时的各处瀑布风姿。此时的我对雁荡山的眺望,与我在少年时代对雁荡山的眺望,终于在时间与空间上及内心深处,获得了对接与延续。

六

在这期间，在我的工作过程中，我交往了隐居在北斗洞的温州师专音乐老师陈乐书先生，早年毕业于杭州美专的黄宾虹先生的学生盛牧夫先生，响岭饭店厨师老汤，雁荡乡书记老金，雁荡小学副校长张永顺，管理局副局长谢军，同事袁矛、施立志。其时陈乐书先生长住北斗洞，他在洞里迎着下午的阳光对着董其昌书的"忠孝传家宝，诗书处世长"的对联拉小提琴。他拉的曲子有《小步舞曲》《托塞里小夜曲》《沉思》《梁祝》片段，有时也拉二胡，《江河水》《良宵》《二泉映月》《空山鸟语》。有时我从山脚拾级而上，远远地就能听到他拉出的夹在山风之间的隐约可闻的小提琴曲。与他同在北斗洞而住在另一厢房的盛牧夫先生，则安静地铺开宣纸，用焦墨画雁荡山山水，画夫妻峰，画犀牛望月，画果盒桥，画大龙湫。他画大龙湫时，画出的轻盈飘逸的瀑布是墨黑的。有时为生计，盛牧夫先生也画一些雁荡山山水题材的书签，书签是泡沫塑料制成的，画成后挂在门口卖，不标价，游客自己看着给钱。我去时，他会给我讲一些过去的事，比如康有为的儿子随父到雁荡山时，引起了与蒋叔南之间的不愉快的事，讲作家峻青到雁荡山时与他的交往。响岭饭店的厨师老汤，是乡工作队的队员，一个天生的乐观派，在工作队的时候，下乡进山他总是很高兴地一马当先，一有闲暇，要么唱京剧，要么讲农村黄色笑话，我的情绪常常被他感染，一时忘记了工作队工作本身的不愉快。雁荡小学的语文老师张永顺在教书之余喜欢写诗，他找到我说一起创办一个文学社与一份社刊，我们当天为社刊起名为"雁湖村"，第二天张永顺即开始筹稿子，送打字店打印，我设计好封面，不久《雁湖村》即告正式创刊。这是雁荡山最早的文学社团。管理局副局长谢军先生，是我到雁荡山工作最先接触的管理层成员，他是江西师大中文系毕业，在雁荡山工作已数十年，走遍了雁荡的每一个角落，编了《雁荡山民间故事》《雁荡山古诗选》等书。他退休之后，我有次在乐清的云浦路上遇见他，他说他在云浦南路开了一家字画店，想把以前几十年在雁荡山积累起来的字画挂出卖掉。后来我在接待外地至雁荡山游览的文人时，有几个以前到过雁荡山的，都会问起谢军的近况。2010年，舒婷来乐清白石的中雁荡山，向我打听谢军先生，说1990年到雁荡山时，对他印象非常深。我说，谢先生已经去世了。她听了很吃惊也很难过。

还有袁矛，艺名一墨，他在管理局园林科，在我隔壁办公。我1988年离开雁荡山的半年后，他也离职南下深圳，一个人创办了世界华人艺术家联谊会，编纂了数本八开巨厚的《世界华人艺术家大典》，并从事水墨探索，后去纽约，再回国，居北京

798艺术区,再居丽江束河古镇。近来遇见他,说起这二十多年,互相看着对方脸上的沧桑与倦意,都有着无限的感慨。

还有施立志。施立志与我同龄,毕业于温州师专中文系。1985年,他从雁荡中学调入雁荡山管理局。他来时,我已经在雁荡山工作一年多时间。他在办公室里与我相对而坐,平时,我们交谈甚多。他下象棋得过县里的名次,因此,我经常见他端着一副象棋找人下棋,但管理局内他是找不到对手的,于象棋而言,他是孤独的。他读谢灵运写雁荡山唯一的一首诗《从筋竹涧越岭溪行》,诗注中有谢灵运《游名山志》"神子溪,南山与七里山分流,去斤竹涧数里"一句,读了之后,沉思良久,说,神子溪应为靖底施村村名的语误,因谢灵运听不懂雁荡白溪话,把靖底施错听成了神子溪。他的孤独后来从象棋上延伸开去,于人,于事,

于世界，他都是孤独的。渐渐地，他进入了一种巨大的孤独中。有一天，他来上班，肩上挂着一双皮鞋，坐在办公桌前也不放下。我说，你背着皮鞋啊。他笑笑。过了几天，不见他来上班，问起，说是身体问题，暂不来了。我离开雁荡山后，有次在县城的人民路上遇见他，他坐在马路牙子上，茫然地望着一处地方，眼神涣散，但是，他看到了我，大声地喊了一声我的名字，文兵！从那以后，我再也没见到过他，至今已经二十多年了。有时陪客人进入雁荡山，走过他家门口，我会想起，他，一个老同事，施立志！

七

我离开雁荡山到县城后，进入雁荡山的次数并没有减少，几乎每隔一月去一次。大部分时候是陪客人或朋友去，也有几次是参加在雁荡山举办的文联创作笔会。文联笔会有许多次都在雁荡山举办。有一次笔会的地点是在雁湖景区的农民旅舍，那里住宿每人二十五元一夜，旅舍处在梅雨瀑外面售票处的旁边，紧靠溪流。这次笔会的时间是冬天，十几位作者穿着厚厚的毛衣前来，文联办公室主任陈贤余与作者卓大钱一起去村里把肉、鱼、蔬菜挑到旅舍，两人一起做了这次笔会的火头军。黑夜到来，漆黑，伸手不见五指，一队人走出旅舍，手拉手走过售票处，来到梅雨瀑底下听水声。然后再摸索着回旅舍，坐下，叫来花生米、猪头肉，烫热农家米酒，天南海北地胡扯，直喝到深夜。这次笔会，一周七天，我带了一个中篇构思来写作，这篇小说的标题是《摇晃的夏天》。我在第一天深夜零点写下这个中篇的第一段——"黄大豆厌倦了教书生活，但黄大豆仍得继续教下去。傍晚，黄大豆蜗居在学校一角自己的单间宿舍里，给省城杭州的一位朋友写信。黄大豆在信中写道：在巴镇，不教书又能干什么呢？这就是说，黄大豆在巴镇必须教书，也只能够教书，不教书又能干什么呢？"第二天，我去了西石梁大瀑，坐在瀑布对面的巨大岩石上，听着很大的水声，看瀑布狂泻而下，身体的冷意瞬间增加，水的力量借助瀑布的形式与喧嚣直达我的身体。这是一个人不必说话的时刻，面对它，没必要说，也没必要想，只要身体的感受，只要身体真实的冷意。当然，这是我一个人面对西石梁大瀑时的自我感受。这种感受很自由，幻觉与真实参半。回到旅舍，我继续小说的写作。一周结束，小说也完成了五分之四。笔会第六天，准备登山，向海拔一千多米的雁湖岗进发，林业局副局长李振南已于前一天联系好雁湖茶场方面做接待，可是第五天恰逢大雨如注，无法在泥泞的山路上行进，于是取消了这次登雁湖岗顶的计划。这个笔会为期七天，除了小说，我的感受也仅到西石梁瀑布为止。

八

我写雁荡山的文字极少。三则短文:《雁荡的感觉》《翻越马鞍岭》《离开雁荡山》,共五千字,前两则分别刊于《浙南日报》与上海《新闻报》,后一则刊于《箫台》内刊。这点文字,相对于巨大浩茫的三十年时间,仅是一粒根本看不见的微尘,几乎不存在。

而更多的是我在与各地友人的交往中所言说的雁荡山。我向他们描述雁荡山的山水,描述雁荡山的人与事。他们也期望从我的瞳仁里看到雁荡山或秋雁的影子。他们听到的是普通话发音的"雁荡山",那个方言之中的雁荡山,距离他们还很远。如果去上灵岩村、下灵岩村、能仁村、罗汉寺村、岭脚村,听村民说话,听他们用台州话讲雁荡山,则又会是另一个雁荡山。一次,我陪同几个朋友去雁荡山,在上灵岩村遇到几个村民靠在石头墙上,冷眼看着游客,作旁观状,议论、窃笑。他们抱着双臂,高声地用台州话说着村里的事。与此同时,他们也嘲笑面前的部分装模作样的游客。而孩子则相反。一次,我看到一个下灵岩村六七岁的孩子,人来疯,跑来跑去,遇到游客则有问必答,把家里的一些小秘密告诉素不相识的游客。雁荡山麓白溪街一带的人们,把上述的村民叫作雁山人。村民们说的是台州话,这台州话会出现并流动在每一个旅游摊位上，或者用有浓重台州腔的普通话向游客兜售雁荡山土特产时。我以往的文字，那一丁点的文字，离他们还有着很大的距离。我为自己的那点文字而羞愧。同时，这使我因此而轻松，轻松是因为自己文字的渺小与不存在。

在前人浩瀚的有关雁荡山的文字中，我情有独钟于章纶早夭的儿子章九仪的《雁湖古刹》一诗："面水临山古寺幽，钟声和雨下芦洲。夜深惊起沙头雁，叫破江南一片秋。"无论我在雁荡山的哪一个角落，在我回望雁荡山群山之巅的天际时，脑海中总是会跳出这首诗。在与庞培一道到空荡荡的、大哥与小弟曾在这里读过书的雁荡中学旧办公楼前的操场上时，踏着落叶纷飞空无一人的空校园旧道，我们谈论的是曾逃亡到雁荡并在此执教的胡兰成，而我的头脑里跳出的却是章九仪的这首诗。若干年前，我曾请文联同事、书法家张保利为我书写章九仪的这首诗，然后收藏在书柜深处。这一首诗，它超然的气息常常影响着我，甚至在深夜出现，于漆黑的暗夜中袭来，笼罩我。

于我，它已是一个象征：空茫、清冷、孤高、悠远。它是另一个雁荡山，诗意雁荡山。

2012/9/24

对岸记：有关台湾的新旧记忆

一、早年之一：旧工厂、里隆村、台湾货

1981年，乐清县慎江乡里隆村，开港走私。1981年，我在工厂里做工。工厂里堆满圆钢、角铁、生铁铸件、废旧机床。"走私"，作为一个全新的词语，在这座工厂杂乱的空地上穿插着，滚动着。只要一有空闲，工人们就会互相谈论与走私有关的事。阿强来自里隆村，他的所见对这座杂乱的旧工厂是一种异质的注入。他的许多话语都是有关遥远的台湾——袁大头的银圆、自动伞、尼龙布、三洋录音机、铁锚牌手表、双狮牌手表、太阳镜，这些走私货都来自遥远的台湾岛。他穿着用走私尼龙布做的青年装与喇叭裤，戴着太阳镜，头发烫成长波浪，手里提着8080型号收录机（二百八十元一台）。

也是在这一年，我近距离地在阿强的收录机里听到了邓丽君、刘文正的歌。在这之前，约在1975年，我在收音机的长波及短波频段，断断续续地收听到了台湾的校园民谣，那些都是谁

304 · 乘慢船，去哪里

唱的，记不清了。这些声音，有沙哑的，有甜美的，有轻柔的，有感伤的。

现在，1981年，宿舍的三层楼的嘎吱作响的楼板上，坐着一拨男女青工，听着阿强的收录机里放送出来的邓丽君的歌，《碧兰村的姑娘》《往事不能回味》《路边的野花不要采》《甜蜜蜜》《十八岁的姑娘一朵花》。平时嘈杂的宿舍楼，现在除了收录机里磁带微微的滋滋转动声外，则是甜美得使人突然发呆的立体声的邓丽君的歌声。磁带盒子上的邓丽君照片，异乡色彩，异乡情调。歌声在我们单一的青春岁月里回旋。

阿强开始收银圆，一个袁大头，二十元人民币（后来涨到二十四元，最高时涨到二十七元，后又跌回到二十四元）。收到的银圆，转手给船上的人，他们再用于海上交易，换取自动伞、尼龙布、三洋录音机、铁锚牌手表、双狮牌手表、太阳镜，再转手给里隆村村民，村民们再把这些走私货加价摆到街上卖。

这年夏天，我与另一个青工在阿强的带领下，到南门轮船码头坐小河轮去慎江乡的里隆村。这一天，我见到了里隆村走私市场的盛况。街上，路上，小巷子里，都是全国各地来的采购走私货的商贩们，小小的里隆村，被挤得水泄不通。里隆村人则以百倍的热情，高声吆喝手中或门前的走私货。四喇叭的立体声收录机到处在放着张帝、邓丽君、刘文正、龙飘飘的歌。

村民们时不时伸出双臂，两条胳膊上套满了待卖的铁锚牌手表和双狮牌手表。

烈日当空的正午，我没买一件物品，在走私市声里口干舌燥，落荒而逃。

在回城关的小河轮上，大部分人买到了自动伞、尼龙布（基本都买得起），少数人买到了双狮牌手表或铁锚牌手表，只有三个人买到了单喇叭收录机（一百二十元一台）或四喇叭立体声收录机（三百元一台或更高）。小河轮切开平静的河面前行。柴油机的声音，邓丽君、刘文正的歌声，河水翻开的波浪声，这些声音混合在了一起。上午去里隆的船上，大家都兴奋饥渴。现在回来，大伙都很平静，也很满足。

此后，乐清满大街走着穿大喇叭裤手提收录机戴着太阳镜的青年人。各个商店里都播放着台湾流行歌曲。南大街、北大街、东横街、西横街、公安路、人民路、长途汽车站、五金交电店、百货公司、烟糖酒公司、新华书店、邮电局，白天、黑夜，歌声在以上的各个地方一次又一次地响起。

我所在的这座旧工厂里，许多青工已经会唱台湾流行歌曲，他们唱邓丽君，唱刘文正，唱龙飘飘。在黄昏的厂区里，男青工们穿着喇叭裤穿梭着，而女青工低低的歌声会让人突然地心伤。这些来自台湾的物品与歌曲，给这座没落的旧工厂带来了彼岸的诗意，同时也带来了俗世的欢愉与虚荣。

二、早年之二:《台湾诗选》，乡愁、孤寂、落寞

1981年，我在一座旧工厂的那幢靠河的职工宿舍里，就着昏暗的灯光在深夜里开始读诗。自制简易台灯的灯光照在这些诗集上。分行的铅字。跳跃的情绪。字与字。字与词。词与词。句与句。左边对齐，右边参差错落，诗的建筑形式同时也让我着迷。在国内国外的许多诗选本中，先是读《梁宗岱译诗集》，其后又读《台湾诗选》。从魏尔伦的《月光曲》《感伤的对话》到瓦雷里的《海滨墓园》《水仙的断片》《水仙辞》到里尔克的《军旗手的爱与死之歌》，再到台湾诗人余光中、郑愁予、罗门的乡愁诗。这是1980年版的《台湾诗选》，浅绿精装封面，银色烫印出三棵高高的槟榔树。翻开这本诗选，是满纸的乡愁，与对故乡的无望的想念——

> 你那古老底一吻
>
> 恒在我望乡的眼里汹涌着
>
> 我再也找不到一封与我籍贯相同的雁书
>
> 你的小名便轻轻地

308 - 乘慢船，去哪里

轻轻地把我唤醒

在每一夜的日记里散步

于是一颗如此年青的婚戒

失落在异乡不能开花的土壤上

你温柔底呼吸

为什么不来

不来敲我寂寞的门

——陈耀炳的《绝症·爱情·乡愁》

当故土的乡愁上升到精神的乡愁时,有一种更深的落寞与孤寂出现了,那是一种漂泊天涯而灵魂无处安放的孤独。此时的一木一石,一时一景,都会是一种惊心动魄的孤寂,也正是这孤寂成了精神的唯一伴侣。

那些日子里,我在工厂里做出的工件废品率较高。我的心思波动。我的乡愁在内心弥漫。车间幽暗,飞溅的废铁屑碎满地。锈蚀的机械结构出了复杂的人的情绪。

读《台湾诗选》,上午的阅读与下午的阅读有别,夜里的阅读又与白天的阅读有别。

上午微凉,一天时间的开端,阅读《台湾诗选》时,感觉是清冷的,时光是薄的,此时的乡愁是清瘦的,细长而尖利的。下午,我要选有阳光的时候阅读,三点左右,阳光斜射过来,落在书上,这个时候,我读陈耀炳的《绝症·爱情·乡愁》。这种由纸上而来的寂寞、绝望,渐渐蔓延到坐着的空间里,这空间有着温暖光芒的照耀,这照耀能够抵消一些过度的绝望,心里也会因此升起一股因乡愁而起的温热。这乡愁在此时是黏滞的、缓慢的,虽悲情入骨,但是仍有着诗人深处的体温在纸上弥漫。

  踏着自己孤寂的影子
  默数着单调的跫音
  走在月光的银辉铺满的路上
  我徘徊着
  有谁知道我的怀念

  园中的玫瑰已不复清香
  墙角口剩有蟋蟀的悲叹
  看天上的星星又一颗失脚陨落
  我凝视着
  有谁知道我的怀念

> 失去的欢乐已无处寻找
>
> 止水般的心情已激不起波澜
>
> 听夜的木屐响过街心　远了
>
> 我沉思着
>
> 有谁知道我的怀念
>
> ……
>
> ——袁圣梧《沉思》

这一首诗,我是在入夜时分读的。一个人,工厂的机器声已经渐息,只剩最远的几台夜班机床的声音隐隐约约地传过来。整个厂区基本是寂静的,外面是汩汩流淌的闪着幽暗光芒的小河。这时的感受是无限的落寞。有时月光如水,斜照进窗户,在简易书桌上铺开,想着诗选中的诗句,巨大的乡愁笼罩下来,人就有了无端的愁绪。夜越来越深。到了深夜一两点时,不再敢读这诗了。

这本诗集中的离乡千里的孤寂,无解的乡愁,独在天涯的落寞,与工厂宿舍后面的小河,在无边的暗夜里一次次地感染着我。我是第一次在当代诗歌中读到这种无解的乡愁与孤寂。此时的大陆有北岛、舒婷、顾城,他们呈现的是一种苏醒了的、迷惘的诗风。北岛冷峻、思辨,顾城孩童般单纯,舒婷是淡淡的忧伤。《台湾诗选》则是另一种情绪。被选入这本诗集的台湾诗人，大多是1949年前从大陆赴台的文人。他们的亲人、故乡都在大陆。茫茫的大海，眺望的目光，心绪与愁肠，不因生活，仅因望乡的内心，在诗中写下了这无解的乡愁。而那时的我，一个终日做工的工厂青工，在暗夜，听着小河的喧响，读着这些诗，不是想象这些诗人的乡愁，而是自我内心的一种时光逝去的痛感被诗中的孤寂所点燃。不厌其烦地录入当年的阅读记忆，是对那段与青春有关的日子的致敬。

1982年，人民文学出版社又出版了第二集《台湾诗选》。此时，我的阅读重点已经转向了艾略特的诗。第二集《台湾诗选》，我仅是粗粗地读了一遍，再没有了读第一集《台湾诗选》时的那种强烈的深度乡愁感受。

三、四位诗人：管管、痖弦、张默、余光中

我所接触的台湾诗人有四位，管管、痖弦、张默、余光中。1992年，诗人叶坪陪同管管、痖弦、张默三人到雁荡山。我与许宗斌乘公交大巴赶往雁荡接待。痖弦先生有着典型的知识分子的静默，大部分时间只看不说，看风景时专注而沉静，走得慢，说得慢，看得慢。痖弦在1957年二十五岁时写出了一首杰

作——《歌》：

  谁在远方哭泣呀
  为什么那么伤心呀
  骑上金马看看去
  那是昔日

  谁在远方哭泣呀
  为什么那么伤心呀
  骑上灰马看看去
  那是明日

  谁在远方哭泣呀
  为什么那么伤心呀
  骑上白马看看去
  那是恋

  谁在远方哭泣呀
  为什么那么伤心呀
  骑上黑马看看去

314 - 乘慢船，去哪里

那是死

　　　　　　1957.2.6

　　痖弦的一张中式的脸上有着西式的睿智。20世纪六七十年代，他与纪弦、郑愁予一道成为台湾诗坛影响巨大的现代派诗歌领军人物。痖弦一直比较沉默，话不多，坐在那里，不动，不摇，有着传统的坚定，同时还有军人的影子。龙应台曾写到，南阳十六所中学的五千中学生在战火离乱中离乡辗转，痖弦就是其中的一名；这些学生历经生死磨难到达越南时只剩二百余人，痖弦又万幸成为这二百分之一。再过两年后，他才抵达台湾高雄，进入员林实验中学继续读书。而一个叫马淑玲的女生在湖南津市离队时留下的一本《古文观止》，在这辗转万里烽火路途之后仍然被校长保存下来并当作教科书。这悲凉深处的感人故事，以及生死间隙的求学经历，不是今日所能想象的。当痖弦回忆这段离乱经历时，曾数度哽咽。也正是因为这，更加深了我内心对痖弦的敬意，对那一代学人的敬意。

　　张默则温和而豁达，他的市民化的脸让人没有距离感，亲近而随和。但谈到台湾的诗歌现状时，张默却总是能够很客观地予以评价。在台湾，张默的活跃为台湾诗坛做出了不少的贡献，他主编出版的台湾诗人诗集不计其数。

管管是三人中最活跃的诗人，他做过电影演员，演过许多部电影。管管后脑勺扎着小辫，每天吃一把黄豆，自言自己的性能力能够保持得如此之好，与吃黄豆非常有关。管管走路节奏快，唱歌，跳舞，朗诵诗歌。同样地，龙应台采访管管后写下的《管管你不要哭》章节中，当回忆到他少年时在青岛被抓挑夫、与母亲别离等情节时，管管几次号啕大哭，以至龙应台数次劝管管不要哭："……管管你不要哭"，"……管管你不要哭"。但是管管还是一次又一次止不住地号啕大哭。时间已经过去半个多世纪了，可是怎么也无法抹去心中的那悲凉啊。多少的历史让人无法回首！管管的诗富有摇滚气质。他以诗来写出多少年来积郁在心中的无法言说的人世悲恸。他写的诗，随性，洒脱，不拘一格。读他写于1965年的《向日葵与烟》，能从中读出人世之荒谬：

> 之后
>
> 你就会看见一些被排挤的营养不良的
>
> 星子。一个又一个的摔了下去
>
> 根本就无升天的可能。这种黄昏
>
> 这种黄昏
>
> 根本就无升天的可能
>
> 夏就把整个的太阳移植到这里来

示威!

你可以读到她们最最不爱叫男人读到的

她们的

禁书

老兄。除了酒

这是一种很影响食欲的运动

运动!

三棵向日葵背着十一个留胡子的挺洒脱的太阳

在一家门口静静的咧着嘴

有一种挺遥远的歌声自他们的嘴里流进

……

管管的另一首诗《车站》,写于1985年:

车站上的脸是

一张一张一张张

一张一张一张张

一张一张

一张张

一张

的旧报纸

虽说每个版面都有不同的新闻

却都是一条一条落满苍蝇的臭鱼了

只有跑过来的那张小孩脸是张

号

外！！！

这首也是写人世的荒谬，读来使人惊异。与痖弦他们的克制不同，管管可以说是中国诗歌口语化运动的先驱。他大量运用陌生化的效果，使得口语如射出的手枪子弹般来得突然、炫目，有时甚至使人目瞪口呆。

2010年，八十二岁高龄的余光中先生成为龙湾文联为搞一个活动请来的主讲诗人。过后余光中来雁荡山。此时陪同的有诗人董秀红、翁美龄，以及骆寒超教授。余光中是典型的教授风范，来时一家三口，余光中本人、夫人、女儿。灵峰夜景。大龙湫。灵岩。小龙湫。余光中特地向我提到晚明王思任为今人知之甚少的名句——"天为山欺，水求石放"，然后说，这是王思任写山水的名句。确是名句，真是一句定才华啊，远超鬼斧神工一说，也比"天开图画"要好。回台湾，余光中写了长文《雁山瓯水》。在此前，余光中的《乡愁》一诗，在大陆广为流传，还被编入课本,家喻户晓。在我的感觉中,余光中在雁荡山行走的过程本身,他的气质,他的专注,他的言谈,远比这篇文字来得精彩而有意味。余光中先生的文字,比《雁山瓯水》更好的是《乡愁》,是《听听那冷雨》,是《乡愁四韵》。每当听到罗大佑的歌声响起,唱出《乡愁四韵》,我内心深处就会清空,发酸,双眼迷离,想流泪。

四、台湾行:铭传大学、书店、高铁、三义乡

1. 一个下午,铭传大学

2012年12月26日,下午一点,铺向天际的洁白的云絮使人清醒、舒适。抵达桃园机场上空的飞机开始下降。无边无际的倾斜的大海(此时飞机转弯,机身倾斜,大海相对着倾斜)。远处青黛色的山脉。海岸线。海岸线外海的一匹匹呈三角形的白色波浪。银色的机翼。太阳光强烈炫目的舷窗。清晰的农田。西部高速。

当什么也看不见的时候,飞机已经降落在桃园机场。

铭传大学,出机场后的第一站去处。铭传大学边上,一面墙。这面白色的矮墙上写有蓝色的"复兴广播电台"字样,这是

小时候听到的台湾长波与短波频道之一。印象中这个广播电台并不好听，内容单一，流行歌曲时段少。中广广播电台最好听，流行歌曲的时段长，多，并且抗干扰能力强，声音质量比其他广播电台稳定。那时读着初中，有时听着听着会想，跨过大海的声音会被海峡上面的台风吹散吗？那声音的波动与时不时的模糊，会是风吹的缘故吗？

与复兴广播电台紧邻的是台湾私立铭传大学。一座不大的国际性大学，有着来自各国的留学生。在山上，一层一层地上去。它的品质隐匿在深处，课间学生从各个空间突然涌出。黄头发，红头发，黑头发。有染色，有自然色。他们交叉着走动，面貌平和、沉静。这些年纪轻轻的大孩子，在这个阴天的下午，在校园行政楼前一棵极高的椰子树下，来来去去。他们正在快速地成长。站在铭传大学的西侧能够清晰地看到台北城的一角。学生们经常站在高处看台北城，天气特别好的日子看台北城，心里会感觉到开阔与舒畅。那么，他们的学习品质与学习成绩会不会也因此受到良好的影响呢？铭传大学赵乐强先生的简短至几分钟的演讲，给大家以轻松良好的感觉。

铭传大学台北本部是小的，面积只相当于大陆一个乡村中学的规模。问，有分校吗？有，在桃园、金门、基河设有分校。资料：铭传大学，世界大学排名第370名，全台高教评鉴第五名。

2.四个书店:茉莉二手书店、老古文化书店、诚品书店敦南店、诚品书店信义店

我对台北是迷惘的,对夜晚的台北尤其迷惘。对我而言,在台北,只有书店与夜市是明了的。其余场所即使灯火通明,于我而言也是迷惘的。

茉莉二手书店。台北的茉莉二手书店师大店是这次同行的乐清桃园书店经理郑金才找到的。台版旧书肩挨肩地码放在茉莉二手书店的师大店里。许多20世纪80年代就熟悉的台湾诗人的诗集都能看到。郑金才、东君、谢加平、赵乐强、胡成虎、杨坚、张志杰。同行的一行人分布在书店的各个角落。他们在专注地翻书找书。东君在翻朱天文、朱天心,在翻朱家三姐妹的书。我翻台版迷你本《飞鸟集》《新月集》,翻台湾现代诗选,《郑愁予集》《余光中集》。茉莉书店旧气息中有着现代的意味。我花125新台币买下了东君推荐的一本《日本现代派诗选》。

老古文化书店。这家书店是南怀瑾先生的著作专卖店,开间不大,约四十平方米,挂有南怀瑾先生的生活照,以及南怀瑾先生的手书:"世事多从忙里错,好人半自苦中来。"店中的书从《论语别裁》到《金刚经说什么》,凡南怀瑾先生生前所著的书,均有。南怀瑾是乐清翁垟地团人,十多岁离家,从军,悟佛,布

道,今年十月份在苏州太湖大学堂去世,一生传奇。

敦南诚品书店。我坐在木地板上一本本地翻。《管管诗集》《郑愁予诗全集》《余光中诗全集》《蓝星诗丛:顺从的黑水仙》《废墟漫步指南》《12间琴房》《大河的雄辩》《绝版诗话》《沉默抵抗》《暗房》。书店的广播播音员正在朗诵一首日本现代派诗人的诗——《屁》:"有屁就要放/不要憋着/要放得畅快/可以在走路时放/做事时放/读书时放……"在播音员优雅克制的《屁》的朗诵声中,我翻着一本六十四开本的台南诗人鸿鸿的诗集《土制炸弹》,粗糙的封面印着红色的图案,有着大陆20世纪60年代的暴力风格。这是一本在我视野之外的诗集,完全不同于郑愁予、痖弦等一批诗人的风格。他的《独象》:

粗的

大的

模糊的

一只

象

穿过城市

以雾的

方式

它轻轻抚触

每一件事物

但我们没有察知

它走后

才看到墙上留下的

印子

痕迹消隐

我们也就忘记

后来发现气象台楼顶

它的尸体

才知道它一直站在那里

等候它的族群

他的《博物志》之一：

蚂蚁：
只只都跟数字的"3"那么相像。

还有！还有！

还有3333333……唉，无穷无尽。

像鸿鸿这样介入世界的方式，已经迥异于老一辈的台湾诗人。老一辈的诗人是背着过度的自我情绪前行，而鸿鸿这一代则是荷着事物本身前行，把事物的情绪注入诗中，让它处于城市之中。而这一代至更年轻的70后、80后的台湾诗人的写作气质，与诚品书店的现代方式更加接近，在诚品书店内挑书的读者更易接受鸿鸿、夏宇。而夏宇则已经远远脱离了她自己《甜蜜的复仇》"把你/影子加点盐/腌起来/风干/老的时候/下酒"的意象风格时代，进入了诗艺的过度革新，有一本诗集使用粘贴的方式，读着费劲。但是夏宇却为年轻的读者所喜爱。一摞一摞装帧特别的夏宇的诗集，在诚品书店的诗歌专柜上尤其引人注目。鸿鸿与夏宇，都不是职业诗人，一个是导演、编剧，一个是专业设计师，他们的思维方式也因此与老一辈的职业诗人有别。在敦南诚品书店，我买下的是《商禽诗全集》、郑愁予的《雪的可能》。在台湾的老一辈诗人中，商禽是我最喜欢的诗人之一。

信义路诚品书店。101大厦正对面。我仍然停留在诗歌专柜前。在这里看到了更多的张默、萧萧、痖弦、向明等老一辈诗人主编的各种诗集、诗选，还有至今仍在正常出刊的《蓝星诗刊》

《笠诗刊》等同仁诗刊。在这里,我买了一本卑南人学者孙大川主编的《台湾原住民族汉语文学选集·诗歌卷》。入选的台湾原住民诗人来自台湾各地以及已经客居异国的台湾原住民后代。他们是邹人、泰雅人、阿美人、卑南人等台湾最早的原住民的后代。这一批诗人不仅是失去故园的诗人,更是失去身份的诗人,他们的诗里,不仅有老一辈诗人的那种诗意的乡愁,还有一种压抑的愤怒与无奈。这种情绪可以称为"身边的愤怒",即切近的强烈情绪,这情绪,是对政府,对漠视族群的社群,对无来由的今天,对身边的空无。他们是站在自己土地上的失地者。他们,台湾的另类诗者,也是台湾的他者:奥威尼·卡露斯、阿道·巴辣夫、胡德夫、田哲益、莫那能、温奇、根阿盛、林志兴、瓦历斯·诺干、伐楚古、达卡闹·鲁鲁安、旮日羿·吉宏、董恕明、伍圣馨、赵聪义。

出信义路诚品店,置身于灯火通明的繁华街区,揣着《台湾原住民族汉语文学选集·诗歌卷》,我想到如下几个词:山地、台北、族群、当代台湾、原住民诗歌、101大厦。

3. 高铁上:读一本薄薄的生活杂志

台南至台北的高铁上,*Tlife*,薄薄的,四十页,全彩,一本生活杂志。杂志插在面前的靠背袋里。624次列车自高雄左营开出，经台南停一分钟，再启动，开出，四分钟内时速从零加到三百公里。时间空间被压薄。此时正好翻开 *Tlife* 杂志。

《随意起舞，畅意精彩》，一篇介绍人类学女博士蔡适任的东方舞生活。肚皮舞，是一种活力四射的香艳舞种。"这个娇小的女子是蔡适任，她本该是个优秀的人类学家，认真、乐观、正向、充满热情与理想，相信知识可以成为社会改革的力量……刚好一段感情结束，双重失落（知识与爱情）使她几乎失去追求知识的动力与当初的理想……西班牙导演 Carlos Saura（卡洛斯·绍拉）镜头下饱含痛苦与强韧生命爆发力的佛朗明戈舞震撼了蔡适任，她穿起了舞鞋，在一遍遍强烈的节奏中释放自我……"一个原本应该成为人类学家的女博士却成为一个东方肚皮舞者，这种自由的生命选择与释放，通过这薄薄的纸张传递给了作为高铁随手读读者的我的心中。高速前进中的高铁，与自由的生命的释放，是两种截然不同的时空，高铁是纵向的，生命是横向的。知识是理性、建构、叠加，生命是欲念、感性、释放，知识的自由是发现新的经典，生命的自由使人有着最内在的感动与认同。在台湾，还有一个林怀民，原是一个作家，却投身于舞蹈事业，他的脱胎于中国草书的舞蹈作品，他的《云门舞集》，成为现代舞的经典之作。而蔡适任的东方肚皮舞，我能想象，在舞动中的女性肚皮魅力，传递的是妖媚的性感，蛰伏的欲念，欲放还止的蜜意，生命的弹性。在高铁中，这种阅读体验是独特的，高铁的内部空间敞开着，所有乘客都显得秩序井然，但同时也显局促，而阅读关于蔡适任东方肚皮舞的片段，缓解了高速行进中的局促感。

这一篇《随意起舞，畅意精彩》，在列车过嘉义、台中两个高铁站的过程中阅读完毕。

在台中与新竹段，我阅读的是小说家宇文正的《脸书真的很八卦》一文。互联网上"脸书"（Facebook）的形式，在宇文正看来无非是生活是与"八婆们"八卦的另一种形式而已，是乡村里弄家长里短的网络形式延伸，只是这家长里短换成了时事新闻与网络好友间的调侃而已。在飞驰的高铁上读着这篇随笔，我想到了"脸书"、推特（Twitter）、新浪微博，一个照片社交区，两个微博社交区。听说巴拉克·奥巴马在 Twitter 上的粉丝已达 12 960 220 人。当然，奥巴马的粉丝数还是赶不上韩寒的粉丝数。不知"脸书"用户有马英九没有。我以为"脸书"、推特早已超出八卦的范畴，"八卦"仅是它的边角之边角。在国内，新浪微博的出现，因它的互动性（转发、评论、贴图、贴视频、发长微博）、社交性（转发、互粉、私信、关注、拉黑）、快捷性（快速转发）、简要性（140字），成为互联网的第一媒体，所有大事件的第一现场发布均在新浪微博。在泥沙俱下、真假掺杂的无比庞大的滚动信息中，选取自己所需的一小部分。而深更半夜刷微博已经成为失眠者度过失眠时间的最好方式。宇文正的资料如下：本名郑瑜雯，东海大学中文系毕业，美国南加大东亚所硕士。曾任《风尚》杂志主编、《中国时报》文化版记者、汉光文化编辑部主任，主持电台《民族乐风》节目。现为《联合报》副刊组主任。著有短篇小说《猫的年代》《台北下雪了》《幽室里的爱情》，长篇小说《在月光下飞翔》，散文集《颠倒梦想》《我将如何记忆你》《这是谁家的孩子》等，以及为名作家琦君作传记《永远的童话——琦君传》。而琦君正好是温州人。

在新竹、桃园、板桥、台北段，时长1小时，我所读的是杂志中的台湾地方美食类随笔。其中穿插一篇关于一张桌子的传奇：《一张属于1093人的桌子》，说是这张桌子随着这家咖啡美食店的开业，每天平均有六人坐过用过，分时段：晨6：05是蔡老先生在这儿喝咖啡读报纸；9：28是杰克与同事边吃早餐边讨论的会议桌；以此类推，到晚上打烊前共有六人坐过这张桌子。自开业半年来已经有1093位顾客坐过这张桌子了，因此每位用此桌的人都必须尊重这张桌子、爱惜这张桌子。这篇短文讲了一个物的故事，同时也是一个时间的故事，物是人非。如果把这桌子扩大到汽车、动车、飞机、轮船，乃至地球，这个故事同样适用，只不过是从微观到宏观而已。再读《台南夏林路小西脚碗粿》。碗粿是台南一干脆利落的小吃，一碗端来，三口五口便可吃完。继而读《高雄左营大路加蛋馄饨汤》。左营大路有一麦当劳，它对面有家"汾阳馄饨店"，但没人叫这名字，都叫"加蛋馄饨汤"，汤中是水煮蛋，保持蛋黄的稀，小心挤破蛋白把蛋黄挤出染黄馄饨汤，以馄饨蘸汤汁味极好。我们刚到台北的第二天夜里，与杨坚一起去了台北民生西路的宁夏夜市，吃了四个摊点的小吃，味道奇怪，曾与朋友调侃台北小吃是世界上最难吃的小吃。而几天下来，口味已渐渐适应，已经觉得不再那么难吃且有点好吃了。继而是读《台北市东区美景川味面》。这小吃的地点是在忠孝东路与敦化南路的交叉处，相对台北的其他小吃，这面清隽文雅。据说这面在台湾却是快要消失了。在高铁上读美食文章，几乎来不及回味，在短暂的时间与高速度中，对美食的味觉感受似乎与列车两旁快速闪过的田野乡村景色同时消失着。因为美食也是时间深处沉淀下来的人类独特的食用形式，而在人类快速行进的途中，焦虑的人难以用舌尖去细心地品味美食的遗存。

　　两旁的乡村景色渐渐消失，工厂渐渐增多、增密，列车已经减速进入了台北市区。瞄一眼最后页面上的几则关于北投温泉的广告小文，此时，列车已经抵达终点站台北站了。

　　本次列车终点。

4. 苗栗：三义木雕博物馆

台北去苗栗的路上，正值雨天。从大巴车窗望出去，一片水汽遮住了视线。车窗玻璃湿漉漉，高速两旁的田野、乡村、丘陵，也都湿漉漉，通过有水渍的玻璃的折射，苗栗的青山苍翠青葱。无尽的槟榔树。车到三义乡，一个木雕之乡浸淫在细雨之中。

三义木雕博物馆是这次三义乡之行的重点。博物馆，混凝土结构，保持着浇筑时的纹理原貌，粗糙的形式下有着后现代精心的装修风格。摆放的木雕作品，大多是三义国际木雕艺术节竞赛获奖及入选作品。除此之外，还有部分原乡风格的木雕作品。第五届三义木雕国际竞赛作品：

①杨恒清《方向》——一个穿背心的青年人，面目模糊、迷惘，在探寻着方向。

②贝马丁《人造自然》——木做角材雕塑，现代的人类活动改变了自然状态，使得自然资源不断地流失，环境不断遭到破坏，此作品意在寻找人周边的自然环境状态，而不要去刻意地改造自然。

③林国玮《ㄩㄝ、半》——一个坐在高椅子上作成人状的孩童，前面是一只穿西服的兔子。暗喻当今现实对人的侵蚀，彻

底改造了人的自然状态,以及现代性社会的可怕。

④耿杰生《五感的温度》——一个双手贴胸、低头的闭关聆听者。压抑的感官,使得人的内心处于一种特别状态,平静的怒意。

⑤李相宪《抽屉的回忆》——从人体(皮耶罗,法国歌者)部分转移刻制的抽屉,象征对孩童时代的快乐回忆。透过皮耶罗表达模糊的感性与年代,及成年人对孩童天真无邪的渴望。

……

三义木雕国际竞赛的参赛作品,极具现代美学观念,它的理念来自学院雕塑,而木材的材质又带有浓烈的原乡品质,与山野、与气候、与泥土、与湿润的山地接壤,也脱离了原始的财神、佛像、极写实的人像木雕形态。我是带有木雕的原乡情结的人。木雕如失却了原乡品质,则是一大遗憾。好在在许多木雕作品中还能找到一些原乡的意味。我由此想起了庄奴作词邓丽君演唱的《原乡人》。而早年的记忆,在眼下得到了对接。

三义也是台湾桧木的故乡。桧木,是台湾原乡的标志。但愿这原乡的标志永在。

2013/1/12

于乐清

岛上记：一部电影一首歌，年代的记忆

一

> 大海边哎沙滩上哎
>
> 风吹榕树沙沙响
>
> 渔家姑娘在海边嘞
>
> 织呀织鱼网
>
> 织呀嘛织鱼网
>
> ——《渔家姑娘在海边》歌词之一

1975年，电影《海霞》在泰顺县泗溪公社白粉墙车站前的一个操场上上映。正在泗溪中学读高中一年级的我们高一（1）班的同学，至少有十位挤进了操场，看了这部露天电影。海岛风光、女民兵、武装带、步枪，在常见的革命元素中，我们发现了女性的异数。当革命与女性结合在一起，一如《红色娘子军》，它所带来的激情让那个年代的人们，在原本单调的近似黑白的革命色泽中，欣喜地看到了一抹全新的色彩——原来革命并不全是单一的黑白色！尽管电影《海霞》远没有《红色娘子军》性感与优美，尽管《海霞》中的女民兵角色在今天看来是如此生硬，如此男性化，但是，在四十年前的那个时代，出现在银幕上的她们，已经足以令正值青春萌动期的我们在黑暗中心跳。那时，我们中早熟的同学，有人已经开始在黑夜中偷偷地气喘吁吁地自渎，以此来向想象中的女性致敬。对女性的想象力，早已超过生理课本几十字的模糊描述。有两个同学，他俩年龄比我们一般的同学大许多（山区的学生年龄差距大属正常现象），比我们懂得多得多，能够在黑暗中，直接而粗鲁地描述女性的身体，其实他俩也从未接触过女性身体，仅仅是从大人那里听来一鳞半爪，自己再加以想象发挥与描述。他们比一般同学早熟得多。这两个同学总是能从电影、舞剧中找到自己所要描述的有关性的部分。而我们中有一些早熟的同学，在他俩的影响下，也逐渐开始对女性感兴趣起来，也逐渐地试着兴奋地描述女性的身体，然后在黑暗中偷偷地自渎。

在看过《海霞》这部电影一个多月后，班级里的两个女同学牵头排练一个文艺节目下乡演出，排练什么节目才好呢？这时几个人都不约而同地想到了《海霞》电影插曲《渔家姑娘在海边》。最先提议的是一个男同学，他说，排《海霞》插曲吧，好听，也好看！女民兵背着枪在海边的沙滩上织渔网，海风、海浪、歌声，构成了那一个时代的抒情要素。在这次排练中，我被安排吹笛子伴奏，因此我得以从排练到演出体验了全过程。若干年后，回忆当年的这次演出，当女同学背着木枪道具在舞台上模拟织网动作，不断地俯仰着青春的身体，在枪支后面，革命激情中的柔软部分，尤其令人迷醉。女同学们故意唱得比电影中抒情，且柔软了许多。在枯燥的革命年代，除了暗地里传唱苏联的《莫斯科郊外的晚上》等歌曲之外，能在舞台上公演的只有《渔家姑娘在海边》这样的沾了革命的边的抒情歌曲。就那么一星期的排演，就那么一个舞蹈表演节目，我们的排演，后来给喜欢在黑暗中描述女性身体的同学提供了无限的描述资源。他们会互相补充，具体到每一个参与节目的女同学，具体到她们的身体细节。然后在兴奋中不安地入睡，当然偷偷地自渎是青春初期的必修课。而此时的女同学比男同学更加地早熟，她们根本不屑于搭理本班的男同学，有几个已经喜欢上了高二年级的学长们，甚至英语老师。

那次文艺排演的许多年之后，我才知道《海霞》电影就取材于洞头县（今浙江省温州市洞头区）著名的女子民兵连。而对于洞头县的记忆，比《海霞》电影更早的是来自一本水粉彩绘连环画，它叙述一次海上抓敌特的经过。因为连环画色彩单一，偏冷色，激不起处于青春期的我的兴趣点，因此，连环画给我的印象如过眼云烟，再也想不起具体的画面与细节。而《海霞》电影已与《红色娘子军》并列于枯燥革命年代的记忆之中。这电影所叙述的洞头女子民兵连，加上别的文字的渲染，渐渐地，穿越半个多世纪，于我，形成了一组庞大的记忆。因为这个记忆既与时代紧密地结合在一起，同时，又因为是几十年的和平时期，又有了其特殊性。看过《海霞》电影之后，女子民兵连已经深入我青春的记忆之中，尽管它与革命元素紧密地结合在一起，但是因为她是女性组成，这种深刻印象成为那个枯燥时代的有限的美好记忆。有时，我甚至会把她们从革命记忆中剥离出来。

二

2015年，6月，23日，洞头县文联主席陈志华与洞头作协主席、散文家施立松招呼一行采风作家在渔家小筑观看投影机放映的《海霞》。这一晚，与1975年看露天电影的夏天已经相隔整整四十年。这一次是小众的，即使小众，作家中也有因看不下去而呼呼大睡的。睡着的作家属80后，年轻，没有20世纪70年代的记忆，若没有70年代革命的枯燥记忆，没有枯燥记忆中的难得的抒情歌曲记忆，那么，入睡显然是理所当然的。但是，于我，2015年6月23日晚的电影，再次复活了四十年前的记忆。放映室是沉闷的、逼仄的，电影效果是模糊的，但是记忆中的海浪、沙滩、女子、武装，是清晰的。记忆的过程携带了沿途的各个时代的庞杂信息，但更多的是那个过去时代的记忆。当电影插曲《渔家姑娘在海边》再度响起时，它唤醒了一个沉寂多年的时代。青春，迷惘，革命，歌唱，暴力，斗争，抒情，萌动。一个特殊年代的几近透明而又不可思议的复合体。它来自校园、电影、戏剧，《海霞》是其中之一，《渔家姑娘在海边》是其中之一。于那里，《渔家姑娘在海边》甚至比电影本身更让人迷恋，它的旋律、配器、歌唱，以及歌唱时的电影画面，几乎成了那一整年里青春抒情的象征。

而对女子民兵连的想象，除《海霞》电影之外，还陆续来自那时的一系列书籍杂志——《东海民兵》《人民画报》《解放军画报》。这一系列的后续形象，在整体上完全继承了《海霞》的风格——整齐划一的方队，威严的墨绿色钢盔。而画报的光影、色彩与清晰度，除了完整表达了武装的尖锐的威胁力，我在其上还意外地看到了更多的细节：青春的脸庞，勃发的生命，女性的甜美，脸部的细微的绒毛。此时，与我一起看画报的还有林场的一个比我大两岁的知青，此时我已满十八岁，他已满二十岁。他在照片特写中发现了更多的女性元素。他甚至要撕下其中一幅特写带回宿舍去。他说，我要把她贴在板壁上，天天看着她！在一个完整坚硬的革命叙事中，女子民兵连（也包括了红色娘子军）是一曲奇妙的异音，有别于盛大阅兵式中的女兵方队。因为女兵方队是职业女军人组成，她们与家庭及地方的关系相对疏离。而女子民兵连，因为民兵的身份，因为训练过后要回到家庭之中，回到妻子、女儿、母亲的角色中，柴米油盐，情爱酱醋，足以融化白天的坚硬与武装的威严。因此林场知青在画报照片的特写里读到了女子民兵连的生活细节，她们饱满的身体与生活与现实的关系。所以，他要扯回去贴到板壁上！

三

> 高山下哎悬崖旁哎
>
> 风卷大海起波浪
>
> 渔家姑娘在海边哎
>
> 练呀练刀枪
>
> 练呀嘛练刀枪
>
> ——《渔家姑娘在海边》歌词之二

2015年6月24日，是洞头女子民兵连成立五十五周年盛大庆典。一个同时有其他军人云集的时刻。

女子民兵连整装出场。东南边一公里外，是辽阔的大海，浪涌，激荡，起伏，向无限铺展开来，在晴好的时日，大海更多呈示母性的品质，唯有在台风、暴雨来临时，才开始咆哮、怒吼、巨澜翻腾，才是男性的。24日。大海波光闪烁，整体辽阔的母性升起。我们一行，耿立、汗漫、黑陶、雪小禅、吴克敬、朱强、姚雪雪，面对广场。女民兵与作家诗人，在烈日下，基本是风马牛不相及。但是，在烈日下，我们面对广场，面对远处的靶标，面对女子民兵方队，回到了一首歌中的情景——"渔家姑娘在海边，练呀嘛练刀枪……"迷彩服、全副武装、女子民兵连长清脆的口令、自动步枪、班用机枪、手榴弹、全部荷枪实弹，这是现今的洞头先锋女子民兵连。她与《渔家姑娘在海边》的抒情略有出入，这出入的部分是武装多于抒情。这是一种特别的青春女性叙事，她是整个中国政治叙事中的一个看似边缘化的章节。当今的国家叙事，是房地产叙事、开发区叙事、大资源叙事、高铁叙事，而在军事上，则是二炮叙事、歼11叙事、航母叙事。但是，一个县的女子民兵连的五十五周年纪念仪式，从总政总参到总后到大军区都来人参加，可见这一基层民兵组织其意义远超出了普通民兵连的意义。她代表了国防民间架构的一种特殊意义。而在洞头县，女子民兵连中的"女子"二字，与当年的"红色娘子军"一脉相承，在汹涌澎湃的大革命叙事中，在英雄叙事之外，革命的女性，一如叶芝诗中的毛特·岗，兼有英雄、母性、美的三重角色；特别是青春女性，在大革命的男性叙事之中，她是激荡人心的所在，她呈现了革命叙事中的性感细节与抒情元素，以及权力之外的隐秘的欲望元素。在军事表演中，一对有如姐妹花的女兵表演精度射击项目，她俩都已是孩子的母亲，却是一对神枪手，枪枪命中靶心。有了孩子的女性也许比还未生育的女性更有耐心，更加沉稳坚定，呼吸更加平静，因此命中率也更高。在以往的革命叙事中，有一位传奇的双枪老太婆，经历愈多，愈是开阔沉稳，对对手的打击也愈是致命！

在更近距离的观察中,武装、钢盔、迷彩(迷彩服及脸上的迷彩)、武装带、枪械、子弹、刺刀,它们通过队列、口令、纪律,对女性产生了严厉的束缚,特别是对女性青春的肉体,产生制服制约。青春女性的身体,暂时被准军事与武装深藏起来。武装带与子弹袋勒得越紧,身体的潜意识反弹得越厉害,由此构成了青春与制服的关系,它们相互制约、抵制,由此产生激情与美感。这来自身体的本能、冲动、激荡,潜意识中产生对抗制服的能量,此时,青春、激情、潜在的欲望,被积蓄成势能。同时,女性青春的美感,通过乌黑闪亮的钢枪、坚硬却有浑圆曲线的头盔、紧勒的充满了子弹的武装带、露手指的黑色手套,传达出了涌动的女性肉体激荡的能量与冷暴力的完美结合。我所看见的女民兵的身体,紧张中有着柔软与鼓荡,威严中有着起伏的敏感。它在军事与现实的落差中,等待释放的一刻。她们在清晨的演兵场上,形成了一个齐整的方阵。但就是这齐整的女性方阵中,所传达出的,仍然具有明确的性征。军事是男性钢铁叙事,是革命的最根本元素,当女性出现在视野中,就成了被看的中心,即革命、激情、性别,加潜在的隐秘的欲念。而掌握了枪械弹药的青春女性,掌握了暴力形式的女性,则会更加激起男性的高度关注及征服欲。我想起四十年前林场知青的话,那时他指着一幅女民兵特写,说:"你看她,脸上有绒毛，多么美妙啊！"这是他的原话。在更多的民间非军事的看点中，更多的是着眼于女性性别本身。

四

> 大海边哎沙滩上哎
>
> 风吹榕树沙沙响
>
> 渔家姑娘在海边嘞
>
> 织呀织鱼网
>
> 织呀嘛织鱼网
>
> ——《渔家姑娘在海边》歌词之三

回到《海霞》电影，回到电影插曲《渔家姑娘在海边》，王酩作曲，黎汝清作词，印象最深的是曲式、旋律，除原唱陆青霜外，后来唱过此曲的还有梦之旅组合、八只眼组合、黑鸭子组合、红月亮组合、苏荣霞、姜苏、伽菲珈而、林媚、黄丽斌、宋祖英、常安、马晓梦、韩磊、童丽、董文华、陈蓉晖、许岚岚、罗晶……而后来的所有的翻唱都有别于陆青霜的原唱。特别到了童丽，到了林媚的翻唱、梦之旅的翻唱，其柔美迷人的歌唱气息已经完全抛开了强硬的革命元素，完全进入了一个新时代的叙事，从高亢强硬的革命时代到了气声的后工业时代。这是一个气声弥漫的时代，歌唱气息在慢速中升起的时代。而甜美的爱情也在这个时代进入了纯粹的坦诚的感性叙事之中。我想，这种改变也许从四十年前我的高一（1）班时代就已经悄然开始，这漫长的改变过程，完全是一个不知不觉的必然的过程。到了童丽、林媚、梦之旅，这歌曲几乎已经没有了武装气息，即使歌词中照样出现"渔家姑娘在海边，练呀嘛练刀枪"的句子，但是它已经变得如此柔软、抒情、迷人，气声唱法与慢速起伏处理，电声配器，似梦幻中的性感抒情，这刀枪已经完全成为晨光里女子们手中织网的梭子。这一切，组成了真正的后《海霞》时代。我在百度音乐里听着一首首风格迥异的《渔家姑娘在海边》，时间流逝，那里的青春终在今天获得了另一种全新的叙事。

而这个时代，也在大经济叙事中，同时充斥着金钱拜物教。这种强硬无理的拜物教叙事，一如坚硬的大革命叙事，对美与生命都有着最直接而致命的伤害。我也更愿意看到，革命在这个时代，少些政治叙事，多些艺术的叙事。当女子民兵连的青春女子们，结束了紧张的军事表演，重新立正站立在海霞广场上，那种青春女性的静美又一次出现了、回来了，在大海间，在蓝天下，在山冈中，在海风的吹拂下，武装的气息被青春女性本身的气息之美所替代。于我而言，更愿感受到后《海霞》景况中的美与武装的关系，这个时代的民间武装应远远小于激荡的生命本身，远远小于女性青春之美，更加趋向于和平本身；因此，也更愿感受到童丽、林媚、梦之旅歌唱中的气息，海岛、海鸥、船只、大海、蓝天、海潮起落，女性的身影起伏，清风、白云，永恒之美的象征。

当我再次站在北岙镇海霞村的山冈上，望着远处缓慢航行的渔船，感受着涌动不息的自然的气息，一个后《海霞》时代。仍然是一部电影，一首歌，一个女子民兵连。但它早已不是昨天的一部电影，一首歌，一个女子民兵连。

2015年9月10日改定